这是个人人都要独立的时代，

没有谁会为了一场没有回应或被辜负了的爱情去守候约定。

那些美到极致的伤感，幸福里的绝望，都随风散了吧。

下一站，就是温暖的春天。

剩女艾莎

下一站是温暖的春天

美 玉 著

中国经济出版社
CHINA ECONOMIC PUBLISHING HOUSE
·北 京·

图书在版编目（CIP）数据

剩女艾莎：下一站是温暖的春天/美玉著

北京：中国经济出版社，2012.1

ISBN 978-7-5136-1042-1

Ⅰ.①剩… Ⅱ.①美… Ⅲ.①长篇小说—中国—当代 Ⅳ.①I247.5

中国版本图书馆 CIP 数据核字（2011）第 184880 号

责任编辑　焦晓云

责任审读　霍宏涛

责任印制　张江虹

封面设计　任燕飞装帧设计工作室

出版发行　中国经济出版社

印 刷 者　北京市京津彩印有限公司

经 销 者　各地新华书店

开　　本　710mm×1000mm　1/16

印　　张　13

字　　数　177 千字

版　　次　2012 年 1 月第 1 版

印　　次　2012 年 1 月第 1 次

书　　号　ISBN 978-7-5136-1042-1/I·46

定　　价　29.80 元

中国经济出版社　**网址**　www.economyph.com　**社址**　北京市西城区百万庄北街 3 号　**邮编**　100037

本版图书如存在印装质量问题，请与本社发行中心联系调换（联系电话：010-68319116）

序

我记得多年前，对年近三十而未婚的男女青年，有个说明性称呼叫“大龄青年”。这个称谓不分男女，前有“大龄”，后有“青年”，顾名思义，就是年龄偏大的男女青年。“大龄青年”这个叫法既纯朴又直接，虽缺乏美感，但绝不会给人带来困惑，也不再有想象空间。可社会用语总是会与时俱进，不知哪天起，网络及我们的生活里出现了另一个新名词——“剩女”。男女共用多年的“大龄青年”，终于在网络时代开始男女有别。“剩女”出来后，“剩男”却难觅其踪影。私下与朋友聊天，大家各抒己见，大概就是“大龄男青年”们根据自身条件，早已有了N种新叫法，如穷点儿的叫“老光棍”，富有的叫“钻石男”，还有“完美男”“自由男”，甚至还有“伪男”。如此复杂，我没耐心听。还是“剩女”可爱，剩就剩吧，不劳驾各位再细分了。

最初动笔写《剩女艾莎》时，只想把它写成五六万字的中篇，风格要诙谐幽默，逗自己也逗大家一笑。这全是因为上一本《年华》写得太沉重，那种生命的忧伤一直萦绕在我的心头。为了驱赶这种伤感，我迫切地想创作一部轻松诙谐的小说。就这样，一个可爱、上进、文艺、现实、温暖又多情的“剩女”艾莎在我心中形成。带着快乐的心情，我开始创作，本以为两三个月便能完成的稿子，结果我却写了四个多月。当然这首先得怪我写得慢，还贪玩，我的书桌上永远摆着魔方、扑克一类的初级玩具，每天总要浪费一些时间在这上面。其次是当我走进艾莎兜兜转转的觅爱之路时，我才发觉这是条多么美丽又难走的羊肠小道，难免会逗留得久一些。

无论是生活中的剩女，还是小说里的艾莎，她们都是可爱而迷人的。她们是“俗世里的清高，清高又不忘俗世的规则”。她们对爱情的渴望是“遇到极平凡的人，带给自己不平凡的感情和生活；又或者遇到极不平凡的他，却带给自己平凡的感情和生活。”这样的愿望，与现实显然是有落差的，所以，她们成了“剩女”。

在小说的最后，艾莎的婚姻是“落实了”。我只能说是落实了，因为我不确定她和大卫之间是否有真正的爱情。爱情是很个人的情感，而婚姻是社会的组成部分，所以它必须符合社会规则。大卫无疑是最适合艾莎的结婚对象，在一系列外力的帮助下，他们的婚姻也“落实”了。

最后，我要谢谢焦晓云编辑，是她不停地鼓励我，给了我许多想法。还要谢谢周围的几位“剩女”朋友，她们给了我许多好的建议。无论有没有找到另一半，我知道你们都很幸福。因为幸福不是靠给予，幸福就掌握在你们自己手中！

CONTENTS 目录

1 艾莎的周末

艾莎跪在组合音响前，把CD碟片放进机器，按下播放键，然后又窝回到沙发上。她把蓝色小羊毛毯盖在身上，拿起茶几上的奶茶，喝了一小口，发觉奶茶已经有些凉了。音频的显示灯闪烁着绿幽幽的光，《圣母颂》柔美委婉的旋律开始回荡在房间里。她用手撑着下巴，闲散地半躺着，几个丝缎靠垫柔软地托着她的身体。这半年来，没有恋爱的她，所有的周末都是这样悠闲自在地度过。抬眼看了看花瓶里的几支白百合，开得正好，清雅的香味让艾莎不由得闭上了眼睛，沉醉其中。接下来的半小时，艾莎会很用心地享受这张碟片里的乐曲。

这是间三十平米的房间，是洋楼中的一间，地处南京西路与西康路交叉的黄金地段。闹中取静，这是真正有着高贵来历的洋房。解放前，它曾是汇丰银行高级经理的宿舍。解放后，这幢楼里也住过几位有来历的人物，沪剧名伶和棋圣都在此楼住过。不过，艾莎能在这幢洋房里拥有一间，并不是她的父亲有多大的来头，而是她的外公。艾莎的外公曾是市里的保密干部，而艾莎的外婆是此地的妇联主任。也许是分配，也许是争取，总之他们在这幢洋楼里拥有了一间。从此，从外婆到母亲再到艾莎，便从心底觉得自己也是有来历的。八年前，父母买了一套两居室之后，这里便以极高的租金租给了世界各国来申城暂居的外国人，而每位租客都会在这里留下一点他们国家的痕迹，法国的台布，比利时的落地灯，日本的小玩偶……一年前，艾莎费了许多口舌才说服父母，独自搬到这里来住。她花了几万元重新装修，又买了些考究的家私，便有了这个不一般的家。

《圣母颂》之后是舒伯特的《小夜曲》，浪漫多情的乐曲送来了暗香浮动的夜色。艾莎换了个姿势靠在沙发上，伸手去拿杯子，想起奶茶已凉，便又缩回了手。她看着窗外，天色灰蒙蒙的，层层垂叠的乳白色蕾丝窗帘像是舞台幕布，垂在窗子一半的位置。老洋房的楼层都很高，窗也很大，黑色锻铁的波浪型窗花，历经七十多年的时光，依然有型有款。艾莎出生于 1979 年 12 月 29 日，再过两天就是她 30 岁的生日了。也就差这么两天，她成了七零后，那些任性又不断有争议的八零后是非，都与她无关了。

艾莎并不姓艾，艾莎是她的英文名，她的中文名叫虞勤敏。从小学一年级起，她就不喜欢自己的名字。笔画太多又不好写，这还是其次，重要的是这个名字……如果说名如其人，那这个叫勤敏的名字太不适合艾莎了。她虽不是第一眼美女，却也有着一眼之后让人想再多看几眼的美丽。艾莎有气质有涵养，从小就读名校，当然这主要受益于现在住的这间洋房，因为该房周围都是有来历的名校。再后来，她很争气地考上了复旦大学，进入日资名企任 HR。出众的她，用一个叫勤敏的名字……倒也无妨，可这名字听起来多像流水线上忙碌的女工，又勤快又敏捷。艾莎曾问父母为何起这个名，他们说，那几年有几个当红的女影星，名字里就带有这两个字。

乐曲播到了欢快的《圆舞曲》，听了让人有种想在房里转几个圈的冲动。艾莎从沙发上起来，不过并没有跳起舞步，而是坐到书桌前。电脑已进入休眠状态，她晃晃鼠标，点开 QQ 窗口，看看都有些什么人在线，谁的博客又更新了，谁又换了签名，谁又有了新的感慨。她关注着朋友们，自己却常常隐身。在这些联系人里，有些是同事、同学，有些是素未谋面的网友。有个别几个是她特别关心的，虽然是她的“联系人”，却常常联系不上。这些人，偶尔成了艾莎的心事。

艾莎有些失望，除了一个不相干的同事，所有头像都是灰色的。马上新年了，大家都忙也说的过去，可我艾莎怎么就一点都忙不起来呢？刚才还很享受自在悠闲的艾莎，突然间涌起一种落下潮流的感觉。马上就要过生日了，就着此时的心情，她把 QQ 签名改成了：同来玩月人何在，风景依稀似去年。艾莎一直自认为有些才情，所以她的签名总是最风情的。大多是绝美的宋词唐诗，一些不常见的句子，美到了极致，读的人却不知出处，只觉得用这句子的人必是个“才女”。偶尔心情落寞时，还会用佛家的醒世明言，像“一切有为法，如梦幻泡影，如露亦如电，应作如是观”一类的句子，让线上的朋友看得心怦怦地跳。美女的头像，跟了几句四大皆空的佛语，叫大家如何是好。

艾莎关了音响，又把窗帘完全放下，再打开那盏比利时落地灯，房间里顿时呈现另一番格调。白色的麻布沙发，美式的书架，隔断的雕花玻璃，一切都笼罩在朦胧的暖光之下。这才四点半，天色已很暗了。这样的天色是回家的时候，是准备晚饭的时候，可艾莎已经在家，也无需准备晚饭。她打开网页，习惯性地先浏览一遍新闻，没什么大事发生，今天世界和平，风调雨顺。又打开自己的博客，看看有些什么“情况”。

“北方的狼”早早就来过了，每天像报到似的，总要到此一游。他是最早的博友，留下了许多空洞而赞美的词句。他的头像就是一匹白狼，双眼中发着阴冷的光。根据艾莎的网络经验，此人定是个四十多岁、条件并不是太好的中年男人。说来男人女人都一样，只要身份不是太敏感的，谁都喜欢炫耀自己的优点，尤其在网络这种随时可以消失或者隐身的电子社会。这么一个激情四射的 21 世纪，没人还会含蓄地掩着藏着。大家把自己的相貌、财富、房子、孩子、才艺，一切可以炫耀的资本，或炫或耀地都亮了出来，在网友不负责任的赞美中，满足了不满足的心。艾莎也一样，照片是精挑细选后才上传的，所以每张都很美。几篇文章都经过精雕细凿，换来“才女”的称谓，便更觉得自己真有些才情。在这个虚拟的网络世界里，她构筑了一个理想的自己，有些脱离现实的艾莎。但是这匹“北方的狼”，资本却不多。博客照片栏里，全是网上下载的图片，豪车和别墅都是广告图片。那些文章，一半是转贴，一半是自己写的。说不上才华，偶有幽默，在艾莎眼里也很一般。文章中极少谈工作，几句随笔也只能说明生活的平淡无奇。种种迹象表明，这是位极平凡的男士。但他偏偏还有颗不安分的心，上百名的博友，应该攒了不少红颜吧。

“六月荷”中午也来转了一下。她在成都，有个四岁女儿，博客里全是育儿经验，写得有滋有味。她炫的是她的女儿，似乎极有天赋，每天都能给这位年轻的母亲一些惊喜。六月荷把惊喜转成平淡的文字，用流水账的形式请博友分享共赏。有些情节艾莎看了也很感动，做了母亲的女人才是最痴情的人儿啊。

收到一个留言，是个叫“睿龘祐”的发来的新年祝贺。睿龘祐是多么拗口的名啊，起初艾莎实在不明白为何要起这么个名字。睿龘祐既矜持又主动，还说出了自己的身世，原来是雍正的第多少代，现住直隶。在网上还能遇到皇族后裔，怪不得名字起得这么古里古怪。可直隶是哪里呢？就是河北保定。对于住在大上海南京西路的艾莎来说，保定就是个土地方，哪管它什么明清朝不属府属布政司。皇族后裔睿龘祐对上海佳丽艾莎表示一见钟情，讲出了他的初恋。二十年前的大学校园里，他深爱的女孩，得了绝症死去，从此人鬼殊途，他的心也死了，为爱情至今孑然一身，守身如玉。遇到这档子事，美好的艾莎表示同情。睿龘祐还介绍了他的事业王国，原来全国各地都有他的企业，从高科技研发到劳动密集型的低端产业，无一不涉足，成功到把比尔·盖茨都不放在眼里。每天分公司文件都要通过快递送达直隶，他辛劳地批复到凌晨，天亮时由秘书再用快递发往全国，听下来很像皇帝批奏折。艾莎问他为何不用电子邮件，那样能省下许多快递费，要是路上有个雨雪天怎么办，快递显然没有电缆可靠准时。睿龘祐回答，任何合约及文件都要亲自批复，并对艾莎的干预很生气。再接下去，他说要买架飞机，网上发过来一张波音777的图片。话都说成这样，再答理下去艾莎实在不知该说些什么了，只得隐身加沉默。几天后，睿龘祐的博客里出现了许多怀念已逝女友的诗。当然诗都是名家写的，他只是借来献给那位女友，真是“无限深情，催人泪下；海枯石烂，此情不变”。

留言栏里有个名叫“天从那里来”的人留了一幅电脑合成画，一个大大的花蓝里满是鲜花，花上繁星点点，发着镭射的光。弯弯曲曲的有一段文字：轻轻的我来了，送来了美好的祝福。愿你一生幸福，我永远的爱。再下则留言，是淘宝水晶店的广告贴。一张白水晶手链图片，配了一句广告语：有水晶相伴，好运永远。

“永远”怎么会变得如此廉价，到处都是。艾莎删掉这两个留言，再看下QQ，还是没什么人上线。算了，还是出去走走吧，顺便把晚饭解决了。

大衣柜和梳妆台是香樟木的，这让房间充溢着古典的香韵。艾莎打开衣柜，为自己选好了出门的衣物。米色羊绒长毛衣配 Prada 的蓝绿格子打底裤。脚上是黑色的坡跟皮鞋，这款鞋不但能让艾莎显得更高挑，走路还很舒适。YSL 的羊皮大衣，经典的驼色格子 Burberry 围巾，很是费钱的一身行头。好在艾莎的衣物大部分是一年两次在东京培训时购置的。她也逛上海的商场，不过看的时候多，买的却很少。有机会出国的人，总把钱留到国外去花才觉得划算。在脸上淡淡地施了一层妆后，艾莎背起 LV 的那款满街都是的购物包，将 iPhone 塞进了大衣口袋，走出家门。

站在南京西路上，艾莎犹豫向东还是向西。刚过去的圣诞节让整条街像撒满了星星，为了迎接新年，又添了些带有传统喜气的装饰。落了叶子的法国梧桐树，从树干到枝头，装了如流星般的闪灯，相爱的人们在树下许个心愿，心底一定能生出更多甜蜜。气温有些低，艾莎把围巾捂了捂，站在路口，心甘情愿地变成这繁华城市里的一道风景。

她顺着南京西路往东走，一路的名店。这条家门口的路上，到处是风情的女子和风度的绅士，充斥着繁华和奢迷的味道。她走过中信泰富，发现商场的门生都换成了白人。他们穿着黑色细条子的窄身西服，戴着白手套的手握在门把手上，彬彬有礼地站在玻璃门里。皮肤粉白又透明，蓝色而深情的眼睛注视着门外。从街上望进去，这些年轻的男孩们竟有一种病态的美。

再往前走，就到了江宁路的丁字路口。红灯，她停下来，看到梅龙镇广场的门卫站在风中殷勤地拦着的士。商场的侧门，提着大包小包购物袋的顾客有序地排着队。寒风中，没有人脸上露出抱怨或不耐烦的表情。再往后看，是美琪大戏园。这个时间门口冷清，还没有看戏的人潮。不知今晚有什么演出，也许晚饭后可以来看场演出。

若是张爱玲还在，面对今日的浮华，她会写出怎样的文字？艾莎心想。等红灯的片刻，她塞上了耳机，Diego Sandrin 的轻摇滚乐曲一直是她在街头漫步时的最爱。站在路口，风好像变大了，刮得艾莎脸有些发痛。她搓搓手，揉揉脸，才想起没戴手套。再往前走，就是“一茶一坐”。服务员手拿菜牌站在门口，略一停顿，就上了二楼。

这是一家木质装修风格的茶餐厅，有些东瀛风情，也有些中国棋牌房模样。艾莎选了非吸烟区坐下，前后左右竟都是默默的独自就餐人，更无一例外地低着头摆弄着手机。艾莎要了一杯乌梅汁及虾仁豆腐套餐，等待的片刻也玩了一小会儿手机里的小游戏。桌上的沙漏已渗到一半多，知道套餐马上就要送到。她看着沙漏，古老的计时工具，算是餐厅另辟蹊径的服务。放上这么个小东西，让这些寂寞的眼睛盯着刷刷漏下的沙子，计算着自己那份晚餐到来的时间。

喝了大半杯乌梅汁，小半碗饭，已经很饱了。闲坐着，想起 QQ 上那些人，有些烦。艾莎首先想到了朱先生——上海人，交大毕业，再留学法国，精通英法语言，现任某国资五星级酒店的财务总监。他今年 35 岁，未婚，可能也不想婚。身材瘦高，黑框眼镜，看上去既有巴黎绅士的气质，也有中华才俊的味道。朱先生叫朱俊勇，这名字起的和艾莎的“勤敏”一样不合适，所以他和艾莎一样，习惯别人称呼他的英文名——大卫。艾莎和朱先生的相识是工作上的一次业务往来，俊男美女四目相视，很快话题便离开了“业务”，在有限的公干时间里，两人很好地营造出一种一见如故的氛围。接着，朱先生请艾莎在他工作的酒店里午餐。西餐厅里，他们是唯一的一桌。这一餐之丰盛自不必说，餐厅经理还额外送了好多水果点心。饭后，朱先生潇洒地一签单，并让服务员将水果蛋糕全部打包。他对艾莎说：“把这些带回去，当下午茶吧。”初次见面，艾莎怎么可以吃了还打包，再三推却，朱先生就留着自己下午茶了。再接下来，两人便加了 QQ。可一开始文字沟通，温度一下子冷了下来，真是让人纠结。接下来，两人在 QQ 上就只说些天凉天热、工作忙否的问题，火花眼看就要熄灭了。终于，也就是一个多月前的一个深夜，艾莎和朱先生聊了一会儿。仗着是深夜，话题也颇敏感大胆。几天后，艾莎和朱先生又约会了。晚餐地点是艾莎选的，就在离家不远的波特曼酒店。记得那天朱大卫先生有型得不得了，一身蓝灰色西装配深蓝色斜条的领带，左手搭一件黑风衣和丝质围巾，LV 的棋格子方包斜背在身上，长度正好贴着大腿。时尚达人艾莎知道，这款棋格子小方包背得可有讲究了。这种背法在八路军身上，叫“盒子炮”，在旅行者那里，是急救包，而朱先生背得就像从 T 台上走下来的。

晚餐的气氛非常好，朱先生对她始终呵护备至，两人边品着红酒边聊着各自最精彩快乐的生活片断。餐厅正中央华美的大理石台上，一块硕大的牛肉摆在那里，被烤得外焦里嫩，艾莎想不出究竟用了什么样的火候，才将这块像枕头似的肉，烤出这样的水准。大卫用英语和法语同法国大厨聊着那块大烤肉的天，俨然一副美食家的派头。戴着法式高帽的大厨亲自操刀，薄薄的一片，再配上乳酪和几片菜叶子，摆在了艾莎面前。礼貌地微笑后，艾莎开始品尝，说真的，她觉得那是天底下最难吃的东西，于是借口减肥，就不再碰第二下了。大概九点钟，朱先生的手机响了。先是短信，他礼貌地对艾莎说了声抱歉，一来一去回了几条。可短信还在不停地发来，也许是不耐烦了，也许是为了不影响就餐的气氛，他开始视若无睹，不再回复，继续和艾莎有说有笑。十分钟后，手机铃响，朱先生接了电话，用谈工作那样的口吻与对方说话。很显然，电话那头对这样的对答很不满意，似乎已经生气了。这种情况下，只见朱先生用平和的语气说：你现在想怎么样呢？哦，明天再和你细说吧。好吧，明天，你放心，我会给你打电话的。

这样的场景，艾莎只能装聋哑人。放下电话的朱先生没有解释，艾莎也没问，因为大家都是明白人。可过了不到五分钟，电话又打来了。朱先生冷静地拒接，并将手机调成了振动状态，拿起红酒杯，晚餐继续。直到十点，两人才离开西餐厅，沿着长长的玻璃通道，慢慢地走到大堂。二楼是商场，艾莎说吃得太饱，再上去走走。一条丝加绒加碎貂毛的长围巾，挂在显眼处，很华美地蜿蜒垂下来。看得艾莎爱不释手，加上那枚别致的别针，一共三千五百元。

“喜欢吗？喜欢就让她们包好。”朱先生站在她的身后，温存地询问。

“再看看。”艾莎把丝巾放回去。遇到朱先生这样老练的男人，做女人真的蛮有成就感。她也并不是真要他买，艾莎是个独立的女性，收入不低，看重的，是态度。

从商场下来，一出大堂，就是长长的拱门通道。这里也是波特曼设计最成功的地方，从南京西路望进来，真是“侯门深如海”。走出旋转门没几步，艾莎就双手抱臂，感到有些凉意。十一月的上海，晚上常常凉得让人意外。朱先生马上把那件风衣披在艾莎身上，动作一气呵成，没一点拖泥带水。他陪她慢慢往那幢洋楼走去，艾莎料想他到楼下时必定要开口上去坐坐。怎么回答才最合适呢？既可以让他上楼坐一坐，又不显得自己太随便。可让她没想到的是，朱先生在楼梯口停了脚步。他注视着艾莎，一言不发，意思是：回去吧，我就送到这里。艾莎只得撒了一下娇，说：你看我干什么？其实，他也没怎么看她。朱先生双手握了握艾莎的肩，说：“乖，回去早点休息，明天联系。”

他明天联系的人真多！只因电话那头有个不乖的，艾莎就做了个乖的。她把风衣还给他，嫣然一笑，走进楼里，早些休息去了。

艾莎坐在“一茶一座”里，把与朱大卫先生的来往想了一遍，想着想着好心情就没了。这时，妈妈打来电话。哎，这个时间，除了老娘，没有人会想到自己。

“喂，敏敏，侬在哪里啊，明早礼拜天，侬回来吃饭伐？”

“伐回来，侬跟爸爸吃好了。”

“过两天侬生日啦，怎么过？”

只有妈妈才惦记着自己的生日。回家过，没面子，少不了他们催着找男友的唠叨。自己在外面过，又没什么大着落。真是矛盾！

“妈妈，到时再说吧，你放心，我会有安排的，不要担心。我有数的。”艾莎匆匆收了电话。买完单，再没心情去美琪戏院看演出了。

第二天，艾莎一觉睡到九点。看着窗口，层层蕾丝加上遮光帘，根本猜不出外面的天气。支起床上电脑桌，艾莎窝在被窝里上网。还是老习惯，先看了一下新闻，再登上 QQ。有几个留言，都是同事和同学发的，几句“你在吗”或是个笑脸，然后没了下文。看了看大卫，还是不在线，永远是灰色的头像，真不知道他申请 QQ 有什么用。兴致全无，艾莎伸手拿过床头柜上的

《诗经》读了起来。她对中国古文学的爱好，是同龄人中少有的。这个分秒必争的时代，大多数人都在忙着考各种职称或证书。只有她艾莎，除了必须要考的几个证，绝不再进步半点。没有约会的日子里，读着千年前的诗篇，遥想着古人纯朴的爱情，他们在青草芳菲的大自然里自由自在的生活，心心相印，繁衍生息。艾莎醉在其中，仿佛自己也穿越了时空，回到那个年代。

"野有蔓草，零露漙兮。有美一人，清扬婉兮。邂逅相遇，适我愿兮。野有蔓草，零露瀼瀼。有美一人，婉如清扬。邂逅相遇，与子偕臧。"艾莎轻轻地诵读着《野有蔓草》。她并不是每篇诗歌都读，只有遇上自己喜欢的和经典的那几首，才会多读上几遍，还会背下来。可没读几遍，手机来了短信。一看，是爸爸发来的，还是关于吃饭的问题：晚上家里吃火锅，回来吗？

怎么回复呢？火锅是没什么吃头，但却是父母一片疼爱之情。艾莎看不见窗外的天色，只得看网上的天气预报，然后给父亲回复：看今晚天气，如下雨或下雪，就不回去了，你和妈妈吃吧。

背《诗经》似乎也没劲，艾莎把书合上，又开始浏览网页。想到几天后的生日，觉得QQ上的那句签名应该改一改。于是，那句哀叹年华如流水的"同来玩月人何在，风景依稀似去年"，改成了很有生活气息的"时间真快，过几天又是生日了"。说到底，在QQ上挑明自己马上要过生日，无非是想引起一些人的注意。比如朱大卫，或其他几位看似有情实则无意的"联系人"。对于最近的寂寞，艾莎很不服气。钓不到金钱婿，也得有个有情人；没有有情人，也要有个知己；没有知己，也要有个暗恋者；没有暗恋者，也要有个闲聊打发时光的……

平时上班觉得很累，可真休息了，却只会胡思乱想。艾莎打开文档，开始写随笔，题为《新年前的南京西路》，准备发布在博客日志里。

每年的十二月中旬开始，南京西路几乎每日都在变化。每天下班开着车子回家，总看到几个地方与早上出来时不一样。多了些装饰，多了些缤纷，一天天流光溢彩起来。到圣诞节的前几日，整条路就像一个妆扮完成的美女，直等那狂欢的音乐响起，穿着水晶鞋舞起无边的裙摆。

年逢岁末，是节日扎堆的时候。从圣诞节到新年，再到春节和元宵……

三心两意地在电脑前坐了近一个小时，艾莎才把这篇描写南京西路繁华夜色的文章写完。再读一遍，觉得词藻不够华美，决定暂时不发表。随笔也要有随笔的美感和个性，这是艾莎对自己的要求，而流水账似的文法，就免了吧。网上文章那么多，雅俗都能找到自己的好恶，而自己写的小文是千万不能不雅不俗的。

再听音乐就浪费时间了，艾莎起床从冰箱里拿了瓶依云水，顺手打开电视。艾莎的“看电视”，大部分时间都是用来听的，听到精彩处才会抬头看上几眼。艾莎一边上网一边听着电视，耳朵里全是各种类型的娱乐秀或征婚节目。这真是个全民娱乐的年代，各种名目的选秀让人眼花缭乱，自娱自乐的卡拉OK也变相地搬到了演播厅。民间真是藏龙卧虎之地，选手们十八般武艺样样精通，还有的是父子兵母女档上阵。可惜这热闹里，唯独少了有着浓浓文艺情结的读书文学类节目。就像楼下书报摊老板娘说的一样，文学有什么用？现在这个时代要证书、专业技术和娱乐精神。唉！娱乐已被上升到精神的境界了，所以楼下书报摊只卖些电脑杂志、小报和八卦周刊。周刊封面更是让艾莎看得连连惊叹，一张模糊不清的男女并肩走路的照片，原来是爆炸性新闻。再看标题，无非是某女明星和某公子在酒楼吃完饭出来。报摊老板娘是明白人，所以说文学有什么用，你再怎么“窈窕淑女，君子好逑”，也比不上送一个名牌包实惠。而君子，也必好逑那窈窕的淑女。

手机又来短信了，是大学同学晴子发来的。晴子是中文名，可不是她自己起的日本名字。“晚上可能要下雪，出来吃火锅吗？”

又是火锅，难道到了冬天就再没别的东西可吃了？“不去了，晚上要回家和爸妈吃，下周吧。”

草草打发了晴子，无聊的艾莎也看起了电视。是个情感类的节目，一个戴了侠女面罩的女人，正声泪俱下地讲述着自己在感情上所受的伤害，以及这伤害带给她的漫长的痛苦。旁边有个男人，用上海口音很浓的普通话辩解着。那男人看上去一脸老实，连朱先生四分之一也比不上，竟也有女人为他这般痛苦。

换个台，好像是重播的相亲节目。十来个如花般的女孩坐在台上，甜美的笑容，精明的眼神。男生一个个走出来，介绍着自己……

艾莎关掉电视，发觉被窝已不像刚睡醒时那般暖和。再看一眼小餐桌上的百合，又开了几朵，香味比昨天浓了一些，和衣柜发出的樟木香混在一起，有些不好闻。艾莎很珍惜这可以睡懒觉的时光，决定再躺十分钟。周一到周五，每个清晨的六点半，她都要被手机闹铃叫醒。那是最难熬的早晨，起床只能用“痛苦”二字来形容。当然也不仅仅是她痛苦，清晨的时候，全上海都被闹钟叫着痛苦地起床。

下午还是有些事的，做头发，烫衣服，也许晚上回家和父母一起吃火锅。最好 QQ 上有聊得来的人，那样就会聊很久。聊天有什么用？谁知道。不聊天，不约会，周末做什么呢？

2 比烟花更落寞

周一清晨，随着北国之春的手机铃声响起，睡梦中的艾莎万分艰难地睁开眼睛。她迷迷糊糊地按了停止键。铃声停了，三分钟后将再一次响起，这也是艾莎最中意这部手机的原因。要想让它不响，就得“程序—时钟—闹钟—铃声—取消—确定”，一键一键地按下来。等按完了这些键，睡意全消，才可精神抖擞地起床。

接下来又睡了三分钟，香甜得像是飞上了天堂。很快，铃声又响了起来，艾莎抓起手机，再次按下停止键。浓浓的睡意被打断，可依然没能完全清醒过来。再过三分钟，天籁之音北国之春再次响起。艾莎叹口气，忍无可忍地开始取消闹铃。按第一个程序键时，她几乎想把手机扔出去，等按到最后一个确认键时，已经彻底清醒了。

已经 6 点 40 分了。迅速地起床，洗漱，天仙般的脸得日日伺候。柔肤水、精华素、眼霜、乳液、面霜、粉底霜、颈霜，一层层涂下来，脸就像块海绵，涂了这么多，竟不留痕迹。七点，艾莎开始准备早餐。牛奶、面包加果酱，还有半个苹果。吃完后叠被子，洗碗碟，完成时已 7 点 30 分。

艾莎开始化妆，上粉、描眉、画眼线、涂眼影、上睫光膏、画唇线，慢活快做，收拾好脸蛋已是 7 点 45 分。拿起放在沙发上的衣服，艾莎一件件穿了起来。每晚临睡前，她都会根据天气预报把第二天的衣服搭配好，免得早上分秒必争中还要花时间找衣服，多亏她养成这么个好习惯，不然这早上的时间还真是不够用。

最后戴上耳环、戒指。打开手提包，手机、钱包、化妆袋、工作手册，一样不少地放进去。放完还要检查一遍，免得漏下什么。一切妥当后，艾莎站在梳妆台前，对着镜中的自己笑一笑，在脖子、手腕处喷上香水。

八点整，明艳照人的艾莎走出了家门。她的飞度小车停在弄堂口，走过去大约要五分钟。这也是没办法的事，老洋房的停车位都是占了花园和道路临时画出来的。这五分钟的步行，也算是艾莎的早锻炼了。

飞度车拐弯开上南京西路，前行不到三十米就堵上了。今天是周一，又是新年前最后一周，堵车是必然的。艾莎耐心地顺着车流一米一米地向前挪。她在陆家嘴上班，要是不堵的话，十五分钟就可以到公司楼下，可要是堵车，就真不好说了。

9 点差 5 分，艾莎的飞度车终于到了公司楼下。进车库也要排队，不过好在也就是几分钟的时间。等艾莎把车停好，快步奔到电梯口时，已是 9 点 5 分。

电梯间已站了五个人，个个表情木木的，尤其是男人，少了化妆品的修饰，每张脸都有点浮肿，还打着哈欠，眼睁睁地望着电梯上方的楼层显示，像看着耶稣的十字架。

“电梯啊电梯，你快快下来吧。”艾莎在心里祈祷。到地下三层的电梯只有一部，上下班高峰期总是不够用，夸张时要等十五分钟。

电梯终于羞羞答答地下来了，又每逢偶数层必停地往上走着。9 点 14 分，艾莎终于到了公司门口。她像闪电手似的，把早已拿在手上的门卡快速一刷，没有迟到。其实，公司的上班时间是九点，考虑到路上堵车，留出十五分钟宽限的时间。多亏了这十五分钟，否则艾莎每天 6 点 15 分就要起床。

艾莎有间单独的小办公室，整面墙的落地玻璃，可以看到黄浦江。不过，一坐到办公桌前，艾莎是没时间欣赏窗外景色的。打开电脑，翻开工作手册，培训、考核、测试……艾莎负责一个不直接产生效益的部门，却一点也不比在市场第一线的员工轻松。

到了午饭时间，艾莎才能名正言顺地歇一会儿。助理沈欣怡端着饭盒进来，两人面对面地坐着，边督促对方减肥，边胃口大好地一起吃饭。欣怡是苏州人，长得娇小秀气，比艾莎小一岁。她比艾莎晚几个月进公司，几年下来，两个独生女亲昵得像姐妹。

艾莎在QQ上的生日留言很快引来几位朋友的问候，比较投缘的，便会准备个小礼物，然后发快递过来。在这座大城市里，去看望谁都不太方便，心意只能拜托给速递公司。朱大卫今天总算在线，但显示是“外出觅食中”。一早上，他都没和艾莎联系。当然，这也正常，逢年底，谁都很忙，特别是像他这样的财务总监。

“要过生日啦？”王枫的小企鹅头像闪了闪，随即又发过来一束玫瑰。艾莎往嘴里舀进一口饭，不想答理。王枫是公司上海地区的代理商，合作了很多年，与公司上上下下都很熟。

“这个人真讨厌。”艾莎看了眼电脑，对欣怡说。

“谁呀？”欣怡说着凑到电脑前看了看。一看是他，便说：“这人是很讨厌。”

“想去哪里玩？我请你。”王枫继续发来消息。

艾莎还是不理会，对欣怡说：“一个结了婚的老男人，怎么还这么不安分？”

欣怡又凑过头来看，接着聊天屏上又传来一杯咖啡。“别理他，中秋节时他也要请我，说怕我想家。”

“公司有规定，不能接受合作商的宴请和礼物，谢谢了。”艾莎还是给他回复了简单的几句。再看看大卫，“觅食”还未回来。

吃得很饱的欣怡又上网去找减肥偏方了。她对减肥药的要求极高——纯中药、对人体无伤害，服下后怎么也吃不胖，并且价钱便宜。于是，调皮的女同事们都拜托她找到了通知大家一声。闲着的艾莎又打开了那个叫“天下良缘”的征婚交友网站，据说这个网站有几千万会员，每天有上千对的男女因为在这“网”里相识而喜结良缘。这个几乎是中国最大的鹊桥，艾莎整整关注又观察了半年，不过还是下不了决心去注册。欣怡和艾莎的情况差不多，最近一次恋爱也是在八个月前。用她自己的话说，也渴望感情，但宁缺勿滥。苏州姑娘很谨慎，觉得网络怎么说也是虚幻的，连个减肥药也找不到，更甭说是伴侣了。虽然网络情缘可以马上转到现实里，可想象在前，现实在后，失望的概率总是很高。助理欣怡分析得这么头头是道，上司艾莎持相同意见。再怎么样，我们这么可爱的两位美女，也不至于搞到网上征婚的地步吧！

欣怡一离开办公室，口是心非的艾莎就在天下良缘开始了搜索。她先把地区锁定在上海，年龄定在 28 至 38 岁之间，文化要求则是本科以上。设置完后，再点 GO，一大堆符合条件的人就跳了出来，竟有几十页之多。

看着这些“熟悉”的面孔，艾莎真是失望。因为半年来不间断的搜索，这些条件范围内的男士都成了艾莎的“熟人”了，这其中有一半在半年前的初次搜索中就“认识”了，到今天他们还在“天下”征“良缘”。看样子，还要继续征下去。想到论坛上的一些“流言”，看来是真有其事了，把自己的幸福寄托给这些长期征婚者，真会变成“天下奇缘”。

朱大卫终于觅食归来，一上线，就发过来一朵玫瑰。艾莎不回复，假装不在。

大卫：在吗？要过生日了？

什么意思，难道假装生日吗？

艾莎：是的，岁月似流水，又大了一岁。

大卫：时间对所有人都是公平的，你大了一岁，我也大一岁了，大家都大一岁。不过，我还不知道你是过几岁的生日呢。

艾莎：你说呢？

大卫：多大我看不出来，反正比我小很多。

真会哄人，哼！

艾莎：是比你小许多。

大卫：生日怎么安排的？想好怎么过了吗？

艾莎：和我爸妈一起过。

大卫：呵呵，很好！那我还能不能请你打球呢？也算是陪你过生日。

艾莎眼睛一亮，心想太好了，他终于有反应了。

艾莎：打什么球？

大卫：网球，喜欢吗？如果可以，我就订球馆了。

艾莎:我打的不好,你不要见笑。

大卫:见笑什么,你生日,你老大。什么都好,我都喜欢。

……

艾莎终于张罗出一个自己喜欢的生日。和自己看得上的大卫,先去国际网球中心打球,然后在旁边的环球酒店自助餐,最后让他送自己回家。

29号那天,艾莎没吃早饭,因为前一晚试网球裙时发现腰围竟有点紧。才半个冬天,就胖了这么多。中午,她也只吃了个苹果,希望下午上球场奔跑时,不要露出"小泳圈"。

国际网球中心是上海最高端的会员制网球馆,座落在尊贵的衡山路。对于这家顶级的健身俱乐部,艾莎早有耳闻,可真站到这么奢华的场地时,心中还是略有惊叹。从更衣室出来,大卫已在球场上热身了。他穿了一身白色POLO秋冬网球衫,讲究又不张扬。衣服是中袖的,裤子的长度也刚好在膝盖上,袖口和裤脚处则镶了蓝红相间的条子,让白色的球服显得更白亮。虽然是运动服,却熨得很平整,穿在瘦高的朱大卫身上,很有法国贵族的味道。

一上场,艾莎就发现大卫的网球打得很好。无论是发球时的抛球,还是击球时的步伐,都看得出他是这项运动的热衷者,并且得到过专业的指导。他很绅士地把球打到艾莎能够得着的地方,免得她因为追球而过快地丧失体力。可是,即使能让艾莎很顺手地接上球,她也是击得满天飞,飞出了界,还是无效球。

大卫再绅士,遇到这样的搭档,对他而言也实在是没有一点运动的乐趣。预定了两个小时的球场,才一小时多一点儿双方就都不想再打了。艾莎双腿肌肉发紧,再也跑不动了,而大卫也不想这么没节奏没激情地继续下去。

"今天你太累了,我们下次再来打吧!休息一下,我们去吃饭。"大卫喝完剩下的半瓶水,客气地说。

艾莎点点头,巴不得早点晚餐。趁着今天生日,她可是有许多问题要问问这位绅士。

环球酒店的西餐厅就位处大堂的一侧,可一览室外网球场全景。冲完凉后换上衬衫领带的大卫,殷勤地为艾莎拉开椅子。

“本来想订在花园酒店,可时间有点晚,那里没位置了。我喜欢花园酒店里的大草坪。”大卫边说边把雪白的餐布铺在膝盖上。

“我也很喜欢那里的气氛,不过已经好久没去了。”艾莎回答。离最近一次去花园酒店已经快一年了,是和前任男友一起去的。

“艾莎,祝你生日快乐!永远美丽幸福!”大卫拿起红酒杯,轻轻地晃了晃,和艾莎碰了一下杯。这一刻,他的眼神是深情款款。

“谢谢!有你的陪伴真高兴!”艾莎真诚地说。她和大卫并不是第一次约会,每次他都对艾莎照顾得很周到。

“给美女庆祝生日,求都求不来!”大卫接上来就是句轻佻的话,摆明他并不是真心在追求艾莎。可不是追求,这样殷勤又叫什么呢?叫“泡”,掉格得很!艾莎心中有些不悦,哪个女孩都喜欢男人说:希望一辈子陪你过生日。男人若表示愿意一辈子相陪,剩下的就是女孩愿不愿意给他陪了。可大卫的话,显然没那么长远和真诚,什么“求都求不来”,听着就是捞一点算一点的意思。

“我有时对你很好奇的,在家会常常想到你。”艾莎暗示他,我对你有意思。

“是吗?常常想我吗?”大卫脸上马上露出很开心的表情。没有什么比女人的相思更让男人得意的了。

“你条件很好,可为什么还没结婚呢?”艾莎问出了一个相当有水平的问题,大卫也有N种回答。一是我没女朋友,怎么结婚?当然这是鬼话,但至少有恋爱结婚的诚意。二是我已结婚了,家人在国外或其他某处。这就没戏了。三是一直没找到合适的,也是鬼话,无非是让自己试验一下是不是合适。

“你说婚姻里最重要的是什么?”大卫的回答是反问句。

“感情吧。”艾莎慢慢地剥着澳洲龙虾的大脚。

“婚姻里最重要的是专一。有了专一,责任什么的都有了。可我做不到，根本不可能做到，我也不想结婚后被另一半质问道德怎样怎样一类的问题。”

他倒说了大实话。结了婚，长相厮守，搭上一辈子，在这个自由又充满诱惑的世界里，对另一方保证专一，只能用来当甜言蜜语。

“长相厮守不好吗？”

“好，可我做不到，其实别人也做不到。所以我不结婚，免得耽误你们这些女孩子的幸福。”他把刀放在一边，用筷子夹了凉拌金针菇放在艾莎的碟子里。

“你倒是完美主义，做不到专一就不结婚。你是从来都不想结婚，还是近几年才这么想的？”艾莎有些失望。天底下就是有这样的规律，看着大好的男人，偏有着古怪的念头。

“我在法国时，有个女朋友，我们同居了一年多。那时候我考虑是留在法国的，毕业后就和她结婚。有一天，她突然跟我说，她老公要来看她了，要在巴黎住一个来月。她要重新租间房，搬出去。”

“你怎么办？怎么说？”艾莎停止了剥龙虾的动作，看着大卫。

只见他若无其事地往嘴里送进一块鳕鱼，接着说：“我说好啊！她就租房搬出去了。”大卫笑笑，“一个月后，她送走了老公，当天就回到我身边。那晚，我几乎能闻到他老公身上的气味。她真让我恶心。”

艾莎喃喃地答不上话来，心想这个男人完了。他把话说成这样，说得这么狠，艾莎听了也有些恶心。

大卫笑着起身去拿食物，很快端回一盘羊排，分了一份在艾莎的盘里，说：“这里的羊排做得很好，试试吧。这样看着我干吗？说说你吧，平时有什么爱好？”

“我？没有太多爱好，也就是上班下班，看书听音乐。”

“会弹琴吗？”大卫没说什么琴，但艾莎什么琴也不会。

“不会。”

“那喜欢读什么书？说说这几天你床头都放着些什么书？”大卫真会问。

“《诗经》、《漫长的告别》。就这两本，都是没用的书。”

“怎么说《诗经》和小说是没用的书呢。《诗经》它可是五经之一，以前的学子必修之书。”

“那是以前，现在是没用了。这个时代要技术、证书、科学，连书报摊的老板娘都知道，文学没一点用。像你这样，懂几国语言，又有各种证书的人，是这个社会的栋梁。我喜欢没用的文学，看没用的书，是浪费时光的人。”艾莎的心情被大卫刚才那一席话破坏了，为了表现出自己的淡定成熟，她坚持多说废话。说得很乱，连书报摊老板娘也扯了进来。

“什么，老板娘？”大卫也被艾莎弄得有些晕，不过他并不想搞清楚那是谁，自顾着说下去，“人在社会上如有一技之长，就能够获得生存。证书是社会的需求，也是竞争的敲门砖。为了生活得更好，人人都想着多拿几本证。中国人拿本本拿惯了，手上无证，心中发慌。不过你也别贬低文学，你这个爱好很好。”

“好什么，同事都在读《300招搞定老板》，老板读《无为，无所不为》，我读《诗经》读小说，不是很不入流吗？”

“哈哈，听来现在的办公室还真是这么一回事。不过，艾莎，文学可不是人人都玩得起的，它是社会文化重要的表现形式之一，它的内涵有超越功利的价值，文学能带给人思想。如果没有伟大的文学和伟大的思想，世界就是掌握了再多的科学，也是原始状态。当然这只是我的一面之词。你能说老子是不文明时期的吗？尽管几千年前的物质很匮乏。人被称为高级动物，不仅仅是因为我们掌握了科学，更重要的是思想。”大卫侃侃而谈，没一点拙涩。迷人的大卫，哲学气息的大卫，文学的大卫，偏偏是不相信婚姻的大卫。

晚餐一直吃到十点，大卫才送艾莎回家。到了洋房楼下，这次大卫却没有停下脚步的意思，可艾莎并不想让他上去。

“好了，我到了。大卫，谢谢你陪我度过一个愉快的生日！”站在离楼梯口两米远的地方，艾莎停住脚步。

“不用谢，你快乐，我也快乐。难道你不想请我上去坐一下吗？我很想看看你床头柜上的《诗经》。别站在这里，这里寒风瑟瑟的。”他不再含蓄。

“我想，还是不要上去坐了。我与你想象的，可能有些距离。”

“艾莎，”大卫伸手半拥着艾莎的肩，说，“我们都是成年人，你也三十了，我们应该享受生活。马上就是新年了，今夜为什么不狂欢呢？”大卫边说边推推眼镜，一副大大方方求欢的样子。

狂欢，为什么要狂欢？

“不，不了，我要上去了，明天要上班，再见！晚安！“艾莎踮起脚，和大卫贴了一下脸，转身就跑上楼梯。

大卫看着艾莎的背影，笑笑，这是个好女孩。

推开家门，没开空调的房间里很冷。艾莎趴在她那张大床上，不一会儿手脚就冻得冰凉冰凉的。蕾丝窗帘还挂在一半的位置，周围高楼大厦变幻的灯光投射到房里，留下热闹后的清冷。也许是喝了些红酒的缘故，艾莎有些头晕。她从床上起来，打开屋里所有的灯，让整间房灯火通明。窗外有孩子在偷偷放烟花，“嗖、嗖”的声音之后有红色绿色的烟花散开。这种烟花艾莎小时候也放过，两三元一枚，先是“啪”一声，像个小鞭炮，接着“嗖嗖”地向上冲，在不到十米的高度，就散开了烟火。

“是谁家的小孩在偷偷放烟花啊？”艾莎靠在窗口看着烟花落下去，很快便听到一位中年男人的呵斥，接着是孩子的跑步声。烟花是不会再放了，艾莎把窗帘放下，打开了电脑。QQ上有许多留言，都是生日问候和祝福的，一一作了回复，再把签名改成“比烟花更落寞”。

3 征婚进行中

2010 年的第一天，艾莎对着电脑整理着她的征婚资料。这次她是下定了决心，反正现实中的人也不是太靠谱，还不如到网上去试试运气。

艾莎敷着面膜，是新买的瘦脸保湿面膜。现在所有的明星都是小尖脸，同事和同学们的脸也越来越小，让本来是小号脸的艾莎成了中号脸。艾莎曾想偷偷去打一针肉毒杆菌素，可又害怕有后遗症。尼可那张脸就是例子，僵得像是蜡做的。瘦脸和美白是美丽的传说，是美容上的大事。一代代上海女人保养容颜的方法也不尽相同，但目标都是又白又嫩的小瓜子脸。听说外婆那一代，讲究些的是用珍珠粉加人参来敷脸，一般人家就用绿豆粉加些蜂蜜。到了妈妈这一代，只能用蛋清和喝不完的酸奶往脸上涂。直到现在，艾莎妈妈还有常把酸奶往脸上抹的习惯，只是并没什么明显效果，便埋怨酸奶质量不好，全是三聚氰胺闹的。到了艾莎这一代，花样就多了。高中时用黄瓜片，大学就用葡萄皮，工作后死海泥、火山浆都用过。有时大家坐在一起聊起天来都觉得荒谬，那火山爆发时的白泥浆，还能美容？

花了两个小时，艾莎才在“天下良缘”把自己的征友页面设置好。个人介绍最难写，既要让“天下友”读出她的美好、能干和善解人意，又要好得恰到好处。精心地选了四张照片，有端庄的大头像，轻松的休闲照，美丽妩媚的晚装照及认真专注的工作照。而艾莎希望的另一半，页面上的要求也中规中矩——年龄在 28 至 38 岁之间，本科以上文化，江浙沪海外地区，身高 1.75 米以上，性格温和，有教养及上进心，年收入 15 万元以上。这样条件的男人似乎满街满网都是，可艾莎怎么就找不到一位呢？其实，艾莎的心愿是遇到最平常的男人，却带给她最不平常的幸福；又或者是遇到最不平常的男人，然后带给她最平常的幸福。难，是难在这里！

从支付宝划过去会员费，接下来艾莎就是等待“有缘人”了。脸上的面膜早已干得发紧，她慌忙去洗手间洗去那白白的一层，然后再一层层地涂上保养品，涂出花容月貌。

新年的上海是从中午醒来的。从十一点开始，艾莎手机的短信铃声就响个不停。大家都一样睡到日上三竿，醒来后公事公办地开始全世界送祝福。艾莎从这些祝福短信中选了条还算有些文学气息的祝福语，然后按着手机上的联系人群发，就算是完成任务了。友谊是什么？问候是什么？就是短信。不是月亮代表我的心，是短信代表我的心。艾莎想起古人“王子猷雪夜访戴”的典故，那种友情和风骨，或许就只能存在于我们的追忆里了。时间改变了一切，浪漫与情谊在这个时代是真正的奢侈品。就算像大卫这样苦读几十年，混到高级白领、有学识有见识、有情调有格调的人，真到了“夜大雪，眠觉，开室”的时候，还得自己去便利店买酒和小菜。冻得发抖回来，不知是否还有那“四望皎然”的心情。唉，怎么又想大卫了？他是个对婚姻对女人没信心的男人，不该想他。艾莎赶忙把思绪拉回来。

才洗个脸的工夫，艾莎的征友页面上便有了十来个留言。怎么会那么快呢？初次征婚的艾莎有些搞不明白。即使看一遍我的资料也要花上几分钟的时间，莫非他们都早早等在那里了？

十来个留言的，什么身份都有。第一个是位 50 岁左右的大伯，尖瘦的脸，留了一句“我们聊聊吧”。艾莎毫不犹豫地删除。再下一位才 25 岁，硕士，照片上的他光着上身穿着泳裤，胸前长了些毛，挂了根项链，坠子是受难耶稣。留言是：怎么样？加我吧，QQ 号。什么怎么样？真是有些莫名其妙，艾莎没姐弟恋倾向，删除。再下一位，还是这位 25 岁的硕士，他竟发了两次留言，删除。再下一位，新疆男人，留了浓密的八字胡，看上去像卖葡萄干或跳民族舞的。可怎么维吾尔族也来了，也许是他弄错了，删了。再往下，一张圆胖老实的脸，吉林人，职业是工人，收入 3000 元以下，有 46 平米的婚房。给艾莎的留言是：我会让你幸福的，会让你不虚度此生。哎，删了。

这十来个，只有一个还稍微看得过去，海归，离异，42 岁。年龄有些偏大，但也没大到让人接受不了的地步。艾莎暂时没删除这位海归一号，但也没去加他的 QQ。一个下午，她就这样不停地忙着“选郎”，把原来打算要看的《红磨坊》碟片晾在了一边。

晚上六点，艾莎爸爸开着他那辆老别克，载着一家三代人，来到位于静安寺的“上海一号”酒楼。新年的第一天，必是全家团聚在一起吃饭的日子，这个习惯已经维持了十几年。

“敏敏，侬还没有男朋友啊，不小了吧，今年有二十七了吧?”艾莎的外婆已经七十五岁高龄，眼不花耳不背，模样清瘦，坐下后第一句就是问艾莎的终身大事。这句话外婆问了好几年，艾莎的岁数也被她一直定格在二十七岁。

“外婆，我要单身，一个人多开心，现在的男人都很自私，不如不找。”艾莎娇嗲地回答着，扬扬眉毛，乖巧地把龙井茶端到外婆面前。

“单身哪能行，但是要求也不要放低，宁缺勿滥。”建国后不久就参加妇联工作的外婆，看上去比艾莎还不肯将就，“最近又减肥了？比上次瘦很多了。”

“没减肥，今天用了瘦脸面膜，现在流行瓜子脸啦。”

“啥牌子，改天你给我试试。”艾莎的妈妈一听，也来凑热闹。

“又流行回去以前的样子了，还是瓜子脸小下巴才嗲。”外婆自言自语地说道。她所说的以前是解放前，那时的女子都是以清丽婉约为美。到了六七十年代，全是红扑扑的方脸加浓眉大眼。而对女性的审美观也反映出一个时代的精神。在那个全民劳动的火热年代，带着狐媚气息的锥子脸哪有立锥之地。

妈妈趁着未上菜这点时间，向外婆介绍着最近的股市和楼市。虞妈妈动员外婆趁着房价高，把余姚路的两居室卖了，搬来和自己住。可外婆觉得还是一个人住更自在些，让妈妈别管她的事。妈妈只得停止了卖房的建议，介绍起最近的股市。外婆有五万元交给妈妈去投资，至今已收益八千多块。

她征询外婆的意见,这钱该提出来呢还是继续投资。外婆说继续投资,以后就给敏敏了。艾莎一听,忙亲了外婆一口。

这样的家庭聚餐,唯一的男人爸爸,通常并没有什么用武之地。既不能海喝,又不能乱吹牛,除了劝吃,就是自己多吃。等喝了几杯石库门老酒,爸爸聊起了奥巴马及国际形势。外婆说了句"那个黑人呀?",就和女儿外孙女听女婿分析起国际上的形势。从小到大,艾莎听爸爸在各种场合,分析过每届美国总统。他不把精力放在工作上,独对不相干的国际形势感兴趣。但爸爸的分析听来也不无道理,像是真有些内幕消息似的。外婆和妈妈边吃菜边听他讲,还不时地提些有趣的小问题,仿佛爸爸是美国国会议员,和奥巴马很熟。艾莎知道,这正是外婆和妈妈的宽容之处。只要不是太无用的男人,多少都有点心系天下的豪迈,尽管他维持生计的工作微不足道。可现在的年轻男人,连这点带有荒谬气息的"国际主义精神"也没有了。公司里的男同事们,只要有空闲,就塞着耳机对着电脑,一脸呆滞样。

"美国人肯定就这样的……"爸爸的声音开始铿锵起来,妈妈忙把大闸蟹脚都放在他盘里。吃蟹脚比较费工夫,爸爸自然会少说几句。一静下来,艾莎的心不自觉地就飞到"天下良缘"去了,也不知道又有什么样的人给自己留言了。

手机亮了一下,一看是大卫的回复。中午的时候,艾莎的祝福群发组里有他一个,他竟然过了六个多小时才回复!"新年好！在哪里?"

好像不是公事公办的问候,还问自己在哪里。可艾莎觉得和他是没戏的,既然没戏,就不必去投入台词了,但不回也不礼貌,就简单回复:新年和家人聚餐。几分钟后手机又亮了一下,还是大卫:吃得开心点。哼！少献殷勤,艾莎不再回复,心里惦记着"天下良缘"。

三天元旦假期下来,几百条的留言,看得艾莎眼花缭乱。她用心写的征友要求似乎不大起作用,大量条件不相符的人纷纷对她赞美,留下手机号码或 QQ 号。

几天后的周末,艾莎确定了第一个约会对象,是个叫米高的中年男人。

按他自己的话说，是对艾莎一见钟情，一分钟内就爱上了她。米高的身份是地产商，却无时无刻不在拍照。他发给艾莎的相册里有上百张照片，背景是他的公司、别墅、两条狗一只猫、奔驰车及许多在这个时代很值得炫耀的东西。看来他是个带钻石的老五。但米高的条件并不是太符合艾莎的预想，他有婚史，还有个女儿，年龄也偏大，43 岁的“高龄”。艾莎不是拜金女，只想找个情投意合、条件相当的人生伴侣。可这位米高用带有许多 8 的手机号码不停地给艾莎发短信，也算是精诚所至。两人的约会地点定在春天酒店的咖啡厅。

雨加雪的天气，艾莎因一路堵车而迟到了。米高早已等在那里，看上去比 43 岁更老些。半秃的顶，还腆着个大肚子，而照片上的他是没有肚子的。坐下后的头一句话，艾莎就问他的出生年份，原来是虚岁已经 45。米高虽然外型极一般，却很自信，一直用大胆而欣赏的目光看着艾莎，脸上还呈现出艾莎给员工培训时要求的那种自信、轻松和活力的表情，让人觉得很不真实。

“你家是不是就住在这附近，所以约我在这里？”艾莎问。

“不，我不住在附近。我现在的事业在扬州，在那里我有一块地，准备建一幢 18 层的公寓式酒店。但我对上海很熟。”米高用不太标准的上海话回答道。

这么模棱两可的回答，那他究竟是上海人还是江苏人呢？资料上写的是上海人，怎么现在是从扬州过来？艾莎开始寻根究底了：“那你是扬州人还是上海人？”

“我 1990 年就去海南发展了，我是扬州人，但我马上要在上海买房子了，准备搬到上海来居住和生活。”

“扬州很好呀，我去玩过，很不错的休闲小城市。”艾莎敷衍地说着。心里却想：东拉西扯，明明是扬州人，偏说是上海人，撒这样的谎有什么意义，这人不老实。

“当我在网上看到你的照片时，心跳马上就加快了，一种难以表达的感觉，觉得你很温柔，很亲的感觉……”米高开始表白，艾莎则低头用小匙搅着茶水里的那片柠檬。

“我非常喜欢小孩，你呢？我觉得孩子是维系家庭幸福的纽带……”

“你不是有小孩吗？”艾莎反问道。言外之意是既然用孩子来维系家庭这么有效，那你为什么还离婚。

“唉！一言难尽呀。她是一个非常完美的女性，可是你知道吗？直到现在，她和我在一起还没有过一次高潮……”

天才都想不到，“你知道吗？”后面是这么一句。艾莎和他初次见面，怎么会知道这样的事。不过米高的话有另一个破绽，艾莎紧盯不放地问：“直到现在？你们不是已经离婚了吗？怎么还……”

“马上就离了，因为孩子今年要中考，为了不影响孩子，我们约定小孩中考后就把手续办了。财产方面都说好了，你在照片里看到的别墅，归我。我另外给她买套复式楼，装修好给她。几十年的夫妻，也要把她的生活安排好，我才可以放心……”

“那就是说你还没有离婚？”艾莎的语气虽然平和，但问的话却是毫不客气的。

“也可以这么说，但再过几个月就离了。如果你觉得这样会妨碍到我们交往，我明天回去，和她谈谈，先把离婚手续办了……”

艾莎端着白瓷茶杯，靠在沙发上，侧着头听米高不停地说着。她不会再提任何问题了，因为没有必要。今天下午，她要做的就是在暖洋洋的大堂里，有一句没一句地把米高这些破事儿听完。然后，也许该好好想想，男人究竟是怎么回事？或者是网上的男人究竟是怎么回事？

米高先生侃侃而谈，生动而真切，有喜有悲有希望。这么个对生活如此热爱的男人，想要的无非就是“她要有高潮”，而那个“可以说是完美的女性”，因为没有高潮，就把她的丈夫逼得在离婚手续也未办的情况下，冒充离婚者把“缘分”撒向“天下”。

在米高滔滔不绝地说到他的事业时，艾莎已没了耐心。她想回家，往落地窗外一看，雨雪天的上海堵得水泄不通。看来只得再听一会儿，她让服务员给茶杯再添点热水。想到米高先生说了这么久，就想为他叫杯茶。

“不，不要茶，我就喝白开水好了，我楼上房间里有茶叶。”米高向服务员摇摇手，又向艾莎摇摇手。原来此人还有这么一规矩，楼上房间里有茶叶，就不能在大堂喝茶。

“我现在在开发这个项目上有些资金困难，准备把别墅抵押给银行。这个项目结束后，准备去国外生活……”

他变得真快，三十分钟前还在说马上要来上海生活，现在就改到国外了。

“你去国外吗？欧洲、美国、加拿大、非洲。”米高顺着国外往外国说。

“工作上的原因，常去日本。”

“日本没什么好去的，等你去了欧美，才会有很深的感触……”

“不好意思，我可能要先回去了，今天和家人约好晚饭的。”就算是堵车，艾莎也要走。她宁愿堵在车里听音乐，吃饼干。

“晚上我请你吃饭吧，我都想好了去哪儿吃。徐家汇有家餐厅的炒螺丝特别好吃。”

“不了，非常感谢你，我来买单吧……”

“不用不用，我来买，那太遗憾了！”他似乎一点也没看出艾莎的不耐烦，用有些可怜的口气，继续商量地说：“吃了饭再走吧。”

“不了，和父母早就说好了，外面那么堵车，我得早点走。”

米高深情地望着她，很是不舍。等艾莎十几分钟后开着车从车库出来时，发现他还站在酒店门口，朝她挥着手。看也看到了，艾莎只得打开窗，也向他挥挥手。

等艾莎回到家，已是晚上八点半了。她瑟瑟发抖地在便利店里买了个快速面，正掏钱时，手机收到了短信。一看是米高发来的：饭饭吃好了吗？外面很冷，要注意哦，别冻着了。

艾莎把手机丢进包里，手忙脚乱地付了钱。“饭饭”都出来了，真吃不消，这人到底是什么毛病？

第一次约会，只当自己眼光不好，经验不够。艾莎一边吃着泡面，一边继续看着“天下良缘”里今天的留言。那位穿泳裤的年轻男孩还在不气馁地留言。今天他写的比较多，原来他也是复旦毕业生，即使不能恋爱也希望能做个好朋友。看在校友的份上，艾莎答应考虑一下。

又看看 QQ 上的头像，大卫还是不在线。“他天天都到哪里去混啊，为什么总不在线。”艾莎心里愤愤地想道。而那些在天下良缘里给她留言的男人，个个闲得就剩下待在电脑前。无论艾莎几时登录，他们的头像都显示在线。

这个还不错。一张相貌清俊文雅的男子照片映入艾莎的眼帘。点开他的页面，这位叫恒星的男人今年 37 岁，1.8 米的身高，加拿大籍，短暂婚史，金融业，工作是加拿大上海两边跑。再看看他的自我介绍：人生是什么？是拼博的战场，是安全的港湾，是花前月下的浪漫，是灶台堂前的忙碌。可是这一切，又怎能少了你美丽的身影。我希望能在“天下”找到我的另一半，无论天涯海角，执子之手，永不分离。

这份表决心似的自我介绍并没让艾莎反感，比起那些东言西语、三两句式的闲话，这位也算是写得比较真诚了。于是，艾莎按照上面留下的 QQ 号加上了他。

恒星在线，两人很快聊了起来。先问了问上海的天气，再问了艾莎的工作，言词不花哨，也不呆板。聊天后得知，恒星主要做股票投资，并在全世界的股市都作投资，目前正在筹措一家基金公司。聊了半个小时，恒星便要去准备早饭。这个时间，加拿大是清晨。下线前，他告知艾莎几天后他要回到上海。

30 岁的艾莎对于自己的婚嫁问题，说心里话还是有点着急。恒星除了有短暂婚史外，其他方面都很符合艾莎的预期。他受过良好教育，有体面且属于是精英类的工作。这样的男人，理论上是可靠又有些能力的。他会常去世界各大洲的一些大城市公干，私人旅游则选择风景怡人、交通便利的世外桃源。性格中缺少冒险精神，像西藏的雪域探险、伊拉克空中花园传说中的遗迹，都不是他考虑的游戏。这样性格特征的男人，对于从小生长在物质丰裕、浮香软语、浪漫多情的上海小姐艾莎来说，自然最合适不过了。而那带着风雪沙尘的“北方狼”，像从地底下挖出来的“睿鬭祜”，夸夸其谈不着边际的“米高”，艾莎只能凑着看看热闹而已。

想到这两位博友，艾莎才记起自己好几天没上博客了。丢下“天下良缘”，她把那篇《新年前的南京西路》重新修改了一下，一篇感性又充满浪漫的小文就发表在了艾莎的博客上。

漫天的雪花夹杂着细细的小雨飘落下来，走在南京路上，雪中的情景是冰冷中的璀璨世界。但这不是北方的鹅毛大雪，是缠绵雨丝里的小雪。你要是把手伸在雪中，不一会儿，手心便多了一汪晶莹的雪水。

打一把伞，独自走在雪中，体会繁华中的冰冷，冰冷中的寂寥，寂寥中的那份自在。抬头，我看见玻璃窗里边的风景。那位面容姣好的女孩是谁家的宝贝，捧着一个白瓷杯，忘情地望着雪中的街景。而我在猜测的是白瓷杯里盛了些什么，是暖暖的奶茶，还是浓浓的咖啡，或是清绿的龙井……

4 悲催的周五之夜

恒星每天都抽出些时间和艾莎在 QQ 上聊会儿天，这让艾莎有了些期待。到了周三，他留言说要回上海，周五上午艾莎就接到了他的约会电话。

恒星的快速出现，让艾莎有一种加拿大就在杭州苏州的感觉。为了很好地面对这忽然而至的约会，艾莎把约会时间定在晚上八点。六点下班后，她在堵得像停车场似的高架上，紧赶慢赶地回到家，第一时间就在脸上敷上了红酒面膜。工作了一周，脸色总是会有些憔悴，总不能满脸倦容地去见这位从加拿大远道而来的网友。忙乱中，晚餐就一个素菜包加一瓶葡萄汁对付了过去。

今晚的约会应该处处都有分寸。所谓分寸，就是恰到好处，不能过也不能落。着装得体，不能穿最好最漂亮的，因为美丽是应该留有想象力的。聪明的艾莎懂得这个道理，所以脸上的妆容也很淡，淡得几乎看不到化妆。最出色的是敷了红酒面膜后水汪汪的皮肤，不涂睫毛膏，不画唇线，要有天生丽质的感觉。天蓝色的马海毛毛衣配深蓝色牛仔裤，大冷的天，外面再套件日本买回来的米色羽绒衣。这些虽不是名牌，但都是艾莎从日本带回来的，设计简洁但做工讲究。特别是那件羽绒衣的帽子，内衬是雪白的羊羔绒，再加一圈白色的狐狸毛，把艾莎的脸衬得很是温柔。身上唯一的品牌货就是香奈尔的丝棉长围巾，那可是艾莎的大爱，前年在日本遇到打折才狠心买下的，折成人民币也得近三千元。

慌慌张张地把自己收拾好，艾莎打着伞冒雨走到离家不太远的中信泰富商厦。和恒星的约会地点定在一层的星巴克。

艾莎推开玻璃门，环顾星巴克不大的厅堂，并没有照片上俊朗的恒星。站在门口犹豫了一下，准备再等等。这几天一直下雨，路上堵车什么的也说不定。

正当艾莎准备找个舒服点的位置坐下来时，一位个子高高的男人突然走过来问："你好，是艾莎吧？你来啦。"

"是的。你是？"

"我是恒星啊，怎么，认不出来啦？"

"现在，哦，现在认出来了，刚才没看到……"艾莎有些尴尬，许多失望，更有些不大相信自己的眼睛。

"过来坐吧。"恒星坐下，又用手做了个请坐的姿势。

这怎么可能是照片上的恒星呢？那张证件照上的他年轻、俊朗，而眼前的这位，看上去过五十的岁数，剪着短平头，新长出的鬓角，是斑白的。艾莎手足无措地坐下，眼睛先看着桌面，再看地面，就是不看一眼恒星的脸。

"你要喝什么？"

"随便。"

"我去帮你看看。"恒星站起身，随手拿起他放在椅子上的风衣和包。他带着这两件东西去吧台买喝的。

五分钟后，他端着盘子，又拿着风衣和包，拖泥带水地回来，手忙脚乱地把托盘平放在小桌上。

"上海这几天挺冷的。"一切都从天气开始。

"是的。下了小雪。"艾莎把羽绒衣脱下抱在怀里，手提包放在背后。

"工作还忙吗？"天气之后是工作。

"年底了，肯定是忙一些的。"因为怀里有件羽绒衣，艾莎给咖啡加糖加奶的动作有些笨拙。

这句话之后是一小阵的沉默。艾莎是因为太过失望，所以无话可说。而恒星竟反问了艾莎一句："为什么不说话？"

"我不是很擅言词，不好意思。"

"没关系，放松点，随便聊聊，我对你很有好感。你样子看上去很累，是工作太忙了吧？人的精神很重要，你看我，你看我的样子像多大?”恒星往后面的墙一靠，很自信很从容地让艾莎“看”。

艾莎礼貌地笑了笑，在接到了猜年龄的任务后，现在很认真地望向他的脸，把他看仔细。恒星的脸色就算不能说枯槁，也是中医里说的“面色无华”。他老了，这是肯定的。身材还不错，没有米高那样的肚子，但没肚子并不能变成三十多岁。

“你看我的样子，是不是也就三十七八的样子?”恒星自信地问。

真是道很难回答的选择题，艾莎并不愿说谎，只能含糊地答道：“你的资料上就是这么写的。”很快，已经打定主意不去追究恒星的任何真实情况，他多大对艾莎来说都不重要。

“那是我的心理年龄，我的实际年龄你猜一下。”恒星的目光稍稍有些游移，只那么一瞬。一切都是假自信。

征友资料里填的是心理年龄，真是闻所未闻。照这么说，财产可以填预期财产，职业可以填想象职业。这样的怪事，要是说给同学和欣怡听，她们不笑翻了才怪。

“猜不出，现在的人年龄很难猜的，都保养得很好。”艾莎漫不经心地回答。最重要的问题不重要了，新问题是艾莎突然觉得自己饿了。为了这场约会，晚上才吃了一个素包。想到星巴克有美味的乳酪蛋糕，艾莎不禁回头看了几眼那个食品柜。

“我，四十多了。”恒星没说四十多多少。

“哦，是吗。”和 QQ 对话一样。

“你看上去有些压抑，有什么不开心的事吗？多久没谈恋爱了?”恒星忽然变成了心理咨询师。

艾莎真没想到，今天兴冲冲地收拾了一个多小时，又是面膜又是换衣服，竟遇见个报心理年龄的怪胎。而这种失望，竟又被怪胎说成是压抑。

“我从不压抑，我没有压抑的感觉。”艾莎回答了压抑的问题。

“那是你没有关注自己的内心？我一看就知道了。”恒星双手抱臂后靠墙。这个姿势若是坐在沙发上，便更有气势一些。他脸上是不可一世的、不屑一顾的、傲慢的及一切让艾莎觉得莫名其妙的表情。

“你想的太多了,我现在虽然没有男朋友,但并没有什么好压抑的……”艾莎本想多解释点,可抬眼一看到眼前的这个人,什么话都没了。

“生活中你是孤独的,没有人理解你,其实你也找不到理解你的人。表面上你看上去很不错,长相好,工作好,和同事也很融洽,但其实你很孤独,你的内心是很痛苦的。可你为什么不把你的痛苦说出来呢?为什么把这些不开心放在心里?我一看到你的照片,就知道你是个很有故事的女人。今天我们能坐到一起,是缘分,你说是吗?”

艾莎先是沉默,再点点头,脑子里想的是大卫遇见陌生女孩时,会不会也讲这样莫名其妙的话。

艾莎的沉默,恒星误认为是承认他说得对。艾莎的点头,恒星以为她赞同他说的一切。于是,恒星先生喝下一大口咖啡,再接再厉,说:“你最后一次恋爱是什么时候?他伤害了你,对吗?”

“没有人伤害我,我们是合不来,你想的太多太远太复杂了。刚才你说的这些话,与我的实际情况一点也不相符。这是个平等独立的时代,没有人可以轻易伤害到谁。无论我有没有恋爱或人生伴侣,我都很热爱生活和工作,我并没有你说的那种表面不错和暗地里痛苦的情况。人性固然复杂,但也不是能让你这样刻意扭曲的。从我的文字,你可能读出我感性细腻的一面,但并不能说这种情怀是孤独造成的。我真没觉得孤独,从没觉得孤独。你刚才讲得这些,很大一部分我理解不了,这些话对我们相处没有任何帮助。很感谢你来看我,我觉得我们没必要谈下去了。谢谢你的咖啡,再见!”忍无可忍的艾莎抛出了一大堆话,说完就站起身,穿上羽绒衣。走到门口时,又退回来,买了两块芝士蛋糕,准备一块晚上吃,一块是明天的早餐。在推门出星巴克时,回头望了一眼恒星。他坐在那里,一脸无趣和失败状。

小雨还是淅淅沥沥地下着,看这光景,怕是春节前都晴不了。艾莎打着伞,心情却是“落汤鸡”一样,拎着两块芝士蛋糕,散步似地走在回家的路上。可她心里却并不想回家,冰冷的空气是清新湿润的,带给她有别于空调房里那种暖烘烘的冷静。也许自己刚才有点失礼，就算恒星再无聊，自己也不可以这样无礼。可是，艾莎真有些不明白，像他或米高这样一大把年纪的男人，为什么一点真诚都没有呢？就算是个再平凡的人，只要是表现自然真实的自己，都会得到尊重的。

“阿曼尼”美发店还没关门，那盏旋转灯在细雨中特别显眼。“进去洗个头吧。”艾莎走上了美发店的台阶。她已经好几个月没来这里做头发了，原因是艾莎的美发白金卡只剩下三百元，而每次来都要被不停地游说、催促充值，让她烦不胜烦，最后只能采取“逃避”战术。我不来总可以了吧！

“你是我们的会员吗？”为艾莎洗头的是个不到二十岁的年轻姑娘，粉嫩的脸上涂了些粉，刻意发出甜美的声音。

“是的，白金会员。喝绿茶。”

很快，洗头小姑娘端了茶水和一小碟水果过来。喝了两口茶后，艾莎很有经验的半闭起眼睛，装作很累的样子。这些洗头小妹，别看她们年轻，只要一搭上话，便开始推销。

“你看上去很累哟，是刚下班吗？”洗头小妹甜美的声音，学的是台湾腔。

“刚谈完事，还好，不是太累。”此时万不可说太累，否则，就要拉你去美容部做全身推拿。

“这么晚了还谈事呀，你一定是女强人。”女强人现在是“贬义词”了，看来这小女孩不是太拎得清。

“嗯，一般吧。”艾莎又闭回眼睛。

繁华世界是不会让人安静下来的。不到五分钟，洗头小妹又开口了，“你是剪？还是吹？还是烫？”

“就简单吹一下。”

“要过年了，不打理一下啊？”

“不用。冲水吧。”艾莎把声音放的很低。

就算躺在那里冲水，洗头小妹也很敬业，不停地唠叨。

“你的脸色不是很好，眼睛里也有些血丝，这种情况一般是你的肝脏排毒情况不好。”

艾莎含糊地用鼻子"嗯"了一声。

"你的肩颈也很僵硬,肩颈不好就会引起大脑缺血,你要多做按摩。"

洗头小妹这下倒是说对了,艾莎整天对着电脑,白领们几乎人人都有肩颈病。

"那你就帮我多按几下吧。"艾莎话音刚落,洗头姑娘就卖力地揉起她的肩颈来。

"你在我们这儿做过美容吗?"

"没有,我在专业的美容院里做皮肤护理。"小姑娘的殷勤让艾莎有些不好意思,看在她按肩膀的份上,艾莎还是得好好和她说话。

"其实,我们这儿也很专业的。"客人终于消除戒备了。身为 HR 的艾莎知道,职业培训中有这么一系列课程,打动、介绍、说服、合约。现在洗头小妹开始介绍了,"我们现在推出了一个新项目,是针对女性在冬季时手脚冰冷、血液循环不良而推出的。先用汉方中药熏身,让你全身的血液流动起来,身体暖起来后,然后用精油给你开背、推拿。再从天顶穴开始一直按摩到涌泉穴,把你所有的穴位经络打通,最后是把你的任督两脉打通,当然这要看你的身体条件,有的人能打通,有的打不通,如果这次打不通,你就要再来一次了。打通后你的身体从此就很好了……"

"什么打通?"艾莎似乎听到任督两脉。

"就是打通你全身的经络,还有任督两脉。打通后……"

"那我不成了金庸笔下的武林高手了。"躺在洗头床上的艾莎忍不住咯咯地笑起来。今天是什么日子,全是怪事怪语。刚才从星巴克出来后那灰溜溜的心情,也一扫而光。"小姑娘,你有那么好本事,你是高手啊。哈哈哈!"

"真的,姐姐,不骗你的,我帮好多人打通了。"洗头小妹有点着急。

"好了,再冲下水就行了。小姑娘,任督两脉是中国传统医学及气功中的传说。那个断脉在中医里是一定有的,但西医解剖学却找不到断脉,不但找不到断脉,连经络都找不到。是谁教你的呀?你们这里培训的啊?"

"我们有中医来给培训的。你要不要上去试试,现在是特价。"

“不了，谢谢你了。”艾莎从洗头床上起来。她对传统文化一直很喜爱，本想对小姑娘多说些中医方面的常识。可又一想，自己不过来洗个头，还是少废话吧。难道真是被那个恒星刺激到了。

坐到美发椅上的艾莎，很快听到亲热的招呼声：“艾小姐，好久没看到你了，哪儿去了？出差啦？”所谓的首席发型师迈克已站在艾莎身后，一身春天般的打扮。粉红色的花衬衫，低腰紧身裤，古奇腰带，眉眼中带着“妖气”。

“是啊，年底有些忙。还像以前那样吹吧。”

“你的头发最近不大好哟，很干枯，你在忙什么，把头发弄成这样？”迈克手夹着梳子，翻来覆去地看着艾莎的头发，沙里淘金一般。

“是吗？唉，我也不讲究。”艾莎知道迈克接下来要说什么。不过迈克没说，拿起吹风机开始吹头发。

“你有头皮，要不要喷支卡诗蛋白素？”迈克问。

又是什么营养素，艾莎可上过一回当。三百元一支，只能涂一半头发，再加一支，那一次就营养了六百。

“不用了，卡里面没钱了。”

“哇——，你还没充值啊！”迈克的表情很惊奇，仿佛艾莎没为美发卡充值是一件愚蠢至极并很失误的事。不过，艾莎真觉得自己今晚蛮蠢的。先是用心地打扮自己，见了个心理年龄三十七岁的人。见面后还被对方看作是不关注自己内心的人，竟要她打开心扉，把什么痛苦都说出来。来这里洗个头，被没读过几年书的洗头妹看出肝肾有问题，还要替自己打通任督两脉。真不知道今天是什么日子，一个晚上，满耳荒唐言。

“是啊，这段时间没来，就一直没充。”艾莎尽量轻描淡写的口气。

“那你今天充吧，我们新年搞优惠，有抽奖，就是百分百中奖的那种，至少也是瓶几百元的香水。”

“我今天没带钱。”

“不要紧的，我和收银说一下，你先签个字，下次来补上就行了。”迈克锲而不舍地盯着艾莎充值。

艾莎沉默了一下，说：“算了，还是下次吧。”

艾莎有时真不大想的明白，这些发型师大多数都来自农村。本来都挺朴实的人，到了上海，花几个月的时间学了门手艺，便跻身在时尚界。穿着国际名牌，装扮妖冶另类，叫着英文名，住着群租房，天天计算着客人的钱包。如果他们不来上海会怎么样呢？至少不会穿这样的紧身裤，也许早已娶妻生子……

正当艾莎胡思乱想、哀叹人心不古时，迈克又开了口："春节有什么旅游计划吗？"

"暂时还没有。"

"我有个客人，要去非洲。听说机票都订不到了，单程都要将近两万多一张，他们夫妻两个去那里玩上一个星期，准备了30万。"

"哦。"这人真烦，是在讽刺我小气吗，连8000元卡都不肯充？算了，反正今晚很无聊，损他一下。于是，艾莎回答说："非洲景色相当不错的，值得一去，我有朋友去过。你去过吗？"

"我没有，我们哪里……有时间。"

"那你春节去哪里啊？"尽管吹风机的声音很响，艾莎还是坚持说下去。

"我们春节最忙了，哪有放假。"

"那春节后你们老板总会给你们放假吧。那时去日本最好了，日本很时尚，最适合你们时尚行业的人去了。不用懂日语的，日本的年轻人英文都还过得去。你去过日本吧？"

"唉哟，我们哪有去过，没有。"迈克的口气没那么"狗眼"了，开始哀声叹气起来。

"日本都没去过呀！"艾莎也装出一点吃惊的样子，"那韩国一定去过吧？"

"也没有。"迈克开始话少了。

"啊，也没有！可你看上去很像韩国那里的时尚年轻人。"艾莎继续夸张点的神情。

"真的？是这样吗？"迈克听到这句有点高兴，边吹头发边看了看镜子里自己的模样。

“是啊。那你去过哪里？香港、新加坡、泰国？”

“没有，不过香港可能明年去。”

“那你真是不出门的人啊。收入那么高，全身名牌，竟不舍得出去玩，大概是要在上海买房子吧。”

“买不起，哪里买得起啊。”迈克终于说不上什么了，一脸无趣。

艾莎也停了口，安静地看着镜中的自己。这些发型师，有一技之长，不想着好好工作提高技艺，老动些歪脑筋，哄啊诈啊总想让客人多花些冤枉钱，可谁的钱不是辛苦赚来的。这几年上海的美容美发行业越来越过分，为了能让客人开张大卡，反复纠缠，什么话都说的出来。

等艾莎做好头发回到家，已是半夜十二点，肚子早已饿得咕咕叫了。她一边舀着芝士蛋糕一边浏览着电脑网页，很不甘心地又去看了看恒星的页面，希望能找到心理年龄一类的提醒。再看看那张形象照，估计是二十年前拍的。

从六点下班到半夜十二点，这个周五之夜真是悲催。登录QQ，没一个在线。关电脑前把QQ签名改成：这个世界有点疯狂。算是作了对今天的总结。

撩开窗帘，外面的雪似乎有点大了。对面那幢小洋楼在清冷的雪色中，显得矜持而优雅。那是岁月沉淀下来的从容之美，浮躁的世界里永远无法复制。

5 外婆的往事

经历了两次令人无语的约会,艾莎有些灰心。今天一下班就去阳澄湖大闸蟹专卖店取了蟹,然后送去外婆家。外婆住在余姚路一所老式里弄公房里,60多平米的两室户。

艾莎费了好大劲才找到车位,停好后自己只能从右面车门爬出来。拎着两对四两的大闸蟹,兴冲冲地跑上四楼。

外婆正在看韩剧。她有一个奇怪的词组,叫南朝鲜韩国剧,带有鲜明的那个时代和现代的印记。

“外婆,在看什么电视剧?给你送大闸蟹来了,这个可是正宗阳澄湖的。”艾莎晃着手中的竹篓。

“现在哪有正宗阳澄湖蟹,都是洗澡蟹,就是骗钱。”外婆抱着热水袋接过螃蟹,放在灶台上反复看。

“哎哟,真冷的天,我开空调了。”艾莎说着打开空调。看到茶几上的“烛火煮清茶”,不由得感慨,“外婆,你好浪漫呀,一个人点着小烛台煮茶喝,比我会享受多了。”

“浪漫什么。天冷,泡出来的茶,一下子就冷了。这样挺好,能保持茶的温度,又不太烫。敏敏,你要不要,外婆买个这样的小炉子给你?”安顿好那几只蟹,外婆坐回到沙发上,双手还紧紧抱着热水袋。

“我不要,我有了,但我就是没空去买蜡烛。外婆,这几天天气好冷,你把空调开着,别省电费,我来付,让妈妈付也行。”艾莎是个孝顺的外孙女,每个月都会给外婆买点小点心送去,陪外婆吃上一餐饭。

“等下带点蜡烛回去，我买了一大包。最近怎么样？工作忙吗？皮肤好像不大好，要注意营养，最好回去和你妈妈一起住。”

“应该是你回去和我妈妈一起住。外婆，你年纪大了，我觉得你还是去和我爸妈住在一起吧。”艾莎拿过小瓷杯，倒了茶，捧在手里。

“我才不要去，我现在一个人多好。和你妈妈住在一起，我看不怪她，她也看不怪我。”外婆把电视关了，这南朝鲜剧哪天都能看，现在重要的事情是和外孙女聊聊天。

“外婆，我要跟你学学保养，我的皮肤很不稳定，是属于敏感性皮肤。这几天一冷，空调开得多点，就很干燥，还起了几点小红疙瘩。外婆，你的皮肤为什么那么好呢？你都七十多岁了，还那么白净，没什么皱纹。你们年轻时是怎么保养的？”艾莎摸摸外婆脸颊依然柔软细腻的皮肤，把头亲昵地靠在外婆肩上，说，“我们很多同学的外婆、奶奶皮肤都很好，但到了妈妈这一代好像都不行了。脸上都有点花花斑点或斑块，这到底是什么原因啊？”

“外婆那个时候哪有什么保养，就是搽点雪花膏或凡士林，现在我也只搽这些。去年你从日本带回来的那瓶什么，涂在脸上痒，我就拿来搽手啦。”

“天啊，这么贵的雪肌精你搽手啦！奢侈，外婆厉害。管它什么精，不好用就当手霜用。外婆，你讲些年轻时候的事给我听吧。我又想听了，我最喜欢三四十年代时的上海女人，最美了。我们说一会儿，然后去煮蟹吃，我陪外婆再喝点老酒，好不好？”艾莎边说边把左腿盘上了沙发。在外婆家，不用那么讲究。

三四十年代的上海女人，是一个时代的经典。那种融合了传统风韵和时尚新潮的上海女子，至今都活在人们的记忆和想象中。那时的知识女性，既能写毛笔字画国画，也能说流利的英文跳交际舞。这些也是艾莎最欣赏那个时代女性的原因之一，她们懂得要保持自己民族文化里的最美，又开放地接受新思想新文化的洗礼。

“那时的南京路、淮海路上好看的女人真是多。”外婆也很愿意讲起那个年代的人和事，虽然她只不过是个贫寒人家的女儿，那些繁华与她无关，但从她脸上的表情看，似乎也很怀念那些青春。“特别是夏天，穿了短袖的长旗袍，露出一截粉白的手臂和小腿。那时的女人真是好看，旗袍也不像现在电视里那么紧身、花哨，那时候的女人也比较瘦。”

“我想那个年代大多数女人的身材应该都是很单薄的吧，而现在电视剧里把旧女性都演得跟舞女似的。我们这代女孩子，已经不知道什么才是真正的大家闺秀了。”艾莎在旁边凑上一句。

“唉，是啊。我的阿爸给浙江老板看店铺，收入勉强能维持一家人的生活。我们家就在城隍庙四牌楼这个地方租一间房，一家六口挤在一间房里。我兄弟姐妹四个就横睡在一张大床上，阿娘阿爸每晚用木板在地下再铺张床。我 8 岁起每晚睡觉前就要做一件事，就是把父亲的长衫叠好，放在枕头下。我阿爸每季只有一件长衫，做店员穿得皱巴巴不体面，我和弟妹的头就是熨斗。我们读书的学费，全靠常熟乡下祖上交下来的几亩田的租金，所以外婆能读完小学。”

“按照那时候的生活条件，像你们家这样的情况算不算很苦？其实外太公太婆挺不容易的。”大概是时光带给人的距离感，这种有许多兄妹挤在一起的生活，在艾莎听来，竟心生一丝羡慕。

“不算是最苦的，但也说不上好。那时候一贫如洗的很多，有钱的就太有钱了。解放的时候，我刚十六岁。我阿娘本来想给我在常熟老家找个富裕些的、做生意的婆家，因为我在大上海的学校读过书，长的也不错。可惜她那套想法不行了，新社会一切变了样。第二年，我就被安排了工作，到纺织厂做纺织女工，在杨浦区，很远的呢……”

“后来，你坚持不嫁工人，直到遇上区政府保卫科的外公。然后，你就成了妇联小干部，五五年，就搬到我现在住的洋房里。外婆，看来干得好真是不如嫁得好。”艾莎轻轻搂住外婆的肩膀，看了看电视机侧上方外公的照片。

“男怕入错行，女怕嫁错郎。古话不会是没有道理的。敏敏呀，你虽然不小了，外婆也不是很催你。一定要嫁心里想嫁的人，现在的社会比过去更开放，没人会逼你把结婚当硬任务完成的。要是外婆当年嫁给纺织厂的机修工，现在就还在杨浦区，我的几个工友现在就是这样。你也上不了这么好的学校，说不定也没这么好的工作，还可以经常到外国去，有这么高的收入。”外婆说完看看时间，起身去厨房准备蒸蟹。

外婆的小厨房里，艾莎帮忙把姜剁得碎碎的。用小碗装一匙羹姜末，两匙羹白糖，再倒半碗米醋，就是大闸蟹的蘸料。

“我上次在同学家，他们家用山西醋蘸蟹，味道就差多了。他们都说山西陈醋最好，可我吃起来怎么觉得那么呛，又咸。”

“一方水土一方饮食习惯，山西醋味道太浓了，破坏了大闸蟹的鲜味，夏天拌冷面一定要用山西陈醋。蘸蟹还是要上海的淡米醋好些。”外婆又传授了些经验给艾莎。

祖孙俩这样一说一和地交流着心得。有些时候，艾莎觉得外婆比妈妈更亲近、更聊得来。外婆那代人，就算是极平常的人家，生活也是很细致、有讲究。

晚餐除了两只蟹，还有一碗菠菜豆腐汤，里面下了鱼饺，祖孙俩就不吃主食了。弄好了蘸料，艾莎开始准备烫酒。外婆递过来一个很有年份的小奶锅，艾莎往锅里倒了三两左右的老酒，再切上两片姜，加两勺红糖，搅一搅，便放在煤气灶上煮。沸后，倒入一个白底蓝花的日式小酒壶。这酒壶是新货，不知外婆哪天遇到打折时买回来的。倒入酒壶还不行，再用个大茶缸装上热水，把酒壶泡在热水里，免得刚煮开的酒凉了。大闸蟹是凉性，吃时少不了要多喝几口。

“我小时候，我的爷爷从常熟老家来上海看我们时，总带来很多蟹。那时的河塘里蟹多啊，也不是多金贵的东西。头天晚上，我爷爷在家后面的河里布上网，第二天天蒙蒙亮就去收网，一网就是几十斤。二两以下的都扔回河里，家里留几斤，剩下的都带来上海。两只箩筐，一只里面是大蟹，阿拉自家吃，一只装小蟹，分给邻居房东。那个时光，从常熟坐小火轮到上海要一日。我爷爷在家里吃过早饭后，上船就困觉。困到下午一点钟，他就起来，拿一只三四两重的蟹，叫船上的伙计蒸熟，再叫二两老酒。一只蟹二两酒，他要吃上三个钟头。快到上海了，他就叫伙计再烧二两清水面，摆点葱花猪油。吃好，休息一下，刚好船就到码头，就落船了。到我们家是傍晚六点多，就不用我妈妈再烧饭给他吃了。”外婆说到这里停顿了一下，把蒸好的蟹放在碟子里，艾莎接过碟子放到客厅的饭桌上。

外婆开始烧菠菜汤，边烧边说："有一趟，好像是我八九岁的时候，他到我们家说肚子饿了，路上没吃饭。原来那个船快到上海的时候，海上刚打过仗没几天，海面漂着的全是国民党兵和日本人的尸体，还有没炸沉的船。他看了恶心，吃不下东西。嘴里一直唠叨着罪过、罪过，养个儿子不容易，就这样打死，泡在海里了。"

"罪过，罪过。八年抗战不容易啊！"艾莎在旁边也跟着念了几句。

客厅已经很暖了，艾莎摆上碗筷酒盅及吃蟹用的小剪刀、蟹脚钳。外婆的家具全是"伪红木"，只是用普通的杉木或榆木，漆成红木的颜色。看上去很像红木，用手敲敲掂掂就不一样了。摆好了碗筷，艾莎又找出那张她买给外婆的俞调评弹 CD。这张碟是珍贵的早期录音，然后 CD 化，其中有几首是胶版唱片的翻录，距今已有八十来年的历史了。

艾莎先为外婆斟满了一小杯酒，再为自己斟上一杯。拿过一只蒸熟后呈橙黄色的大闸蟹，解开绳子，放在外婆碗里，美美地说："外婆，我们开始享受了，学你爷爷，也吃三个钟，反正晚上我也没什么事。"

"好呀，好呀，吃三个钟头是本事。你们现在这些年轻人，牙尖，没耐心，什么都吃，实际上不懂得吃。"

"嗳，你说对了，我们真是牙尖又不懂得吃。外婆，你说以前的河塘里有的是蟹，难道以前的人不吃蟹吗？你爷爷为什么不捞些蟹去卖呢？怎么就没人想起来赚这个钱呢？"

"那个时代的人哪像现在这么馋、这么贪。我爷爷那辈的人吃东西规矩得很。乡下要是有女人养孩子没奶水，她老公就去河里钓鲫鱼给老婆吃，最多就钓两三条，有奶水了就不钓了……"

"换成现在，要是知道哪条河里有鱼有蟹，没几天就被人捞光了。就是铁丝全围起来，也有人想办法去偷。"艾莎把一小盅酒一饮而尽，又为自己加满了一盅。外婆那杯还没怎么动。

CD 机里传来了蒋如庭清丽婉扬、缠绵悱恻的唱音。俞派评弹是男腔假嗓为主，又是真假嗓兼备，非常抒情。艾莎不是太听得懂苏州话，爱的是这

“锦瑟无端五十弦，一弦一柱思华年”的味道。而“此情要待成追忆，只是当时已惘然”的情愫，也只能从这落珠般的声波里，轻缓悠扬的三弦和琵琶声中去寻觅了。

“外婆，你做了一辈子的妇联工作，你讲给我听听，男女之间有爱情吗？你晓得吗，现在很多男人，自身条件很好，可是他们根本不想结婚。到处交女朋友，谈情说爱，就是不想结婚。理由还很多，什么都是成年人，这是生活方式之一。你说这些人怎么回事啊？”

“敏敏，这样的人，早就有啦。解放前叫‘白相人’，‘小开’，上海滩上很多呀。和舞女混也和良家妇女混，只要他看上了，就去搭，最靠不住了。你说他们多坏吧，也不是，他们看上你了，对你还蛮好。可他们是不负责的，就是玩玩，哪天也就不理你了。以前上海的小户人家要是有好看点的女儿，最怕被白相人搭上。女儿糟蹋了，那就赔大了。

“你说男女间的爱情？外婆活到这个岁数，看了这么多的人和事，还真不好说。我看最好的夫妻，就是像朋友知己一样，了解又信任对方，比朋友还更亲近些，就可以了。不用整天讲爱情不爱情的。”

外婆啜了几口，小酒盅终于浅了一半，艾莎为外婆添满。

“表面上看，现在都是独生子女，都一样自私，不肯为对方付出一点。但实际上，我的几个同学结婚后，还是很会包容对方的。”艾莎摆出事实。

“这样就好，所以你们这代人结婚晚些是有好处的。结婚前怎么挑怎么选都行，结婚了就要只为一个目标，就是新家庭。敏敏，你可以在同学中多留意一下，或者工作时……”

“外婆，”艾莎打断外婆的话，说，“我们现在的工作环境和你们那时不一样了。现在的公司，最忌讳的就是和合作伙伴有私下往来，所有的公司在这方面管理都很严格，怕我们假公济私，损害公司利益……”正说到这里，艾莎的手机响了，一看是米高发来的短信：我在广西，你好吗？听说上海下雪了，记得多穿衣，想你！保重！

想我？这是哪儿跟哪儿的事。艾莎删去短信，继续吃蟹。

“过去那个时代，说媒牵红线的人很多。现在没什么人爱管这些事了，反正你们年轻人都是自由恋爱。还有，敏敏，你不要天天看电脑啊上网啊，这样你哪有机会接触到合适的人呢?”

“外婆，网络世界也很有意思的。等我拿了年终奖，给你买台大屏幕的液晶显示器好不好？这样你可以上网玩玩游戏，比天天看电视有趣些。”

“不要不要，我要买自己有钱，我不要你的钱，女儿的钱我都不要，还要外孙女的钱。”做了一辈子妇联工作的外婆，到现在还很独立。

艾莎的短信又响了。不过这条是大卫发来的：在哪里？上海降温了，今晚会很冷。

这个白相人、小开，大概今晚太冷没约会，就想起我了。不过艾莎还是会给他回复的，毕竟他还算是个“老实人”，说的也是实话。不像米高和恒星那样无聊和虚假。

艾莎回复：我正在陪外婆吃大闸蟹，有事吗?

大卫很快回复：羡慕你，好好陪老人家，代我问候。

艾莎一看，心想这闲下来的男人真会做戏，干脆给他回复：你也可以陪陪你的外婆和奶奶，这有什么好羡慕的。

大卫再回复：好的，明天我去给奶奶送蟹。

外婆看着艾莎一发一回地不停按着短信，忍不住就问了：“敏敏，是啥人呀？吃也吃不安稳。”

“外婆，好了，我不发了。”艾莎把手机放到一边，说，“外婆，我再给你斟点酒。跟你说，这人是个小开，靠不住的。你放心，我要是有好的，第一时间告诉你。把蟹大脚给我，我帮你把肉剥出来。”

外婆点点头，端起酒杯喝了一小口。

艾莎拿起钳子把蟹大脚的壳钳碎，然后要很细心地把壳剥下来，才能剥出一只完整的蟹腿肉。这是个细致活，剥的人要有耐心，等吃的人更要有耐心。

评弹正唱的是蒋如庭的《三笑》——“载美回苏”。

唐寅：啊，娘子！

秋香：唷，大爷！

唐寅：尚未请教娘子尊姓？

表：喔，秋姑娘倒勿懂，亲也做哉，堂也拜哉，刚正问我姓啥。然而想着仔心事，两笃眼泪哪里留得住。

秋香：哎哟大爷！喏……

唱：蒙动问，嫡姓王，爹爹是讳称子悟号龙章……

6 陆家嘴的醉

临近春节,艾莎的年度考核工作非常繁忙,暂时没有时间流连在 QQ 和博客上和网友们进行心灵沟通了。可再忙,“天下良缘”还是要每天一看,跟着了魔似的,仿佛那儿真有良缘在等着她。留言则如“潮水”般涌来,艾莎终于明白面对几千万会员是什么样的后果。

有了前两次约会的失败经验,艾莎觉得有必要将被动改为主动。可这样“工作量”就更大了,除了要花时间去甄别这些留言里的人是否合适外,还要经常调整搜索条件。起先,只限定在上海市。过了几天,觉得自己不该这么呆板,于是,上海周围的几个大城市也加入到搜索范围内。

农历正月二十五的晚上,是公司的年夜饭聚餐时间。在中国,不管是哪个国家的企业,都必须尊重并加入中国人迎农历新年的习俗。公司包下汇丰大厦四十楼的日本料理店,一百来人从傍晚六点开始,一直嘻闹到现在。艾莎被敬了不少杯,已有些醉意,眼神也变得特别活泼。而欣怡因为酒精过敏,则可以滴酒不沾,她那几杯,也被艾莎代喝了。两人坐在一起,一个是桃子般的粉脸,一个是蛋白色的白净,煞是好看。日本清酒就是这股劲,喝下去的时候像白开水,一个小时后,腿就开始发软了。

每年年夜饭的最后高潮都是抽奖,但抽奖前还得唱首《北国之春》。艾莎选这支歌是因为人人都会唱,不会唱日语的,还能唱中文版。大家都唱,气氛才上得来。中国员工在抽奖前总唱得特别带劲,酒劲加贪劲直唱得绕梁三尺、余音不绝。而日方代表及员工也特别喜欢唱歌时的氛围,让他们有种“家”的感觉。

艾莎步履有些不稳地站在台上，她的脸因为酒精和暖气而变得比桃花更红艳。拿着麦克风，她用充满感染力和略带醉意的语气，从纪念奖开始一个个地往高等奖念。她脚步趔趄，面色绯红又热情洋溢的可爱样，吸引着座席间一位日方代表的目光。

他叫佐藤佳雄，是总公司的计划课长，能讲流利的中文，算是个中国通。1.73米的个子，在上海人看来，不高，在日本人那里，还算是挺拔。听老员工们说，佐藤刚来中国时，上唇有一撮小胡子，下巴是修得极短的连腮胡，很有男人味。在上海住上一段时间后，大概无意中看了些抗日电影或电视剧，知道那撮小胡子给中国人留下的痛苦回忆，某天那撮胡子就忽然没了，下颌更是剃得发青。还是很有男人味，却让大家觉得亲近了许多。三年前艾莎进公司时，他就觉得艾莎是个可爱的姑娘。可今晚他觉得，艾莎怎么会这么可爱！

在起哄声中，一件件奖品被领走。人们也慢慢散去，很快就走了一大半，可佐藤还没有要离开的意思。他坐在不起眼的拐角处，等艾莎忙完。也许是酒意，也许是喜欢。今晚，他非常想和艾莎聊聊。

“艾生(莎)，今天辛苦了。”佐藤的发音，艾莎总念成艾生。

“佐藤先生，您好！我应该做的，就怕做得不够好。”艾莎向佐藤点点头。按照日本人的习惯，见到上司应该鞠躬。不过在上海，一般都以点头代替。

“你做得很好。你喝了很多，怎么回去？”

“我有车。”艾莎穿上大衣，然后两人异口同声地说：“喝得太多啦！”

笑完，佐藤说：“我们一起去坐出租车，我做你的护花使者。”

“好吧！谢谢佐藤先生照顾！”艾莎爽快地答应，让站在一边本准备送艾莎的欣怡呆了一下。

艾莎穿着高跟鞋，醉得有些摇晃，脑子又清楚得很。不过，大脑控制脚步有些难，佐藤和欣怡一左一右搀着她来到电梯口。电梯口已经站了好几位同事，也都是满脸通红，其中一个对着佐藤狂说上海话，估计也喝了不少。

一行人乱哄哄地从汇丰大厦出来，站在灯光璀灿的陆家嘴环路上，才知道这个夜晚有多寒冷。刺骨的寒风，不知是从黄浦江上吹来，还是这些高楼大厦顶上盘旋下来的，穿过厚厚的大衣，直吹到心窝，两分钟内让人从头冷到脚。一起出来的八九个人，还在嘻嘻哈哈地挤着挨着站在路边，胡乱地点头、半鞠躬地告别。一转眼，人都被约好来接的人接走。没人接的，也都拼车搭着走了。欣怡不知搭了谁的便车，转眼也不见了人影。剩下佐藤和艾莎站在路边伸着两条胳膊，妄想能截下一部的士。

五分钟后，两人的手都缩了回来，放进了大衣口袋。艾莎比佐藤更冷些，大衣里面是薄薄的晚装裙。被这寒冷的风一吹，酒意顿时没了一大半。两人冷得大大方方地依偎在一起，如情侣一般。路的前方，还有好几堆也正在打车的人，三五个一堆，一样的嘻嘻哈哈。大家都是因为喝了点酒而放弃开车的，有几个手上还拎了沉甸甸的纸袋子，辛苦了一年，不知道是奖品还是老板额外的犒赏，反正一定不会是吃不完打包的饭盒。

佐藤把他那条栗色的羊毛围巾拿下来，为艾莎围上。他站在她身后，有些紧地抱住艾莎。

“上海的夜晚很美。”佐藤说。

艾莎点点头，回头望了一眼和她身高差不多的课长，笑笑。半张脸都被他的围巾包着，笑容只能从眼睛里看出。艾莎心甘情愿地被他抱着，忙了一天，累了一年，借着残存的一点酒意，把他变成寒冷中的一点依靠。

当下的中国人是最没耐心的。艾莎指指前面的人说：“我们要走到他们前面去，才能拦到车。”

“好的。”佐藤放开手，用左手搂着艾莎的肩。虽然挨着他，艾莎还是脚步趔趄。这不是醉，是冻。艾莎脚上穿的是露趾头的晚装鞋。

陆家嘴真是不来不知道的风景。经过那一堆堆人时，他们个个都还沉浸在年夜饭的欢乐中。风中，大声地说着话，声音才不会被刮走。英语、京腔、上海话、普通话夹杂在一起，最多的是酒味。灯火璀璨的陆家嘴，春节来临前的深夜里，竟有这么多衣冠楚楚的“醉鬼”。说醉没醉，没醉也要装些醉。

直走到世纪大道，也没拦着出租车。往东看，前面也是伸着手拦车的人，一堆堆紧挨着光秃秃的树，边聊边伸着手，不知“何处是尽头”，“何时有车来”。

佐藤拥着艾莎站在路口，世纪大道每刮过来一阵狂风，他就发出一声呼叫，一点不像工作时严谨呆板的样子。那呼叫像是给风作和声，又像是给自己加热量。叫了几声之后，声音引起最近处一拨拦车者的注意，风再吹来时，他们也“哦、哦”地发出叫声，不过听来像是为风加油，少了些性感。

这是迷情的夜，寒风和酒把一切都变成狂乱。佐藤的下巴贴着艾莎的眼角，她感觉到他新长出的刺人的胡子，恰到好处地扎在自己的眼角耳前。还有那一声声随着风的呼叫，带着雄性的狂野。

酒是什么东西？能让人不清楚是怎么开始的。艾莎从大衣口袋里抽出手，拉拉包裹得紧紧的围巾，指着马路对面的环宇大厦说：“这上面八十楼，也许是八十八楼，有家酒吧，我们去喝酒，怎么样？”

“呦西。”

两人半醉不醉，跌跌撞撞地走过斑马线。艾莎是真的走不稳，小腿以下早已冻得毫无感觉，而心情是痛快的，无约束的痛快。

走进环宇大厦，就像走进黑乎乎的春天里。没有风，只有温暖。但两人还是跌跌撞撞，找不到方向。当代风格装修的大堂里，到处是昏暗的拐角，犹如断电的江南小巷子。而拐角处或墙角，则摆放着风格怪异的当代雕塑艺术品或大幅挂画，照明就是高处打在这些艺术品上的射灯。

“当代艺术就是让人找不到方向”。在昏暗和醉意中，艾莎明白了近几年备受追捧的当代艺术及它的核心意义。佐藤几乎趴在墙上看标识，最后在穿着黑制服侍应生手势的指引下，两人拐进了一个酷似厕所的通道。掀开从高处垂下的珠帘，那儿是电梯间，一样的昏暗。几盏射灯从高处照向电梯间的一端，那儿摆放着三尊一米多高的“白瓷人”。矮胖光头，厚嘴唇加微笑的面容，大大的耳垂像佛陀，偏偏又身着中山装。只听佐藤轻轻地发出一声感叹，也许他已看出那艺术的精髓。自诩热爱文学艺术的文艺青年艾莎却什么也没看明白，感叹自然也出不来。等不得她细细品味，电梯门已打开，目的地是八十八楼的酒吧。

酒吧里是另一种醉，是心醉，是神醉。这里的空气中没有中式菜肴的油香,通透的杯子是手上的道具,漾的是心神。大厅里只坐了七八桌客人,伴奏音乐是轻快的爵士乐。两人从昏暗中上来,酒吧桌上的小烛台反倒让这儿显得明亮些。艾莎没看清高高低低的进门处,高跟鞋一脚踩下台阶,像是跳下楼去,吓了自己一跳,也吓了佐藤和迎宾一跳。

“艾莎,careful!”两人手拉着手走到靠窗的一个角落里坐下。体温开始慢慢恢复,艾莎揉揉脸,脱下大衣,却没拿下围巾。

“现在,我们要喝得比刚才更尽兴。”佐藤点了朗姆酒,热情如火地看着艾莎。

艾莎的目光却游移地望着窗外的陆家嘴景色。这片区域多美呀,却总有驱不走的寂寞。相互碰了杯子,艾莎问:“佐藤先生,你请我是因为这一年我的工作出色,还是因为我美丽?”恢复体温的艾莎,脑子也清醒过来,却问了句有些愚蠢的话。

“你工作很出色,但公司这样的人很多。我请你,因为你可爱,我喜欢,想和你在一起。”佐藤双目放光,一小杯朗姆酒很快喝完,又叫了杯浓烈的伏特加。

“佐藤先生,你真是个很有魅力的男人。”

佐藤几乎要狂欢了,他站起来,拍着手,边舞边唱了一首日本民谣。艾莎在旁边跟着节奏拍手,哼哼地和着。两个疯男女,躲在酒吧一角发着疯。引来一些目光,是羡慕的,看来也是想发疯。

唱完,他又抱着艾莎跳了一小会儿舞。脸贴着脸,胡子更扎人了。

直喝到一点钟,佐藤连喝了四杯烈酒。日本人在假期前总爱喝得醉醺醺,佐藤也一样。美女当前,本来是求欢爱的,不过看他并不着急,这样子有些可爱。求欢前,先让自己的心情彻底放松,大概是日本人的风格吧。直到两点,两人才拥着下到大堂。他对着艾莎的耳边说:“艾莎,跟我回去吗?”

还算是尊重人,知道要征求一下意见。

“佐藤先生,我要回自己的家。”

“艾莎,我们多开心,你不跟我在一起,多遗憾。”他的醉眼依然热烈。

“我觉得你很好。可是,现在我有些醉了,我觉得和你在一起,应该是在清醒时做的决定。你说对吗？”

“哦，对的。艾莎，你真可爱。”

艾莎把围巾给佐藤围好，说：“我自己坐车走吧。你今晚喝得很多，也早点回去休息吧。”

“不，我送你。艾莎，我送你可以吗？”

艾莎点点头。

两人头靠着头坐在出租车上，佐藤还是不死心，轻声说：“多么喜欢你！愿意和方便时，随时来找我。”

他的胡须已没那么刺扎，艾莎晕晕地回想着他拥着她过斑马线时的情景。

不堵车的半夜，出租车开得风驰电掣，十五分钟就到了艾莎家门口。这时的佐藤真醉了，瘫坐在后排座，向下了车的艾莎挥挥手，露出了难看又疲惫至极的笑容。

推开家门，房间里是冰冷的，进屋后的艾莎第一件事就是打开空调，然后一头倒在沙发上。累极了的时候，躺在沙发上比躺在床上舒服。看着天花板，想着这一年马上就要结束了，想起这些一个个被她拒绝的男人。再过几天，艾莎就 31 岁了，真是“剩女”中的“剩女”。

31 岁的“圣女”，这是艾莎对自己的总结。

这一年很累，这一天也极疲惫。太累了，马上 31 岁的女人，可不能不睡美容觉。比天大的事比海深的情，都留到睡醒后去想吧。艾莎赶紧起来，以最快速度卸妆、洗脸。可今晚实在累到了极点，艾莎再也没有精神把那瓶瓶罐罐一样样地往脸上抹。于是，她拿出“灵药”海蓝之谜护肤霜，先厚厚抹上一脸，再加涂一层睡眠面膜，然后马上上床睡觉。这是艾莎的“秘方”，第二天早上皮肤还是会相当水灵的。

第二天，艾莎一觉睡到十二点。她是被热醒的，昨晚累得忘了给空调定时，这么一直开到中午，房间里终于有了北方暖气的热度。

醒是醒了，干燥得连眼睛嘴巴都张不开，喉咙像是在冒火，后背也都是汗。摸摸脸,“灵药”很有作用,皮光肉滑,嘴唇却干得像是刚从沙漠里出来的。艾莎挣扎着起床,去把冰箱里剩下的半瓶依云水一饮而尽,又拿了瓶牛奶,躺回了床上。

半瓶水润了心肺,看看时间也不早了,此时的南京路上一定到处是购物的人潮。眼睛很干涩,眼药水在梳妆台上,几米远的距离,艾莎却不愿再起床一次。半躺着,最先回想起的是昨晚醉着过斑马线时的情景。这是个什么样的时代,真是平等,真是尊重,玩得心里什么也留不下。大卫说:我们都是成年人,为什么不狂欢?佐藤说:愿意和方便的时候,随时来找我。艾莎说:我无话可说。

昨夜和佐藤的亲密程度,放在外婆那一辈,一半贞操都没了,此生非君不嫁。放在妈妈这一代,两人都这样了,就定下来吧。到了今天,什么也算不上,只在自己愿意和方便的情况下,可以去找他,就像约人去吃个饭那么随意。这是个文明的社会,男人都很“尊重”女人,都很“绅士”,至于责任,平等的社会,自然各自负责,童叟无欺。这是个美好的时代,可惜爱情只属于20岁前。也许远古时期的爱情,也只在20岁前。那时的女子十六七岁、情窦初开便可芳心暗许,年后一顶花轿抬了去,之后生儿育女,想必20岁后也没了爱情。如今的女孩到了十六七岁,若是情窦初开就要归为早恋。艾莎和女同学们从小被告知,爱情只能在学业完成后开始。等学业完成都二十好几了,爱情还有吗?当然有,大家不是都在谈恋爱吗?就算是爱情没了,艾莎也不死心,许多女人也不死心。年龄成了女人的秘密,自称又被称为女孩或小女子,没完没了地年轻下去,说不定哪天还能跟中彩票似的得一段“爱情”。

活在这个时代应该知足。艾莎懂得知足和感恩,只是这样的生活少了些美感,几千年一直传承下来的婉约深情之美,几乎无影无踪。每个清晨,多少像艾莎这样的男女,被闹铃叫醒,奔向车库、地铁、车站。什么婉约深情之美,个个恨不得蹬上风火轮,变成三头六臂。

“死生契阔,与子成说。执子之手,与之偕老。于嗟阔兮,不我活兮!于嗟洵兮,不我信兮!”艾莎躺在床上轻轻地背着这首《击鼓》。等起床了,就再没这样的雅致心情了。

手机一闪一闪地发着光，不知是没电还是短信通知。要是没电，可以不理，这电池还能拖一会儿；要是短信，艾莎也有点手机病，生怕耽误了什么。

未看短信有五条，其中三条是广告，购物优惠和无抵押贷款，剩下两条是晴子和妈妈发的。晴子说：去日本培训时早点通知我。她每年都这样，艾莎去日本，总少不了她一张长长的购物单。妈妈那条：晚上回家吃饭，有正宗的崇明土鸡和鸡蛋。妈妈这一代人都插过队，艰苦的生活留下了吃不饱没油水的记忆，逢年过节总是鸡鸭鱼肉不停，如心病一般。艾莎常听父母忆苦思甜，妈妈不但下田劳动，还养过小鸡小鸭。现在一去菜市场，谁也别想用肉鸡来蒙她。妈妈还有一个心结，估计也是那个年代落下的，就是对棉纺日用品特别有感情。床单被套，超市商场里捏着布料反复地看，按捺不住地买下来，家里堆了几十条，还不舍得用。在那段奇妙的岁月里，爸爸还杀过猪。据他说，队里每年都要杀上几头，虽然他只是助手之一，但也要动刀子，血腥味冲天，所以爱上了吃牛肉。艾莎小时候曾听他绘声绘色地讲过杀猪的情景，怎么把猪绑起来，白刀子进红刀子出，吓得艾莎也不敢吃猪肉。

胡思乱想了一阵，艾莎起床。头一件事不是吃饭，而是泡到浴缸里，把昨夜的烟酒风尘全洗净，然后再做一次皮肤护理。半夜匆忙的面膜只能是救急，现在有了时间，才是正式的护理。于是，穿着大浴袍对着镜子先是去角质，再用导入仪把那小瓶里的精华素“导入”皮肤，最后再上一层面膜，忙完已是下午两点。这还不够，身体也不能忽视，薰衣草精油涂得满身都是，既放松神经又滋养皮肤，免得面滑身糙——相书里说的“苦命人”。

因为年底太忙，冰箱里早吃空了。艾莎找了包参茶，煮壶水，坐在了电脑前。

终于是惬意恬静的下午了。这一刻的宁静，让艾莎想不起昨晚是为了什么而那么疯癫。全力以赴地让自己和所有人快乐起来，一个个跟着闹，是真醉了。现在是清醒回来了，觉得特没意思，还是现在有意思。

打开网页，看看新闻，都是关于新年的。官员们走到偏远的村庄，走到农民家里，关心他们是否准备了年货、猪肉白菜一类的。还有就是五保户老人，有些善心人士去关爱。这倒值得颂扬，人都有老的时候。要是能把书店里那些教人厚黑学及长生不老的书都换成敬老爱幼的读物，这人世间不知能多出多少温暖。

登录“天下良缘”，竟有几百条留言。这么些乱糟糟的面孔，艾莎没什么信心，不相信“郎君”会从这儿找到。可再没信心，看还是要看的。马马虎虎，挑顺眼的看，忙忙碌碌一下午，也不敢留下手机号码，加了几个 QQ，等着“良缘”从天而降。

7 东京的邂逅

避风塘茶餐厅里，艾莎和晴子一起晚餐。下周一艾莎要去日本，晴子带上笔记本电脑和购物单，一桩桩一件件地向艾莎交代着要代买的东西。晴子是艾莎的大学同学，长得特别像香港明星黎姿，一笑两个梨窝。

"我实在太喜欢小香家的东西，可偏偏这么贵。"晴子反复纠结着。这次她的预算只有三万，竟想要个香奈尔的包和一堆其他名品。

"我想要这个经典款想了许多年，这次下决心了，买！"晴子继续下决心。

"对，买！可你要买那么多，这点钱不够。"艾莎向晴子眨眨眼。

"我特别想要米黄色的，可又容易脏。黑色的又满街都是……"

"哪有满街都是？"

"仿冒品都是黑色的。"

"我看你还是买米色的吧。既然那么喜欢，平时用的小心点就是了。几万元买个有假冒嫌疑的包，多委屈。"艾莎给了意见。

最近这几年，名牌包成了所有白领的必备装备。收入从三千到三万的，都想拥有几个。许多女孩，身上背着、穿着各种名牌，然后挤过地铁，一视同仁地被拥挤的人群"践踏"。办公室里，女孩们你争我赶，节衣缩食，就是为了那些包包和名牌货。几年前，艾莎也曾对品牌货迷恋过一阵，不过像香奈尔这类一线奢侈品，到现在也没有一个。二十多万的年薪，拿十分之一去买个包，艾莎还有些不舍得。这个愿望被无限期地搁到自己的真命天子出现后，让他送吧。

除了包，晴子还罗列了鞋子、丝巾、首饰、领带等一大堆东西。这些全买齐，没五万怕拿不下。多年的同学，艾莎知道晴子的习惯。就这点钱，挑好的买，可以少买几件，也算是强制节约。晴子啰啰嗦嗦地还没讲完她的清单，艾莎已经把一碗汤米粉全吃完了。在汤里捞了捞，把最后一颗菜心放进嘴里，艾莎开了口："这些发到我的邮箱里，这个你老公的鞋，估计我买不了。鞋子是最难买的，还占行李箱。"

"你看看吧，否则他心理不平衡。还有那眼霜，给我婆婆的，一定要记得。"结了婚的人，想的总是比较周全。

"去日本，就要买些国内没有的东西才有意思。你这些眼霜什么的，淘宝上到处都是，就差几十元钱，你也不怕麻烦。"艾莎撇撇嘴，招手让服务员收掉面碗，再叫了两杯珍珠奶茶。

"你没结婚，当然不懂这其中的道理。送给婆婆的，也不见得一定要多贵重，最重要是心诚。没有婆婆公公，我和我老公靠这个工资能买房？现在我们是每天回家饭来张口，你说我能不诚心诚意送点东西给她吗？"

"你说的这话也是。所以，你能找到好老公，我找不到。"

"什么找不到，迟点早点的事。嗳，你上次不是说要网上征友，怎么样了？我先发表个意见，好男人不会在这上面的。"晴子把电脑关了，挪过那碗早已凉了的馄饨面。

"头都大了，哭笑不得。到了这上面，才知道男人千奇百怪。我准备再坚持两个月，如果再没合适的，以后再也不征了。那些人会把你对爱情和幸福的信任彻底摧毁。"

"那么难的呀？也许是你没碰到吧。艾莎，我知道你要求一直很高，放低点要求。"

"高什么？再说，这另一半，是放低要求就能有的吗？"

"说说看，究竟怎么回事，难道一个合适些的都没有吗？"晴子吃得很慢，馄饨冷了应该也不那么好吃了。

"一个字，怪；两个字，很怪。据我最近一段时间的经验总结，男人本质上是不诚实的、不负责的、不清楚自己斤两的。哎，长见识了，但这种见识不好。"

“人性本来就是恶的，这个问题没什么好争论的。犯错成本越高，人越不会犯错。论坛上不是经常爆出网上征婚骗财骗色的事啊。”

“那照你这么说来，忠贞都是因为背叛成本高，所以必须保持忠贞。如果真是这样，还要婚姻做什么？两个心怀鬼胎的人凑在一起，就叫一家。你晴子是这样的婚姻吗？跟我扮起过来人的样子。你应该给我勾勒出一幅美好的画面，好让我不灰心。”

“艾莎，你就是太完美主义了。就算真是心怀鬼胎，那又怎么样。只要把鬼胎藏好，好好待家里人，这才是最实惠的。跟你说，有几种人是不能找的。一是小生意人，别看挂个董事长、总经理的头衔，一点用也没有。收入不稳定，拼死拼活，说不定过劳死。二是搞艺术的，艾莎你也不能找。艺术家生性浪漫、不受约束，自恃清高，还不断有小女孩投怀送抱，哪是天长地久过日子的。还说什么自由的灵魂，自由的灵魂就是自私的灵魂。”晴子在大学快毕业时曾与一音乐家相恋。那些日子里，今天是月光下的小提琴曲，明天是烛光下的大提琴曲，看得女同学们眼睛都红了。可这样的爱竟是不长久的，不到两个月，就恋得痛不欲生，几乎要自杀。痛定思痛后，对幸福有了全新感悟。找了人民警察做老公，不但保一方平安，也保护了晴子的幸福平安。

“这两种我当然都不会找。我是希望既有小老板的奋斗冒险精神，又有些艺术家的浪漫气质，还有公务员或国企的优厚待遇。你说能遇上这样的人吗？”

“你脑子坏掉了，你自己捏一个。”晴子推开吃了不到三分之一的馄饨面。

两人咯咯地笑着，又聊了会最近发生的一些趣事。艾莎说的多一些，因为见了几个网友，中年男人的表演太过“精彩”，很是“桃花”。晴子说的是家里的生活，比在娘家更得宠，一万多的工资全由自己支配，老公平时几乎不花什么钱，衣服是发的，出行是单位的车，还有这卡那福利的，用不完就拿到娘家去。家里日常开销全是公公婆婆的，两个老人退休工资一万多，四个人吃饭，怎么也用不完。说了这么多，晴子的幸福是确定的，有各类指标为证，像国家每季每月的数据。艾莎比较贪心一些，这样的幸福她也期待，不过还要加上些精神上的，比如缘分、一见如故、心心相印。这些东西，无逻辑无指标，甚至文字都难以表达，偏偏是艾莎极看重的，成了她的“硬伤”。

和晴子告别后，艾莎就回家整理行装。其实也没什么好整理的，去时必须精减，回来才能带得多。有一次，她发现同事连洗漱用品都精减了。到东京后，满街的超市或药妆店，现买现用。这倒是个好办法，艾莎也学了半招。

QQ发出了“嘀嘀”的声音，一看，是大卫。

大卫：最近忙什么？一直想约你，又怕你不给面子，娇滴滴一转身，给我个“不”字。

艾莎：你说真心话吗，真想约我，还怕我娇滴滴地一转身啊。

大卫：笑脸。有空吗？

艾莎：不怎么忙。

大卫：下周二晚，周立波的，怎么样，哈哈，这个演出喜欢吧？喜欢吧！

艾莎要抓狂了，这个大卫，这个冤家，偏偏在我出差时来约我。尽管他是个小开，可周立波艾莎还是很喜欢的，毕竟一票难求。

艾莎：你约的不是时候，我下周一要去日本培训。

大卫：哦，那我约的真不是时候。算了，给我父母看吧。

艾莎不相信他会把票给父母去看，大卫会没女伴吗？

艾莎：你可以约个其他女伴，大家都是成年人，这有什么问题。

艾莎想起生日那晚他的求欢，讽刺一下他。

大卫：笑脸。哈哈，好建议。

艾莎：好了，我要整理东西了。要去日本一周，整理的东西很多。

其实大卫还真是没女伴。那晚艾莎的拒绝，让他开始有些喜欢这个女孩了。可爱的女孩，都是坚守原则、懂得爱护自己的。大卫当然看得出艾莎想“情订终身”，可他大卫也不是“冤大头”，胡乱地就被订出去。法国留学时的那场爱情，早已是过眼云烟。艾莎是个好女孩，既然是这样，他就应该用些真诚，彼此再多了解些。

艾莎隐了身，白了几眼大卫的 QQ 头像。还好建议，管你约谁啊。一下子没了心情，没心情就上“天下良缘”，看看有什么“情况”。

还是老情况，许多新留言，艾莎随意地点开了几个。应征留言一般只有三言两语，看不出什么诚意。艾莎也没什么诚意，只是随便看看。顺眼的真没几个，大多数年龄都是四十以上，又或者二十多点。难道三十岁的女人只能配四十几岁的男人，又或者来场姐弟恋？区域也不是艾莎要求的江浙沪，而是五湖四海。连西藏的都有，西藏是个好地方，可艾莎没一点思想准备要去那儿谈一场恋爱。

性别：男　姓名：灰太狼　年龄：37　身高：1.70 米

毕业院校：清华大学　　工作单位：国有事业单位

这个叫灰太郎的除了矮一点，好像还不错，诚恳的一句：我可以认识你吗？然后是一段颇长的个人介绍。看的过去就加上他的 QQ。在“天下”征友后，艾莎也不怎么讲原则了。讲原则太累，更何况对方有可能给你个心理年龄一类的信息，讲不讲原则都白搭。

QQ 上他叫大灰狼，正在山西出差，言语很真诚。艾莎关心的是身高，希望再高些。不过大灰狼老实，实话实说，倒担心起艾莎个子太高了。这一次聊天，主要聊的是身高，其他都是回来再说。

周一上午，艾莎从浦东机场搭班机前往东京。刚到机场，晴子就发来短信：如果有特别好看的包或衣服，购物单上的所有东西都可以不买。艾莎回复知道了。她太了解晴子了，总是怕漏了什么好东西。物质如此充裕的时代，不停地买是因为贪婪和虚荣，天下哪有什么特别好的东西。

欣怡也发来短信：工作上的事放心，相信我。重要的是拿登机牌时请注意，站在帅哥旁，说不定有场故事。这倒是个好提醒，欣怡自己没着落，总是很关心别人的“桃花运”。想必她每次搭飞机，总是前望后望地站在帅哥旁边。艾莎赶忙前后左右望一下，不是老秃就是妇孺。唉！算了！回复：故事可遇不可求，你好好上班吧。

可还真有些故事的苗头。上了飞机，坐在艾莎旁边的是位俊朗而充满阳光气息的帅哥。一看艾莎吃力地拿着手提皮箱，帅哥马上起身帮忙把皮箱放上行李架。艾莎用英语作了感谢，帅哥一笑，长睫毛一闪一闪地，露出一口雪白的牙齿。这口牙齿，只能在资本主义国家才有。艾莎猜这位大男孩是在欧美长大的。

将近三小时的航程，如果睡不着，也不能一直看飞机上的杂志。在相互腼腆的笑容之后，艾莎和帅哥开始交谈。对话是在中文、日语、英语三种语言交叉中进行的，因为帅哥是中日混血，生长在美国，所以英文流利，中日文不行。艾莎中日文没问题，英文却不怎么行。

两个多小时的旅途一点也不闷，美利坚长大的大男孩和艾莎聊起了《1984》《变形记》。这真是难得，这类思想性极强的文学作品，他在中学时期都已读过。英文夹杂着中文，帅哥见解独特、侃侃而谈，听得艾莎不禁有些羞愧。自己不过是个“伪文艺”青年，书虽看了，却没有那么深刻地思考过，真要深刻讨论起来，差距就出来了。

话题转向了吃的，中国美食天下闻名。可说着说着，帅哥说起了他的拿手菜，连一个蔬菜色拉都有 N 种拌法，听得出他还真是常下厨房。艾莎虽懂得美食，大多数时候却只是饭来张口，知道什么好吃，却不知道是怎么做出来的。当然蒸大闸蟹还是懂的。

话题又转到了旅游，帅哥在 16 岁时就是背包客，足迹踏遍美国、欧洲，连中国西藏、新疆这样的边城也已去过。他说还想去一次西藏，他忘不了藏族人们纯真的笑容。而艾莎只能说说西湖风景、桂林山水。对于西藏，只有晴子很热衷，大概是受了音乐家的影响，曾经很向往。可是说到底是有口无心，心思都在香奈儿和 LV 上，干净的天空终究压不下繁华世界里的虚荣。帅哥眼睛里的向往，触动了艾莎，她下决心在今年，哪怕是跟团也要去趟西藏。

再又说到了中国诗词，这下艾莎是主角了，可表达起来却词不达意。英文，艾莎只能说一般的口语，说多几句都费劲，更别说把“在水一方”这样的意境说到位。说中文，帅哥只能懂些日常用语，“执子之手”撑足了也只理解为"拉着你的手"。也不是他理解错了，只是这"执子之手"怎么会等同于"拉着你的手"。美到极致的中国诗词，只有深深理解中国文化的人，才能品出韵味来。好在帅哥早已知道中国诗词的源远流长，听得认真，艾莎也讲得用心。

飞机很快到达成田机场，帅哥提包领路，对艾莎很是照顾，俩人看上去就像一对恋人。他把艾莎送上去新宿的京成线，约好三天后再见面。因为这次艾莎在日本五天，最后两天是自由活动。

在日本总公司的培训，有些像国内的表决心大会。没有一堂学习课，每天都是亚洲各分公司部门负责人的发言。第一天是过去一年的总结，每人有十五分钟的发言时间，一天听下来，就知道自己去年哪些地方做得不够好。第二天是高级经理的去年总结，这些人里也包括佐藤。受金融危机的影响，去年原定计划完成得不是很好。从白发苍苍的公司元老，到佐藤这些意气风发的精英，都在台上不停地鞠躬道歉，让大家坐在下面感觉压力很大。第三天是新一年的计划及目标，又听了一天，听出了自己所做计划的水平高低。在这么多同级别干部中表决心，计划自然不能做得不好，但做得太好又怕完不成，只能在新一年里拼了劲地努力。因为这些计划不是空口说白话的说过就算了，而是要全部存档，明年年底由日本总部进行考核。所以，每年总有一些人没有再来。这也是这些国际一流大公司的独到之处，所谓培训，不是硬教你些什么，而是让大家在互相比较竞争中进步。

这三天工作精神都很紧张，艾莎没有时间去银座，但新宿也是时尚集中地，还是抓紧时间买了些东西。高岛屋、新田百货、伊势丹，还有数不清的价廉物美的药妆店，超便宜的折扣店，都是购物的好地方。只是日本的商厦一般晚上八点就关门了，逛起来总是没有上海尽兴。麻利地买了几身衣服，还有许多小玩艺小配饰。资生堂在日本非常便宜，艾莎买了近百张面膜带回去送人，送不完就放在淘宝卖，还能赚点小钱。还有那不易勾丝又骨感又美艳的丝袜，也买了两打。妈妈交代的洗发水，艾莎准备放到最后买，这些东西份量太重，加上超重的行李费就不划算了。

到了第四天，总算是“自由行”了。上午十点半，艾莎穿着新买的花苞裙，雪地靴，站在新宿站南门前等帅哥。二月底的东京非常寒冷，但只要是室内，暖气都很充足，所有的坐椅都有加热设施，所以街上到处都是穿着薄裙的女孩。

三天前就约好的聚会，帅哥从北海道赶来赴约。站在这条繁华的路口，艾莎一瞬间也把自己当成《迷失在东京》里的主角，等着他从斑马线的那头过来。抬头一望，周围都是高楼大厦和招牌。同样是繁华的街景，新宿比陆家嘴更潮、更时尚。

帅哥从斑马线那头走了过来，高帮靴，墨镜，到处是口袋的猎装和长围巾，潇洒地穿过斑马线向艾莎走来。

“Hi”两人同时开口，又互击了一下掌。他一笑，还是雪白闪亮的牙齿。

“还好吗?”他问，一片阳光般的晴朗。那笑容，看一眼，艾莎就知道自己“老了”，穿什么雪地靴、花苞裙也没用。

“很好，总算是忙完了。你呢？北海道有什么变化吗?”帅哥在飞机上说他五年前去过北海道外婆家。

“没变，还是很美。”

是啊，哪儿都没怎么变，只有中国在变，变得飞快。

“去哪里？想去哪里?”

“银座。”故事归故事，这点东西还是要买回去的。

从新宿坐电车到银座，只要二十多分钟。坐在加暖的坐椅上，艾莎的腿温开始上升。心里有些后悔穿这么短的裙子，何必非要较这个劲，把自己变成东京的小美媚。

帅哥拿着相机东拍西拍，这里的天空比上海透亮，阳光照在幕墙上，到处都透着欢快的气息，让人的心情也跟着好得不得了。

“我该怎么称呼你呢?”帅哥问。

“我比你大六岁，你就叫我姐姐吧。不过前面要加个‘小’，叫小姐姐，用中文叫。”艾莎异想天开，想出个狐狸精似的叫法，费劲地用三国语言把叫法说清楚。

“小姐姐。”帅哥重复一遍，也觉得很好，说，“很好听，小个子的姐姐。小姐姐，你很美丽，美极了。”

“有那么美吗？好吧，就算我是美极了。那我就叫你哥哥怎么样？”艾莎本想解释这哥哥并非兄长的意思，是另一种亲昵。不过碍于英文水准，只得作罢。

“我叫你小姐姐，你叫我哥哥？”帅哥摊摊手。他也觉得这叫法有些混乱，但碍于他的中文和日文水准，只得放弃细问。不过，到底还是有些中国血统，他还是有些明白这小姐姐、哥哥之外的意思。

小姐姐和哥哥从电车上下来，第一件事就是去六丁目一家叫宝之亭的餐厅吃东西。来日本三天，艾莎又感觉自己胖了些。无论是寿司还是巧克力，或是蛋糕，好吃的总是多吃了几口，实在抵挡不住日本美食的诱惑。在上海，鳗鱼饭是很受欢迎的。可到了日本，要在银座吃过烤鳗鱼后，才知道这烤鳗鱼的味道是多么好，足可以让人回味上几年。当然，银座的价格也比东京其他地方要高些。

“小姐姐，你以前来过这里吗？”

“是的，我来过。这里的烤馒鱼和炖锅都很好吃。哥哥，你爱吃牛肉吗？我帮你叫个牛肉炖锅。我们要抓紧时间吃，等下我要买许多东西。有你，我不怕拿不动。”

热气腾腾的炖锅端了上来，浓郁的汤汁上覆了香菇、菜心、黄瓜片。特别之处是这里的炖锅非石非铁，而是砂锅。其实国内砂锅也很多，可那锅总被弄得破破烂烂、粗糙不堪，也不晓得为什么就做不出这等风味。

哥哥再要了个碗，分装给艾莎。本来是点给他吃的，现在一起吃，又多了些亲昵。

“哥哥，吃鳗鱼。”艾莎把一块鳗鱼夹到帅哥碟子里。两人很适应新称谓，艾莎把他当哥哥，他把艾莎当小姐姐。

有些荒唐可以很简单又很快乐，例如艾莎的这次邂逅。出乎意料的相遇，理所当然的告别，没有温度力度，只有美好而短暂的回忆。24 岁的大男孩，遇上美丽可爱的小姐姐，偏偏还叫他哥哥。每叫一声，都让他有保护姐姐的冲动。这样的娇媚可爱，完全有别于美国阳光热烈的女孩，让哥哥喜欢得有些心慌。

吃完了美味的牛肉锅和鳗鱼，艾莎的“血拼”之路开始。从六丁目逛到一丁目，所有未买的奢侈品都要在这里完成。这些品牌大部分在新宿也有店，艾莎忙里偷闲地看过后，心里基本上也有了数。不过她始终认为银座的货最齐全，和晴子一样，生怕落下什么好东西。

艾莎的购买力看得帅哥瞠目结舌，不到两个小时，就花了五十多万日元。艾莎买得既冲动又利索，完全是因为有帅哥在身边，一口一声“哥哥，这个好吗？”帅哥笑笑，又点头，艾莎就买下了。直到在 Swarovski 的水晶森林店，帅哥羞涩而执意地为艾莎送上店里最便宜的小吊坠，一小片像指甲那么大的水晶绿叶子。

“小姐姐，好看吗？”他问她。即使在光彩夺目到处银花的店堂里，他的眼睛也很明亮。

“好看。”艾莎点点头。两人站在柜台边，身边是一圈艾莎的购物袋。

他执意为艾莎把吊坠挂上。直到这一刻，艾莎才知道，这是久违的纯情。

“哥哥，我们走得太累了，东西也太多。休息一下后，我把这些送回宾馆，然后再看看去哪里玩。”艾莎收敛了。

当他们再从新宿折回到银座，已是晚上七点。整个银座街区像是换了一处天地，满眼的璀璨奢靡。几个艺妓盛装从窄窄的小巷子走过，她们是夜夜酒宴、晚晚笙歌。帅哥先带着艾莎去歌舞伎座，这个大名鼎鼎的地方，艾莎每次来都是“望座兴叹”。这门古老的艺术，因为艾莎每次都买了太多东西，过于累赘而没能欣赏成。尽管，这欣赏也只是凑热闹而已。两人站在门口的海报栏呆看了一阵，发现只有白天才有坂东玉三郎的《牡丹亭》。看不到日本的梅兰芳，只有花三千日元买了“一幕见习”的票，见习一下华丽的演出和叮叮咚咚的音乐。只见一个女人跪在舞台一角，弹着琴，嗡嗡咕咕地唱。一个男人抬手抬脚的台步，也嗡嗡地唱几句。然后是女人手捂心口，一句句地说，应该是伤心的模样。艾莎转头看看帅哥，他正看得入神。

“哥哥，好看吗？”艾莎轻声问。

“好看，但是看不懂。”

因为好看，所以就算是看不懂，两人也很认真地看。

从歌舞伎座出来，外面更添了几分寒意。今天的花苞裙真是败笔，把艾莎的双腿冻得冰凉。拐进小巷，看见一家卖帽子的店，两人就进去了。

“小姐姐，这个好看。”帅哥把一顶粉色的雪绒帽戴在艾莎头上。看了一下镜子，还可以，艾莎点点头。

“哥哥，这个你戴。”艾莎把一顶“雷锋”帽给帅哥戴上。互赠了帽子，咯咯地笑。没想到在东京还能买到这么有中国味的帽子。帅哥不清楚雷锋是谁，艾莎也懒得解释。

多了顶御寒帽，帅哥带着艾莎去新桥吃东西。这里的东西相对便宜些，一千多日元就能吃得很饱。艾莎根本顾不上皮肤，鱿鱼串、鸡肉丸、鸡翅这类烤串尽情地吃。

直到凌晨三点，帅哥才送艾莎回到宾馆。站在大堂门口，帅哥握了握艾莎的手，两人都有些依依不舍。艾莎说：“哥哥，你早点回去休息吧。”帅哥住在离酒店两条街的另一家宾馆。

“明天，几点来接你？还想去哪里？”他的眼睛总是那样明亮。

艾莎犹豫了一下，说：“明天我还要给我先生买些东西，我已经结婚了。”艾莎笑了笑，撒了个谎，接着说，“我是六点的飞机回上海，你自己去玩吧，可以去京都，京都也很不错。”

他还是阳光地一笑，雪白的牙齿：“哦，那很好。但我可以送你去机场。”

“不用，我可以自己去。”艾莎真有些心醉的感觉。

“小姐姐，我送你去机场吧。”他看着艾莎。

“好吧。”艾莎点点头，“谢谢你，哥哥。”

艾莎真是心醉，帮他扶正雷锋帽。他就是自己的哥哥，哥哥就是亲爱的、心爱的、可靠的、温柔的、保护我的、疼爱我的。

第二天，艾莎在新宿再买了些东西，便收拾行装等着帅哥送她去机场。

她换了正式的套装和大衣，头发也盘起，看上去真的是已为人妻的模样。但他还是那个样子，猎装和雷锋帽，系着长长的围巾。

机场的安检口，全世界的告别之处。艾莎先是像真姐姐那样叮嘱旅游的注意事项，接着两人就有几分钟的沉默。

“小姐姐，我以后去上海，能去找你吗？”还是帅哥先开口。

“可以，当然可以。但你要带女朋友来。”艾莎说。

他点点头，依旧是灿烂的笑容，歪着头看着艾莎，眼里也全是笑意。都说中国传统教育会培养出温柔、敦厚品性的人，艾莎见着了一个，却是美国生长的。

“再见！”轻轻地拥抱，艾莎转身走进安检门。她用手轻轻触摸一下毛衣下的水晶绿叶，心中惘然。多少有缘无分的相遇，都是在这样的转身中走掉。这一次，也一样。

8 晴朗

回到上海,全是上海的规矩。先是忙着把带回来的东西分发出去,很是浪费时间。每个人都要询问日本的购物情况,生怕有什么好东西没买下。快递了两包黑糖给大卫,这是情理中的事。人家毕竟请了艾莎几次,虽说是有些“想法”,可也没有什么不文明行为。这年头,要是让别人连点想法也不能有,自己先从人间消失吧。这年头,对谁都要大度。

晴子欢天喜地地拿了香奈儿的包,两分钟后就觉得黑色经典款有些保守,又问了粉色和米色的样子,两万元的包,其实也就这样,很是不甘心。艾莎很有耐心地作了回答,只要晴子不中彩票,估计下次再买也是几年后的事了。

拿到洗头水后的妈妈,很快就发觉价钱并没有多划算。这是肯定的,国内外的价格已是很透明了,艾莎又不是批发商,能便宜到哪里去。

灰太郎也已从山西出差回来,QQ 上聊了几次,给艾莎的感觉比较老实。怎么办呢?也不能因为身高问题就否定人家呀,说不定还“才高八斗”呢。再聊了几次,约了见面的地点,就在陕西路口。灰太郎先来接艾莎,再定喝茶的地方。

站在陕西路口,艾莎想起前几次的约会,生怕灰太郎和照片也差距巨大,忙给他发了短信,问:你有什么特征?

灰太郎回复:开黑色帕萨特。

这也算特征?算了,算是吧。艾莎短信回复:我穿黑色驼毛大衣,手拿红色蜥皮纹手提袋。

真有些地下工作者接头的味道，艾莎把手提袋挽上，尽量让它显眼，站在路口注意着黑色帕萨特小车。

车水马龙中，灰太郎的车子费劲地开了过来。艾莎敏捷地上车，算是接上头了。往左一看，长得和照片上倒很相像，只是轮廓好像小了一圈。因为在开车，看不出身高。

“你好！”他先开口，说的是普通话，“我姓严，就叫我伟平吧，小严也行。”

“你好，叫我艾莎吧。”

车子顺着陕西路往南开，两人都想不起该去哪里喝茶。再从黄陂路兜回来，经过美术馆，路边有家极考究的咖啡馆。艾莎眼睛一亮，就这儿吧。小严忙把车靠边，让艾莎先下来，然后他去停车。

进了咖啡馆，艾莎才知道五楼楼顶还有家极有情调的露天咖啡馆。但三月初的上海很冷，还是不要上去吹冷风了。选了靠窗的火车厢座位，艾莎叫了杯温水，边喝边看着窗外。在上海这样的闹市中心停车是件有难度的事，没有二十分钟，小严绝对回不来。不过这家咖啡馆真是个好地方，以后可以常来，喝完咖啡还可以去看画。

“不好意思，让你久等了！这停车前后花掉半个小时。”小严拎着一个大纸袋，快步走到艾莎的厢座前。他衣着整齐，简单大方，但1.7米的个子，看上去真是挺矮小的。

“没关系，这一带很难停车的。停在哪里了？”

“南京路那边拐过去，有一幢大厦的地下车库。这个上海停车太难了。”他比划了几下，又连连感叹，普通话带着“儿”音。

“资料上写着你是上海人，但你的口音不像上海人，普通话说得那么好。”网络太复杂，艾莎先要搞清对方是从哪儿来的。

“我是陕西人，但户口已经进上海了。算上海人吗？”大概小严想让气氛轻松点，尽量幽默些。接着，他跟着艾莎点了拿铁和芝士蛋糕。

“算半个上海人。”艾莎笑着说。看来这真是个老实人，至少应该和他好好聊天。

侍应生端上了两份咖啡和蛋糕，各人一份。

“吃吧。”小严让艾莎“吃”，然后往自已咖啡杯里加奶加糖。咖啡在他那儿是吃不是喝，很有黄土地里的朴实。“我看你条件不错，怎么也征婚？”小严问。

“错过了的事，哪里说得清。”艾莎莞尔一笑，喝一口咖啡。

“两个月前你刚注册时，我就给你留言了，不过你没理我。”

“是吗，可能是春节前太忙了，没注意。”

“追求你的人一定很多吧？”小严有些腼腆地问。虽是西北人，但有些读书人的样子。

“不多，没有什么太合适的。”艾莎是实话实说。

两人在咖啡馆坐了几个小时，聊得还算投机。小严从小就是优才生，从清华毕业后分配到陕西某市的旅游局。六年前，被调到旅游局在上海投资的酒店，现在是副总经理兼党委书记，也算是年轻有为。虽说那只是一家极普通的三星级酒店，但同时还担任着陕西省接待办的工作。所以，小严和省里一些领导关系也很不错。事业单位工资虽一般，福利却很好。车是单位配的，住也是酒店旧楼的房子，水电全包。

“你的条件还不错啊，怎么也耽误了。其实上海有很多女孩都想找事业单位的男朋友，觉得各方面保障好一些。”

“我也是一言难尽，原来是想找个西安的。我父亲在我大一时就去世了，我如果把家安在上海，让母亲一人留在陕西也不好。可我母亲去年去世了，现在家安在哪里就没什么顾虑。但我现在住的房子是单位的，我没房子，当然，结婚时是一定要买的。这样的条件，很多上海女孩子是接受不了的。”

“这倒也是，女孩子肯定会有这方面的顾虑，再加上你又是外省人。如果你先把房子买好，就不存在这个问题了。”

“房子太贵了！真贵，越来越贵。”小严连发感叹，十指交叉地放在桌上。艾莎看了一眼他十根象胖萝卜似的短手指，也没什么好说的。

喝完咖啡，他想继续一起晚饭，但艾莎要回家休息，他只得下次再说。艾莎在咖啡馆门口又等了二十来分钟，他从另一个方向把车子开过来，送艾莎回家。那个纸袋里装的是他从山西带来的土特产，是特地带回来送给艾莎的。艾莎不停推却，稍微有些内疚。自己在日本并没准备任何一件送他的纪念品，连想都没想过，而他却这么上心。

临下车时，小严再三重复下次再聊。艾莎点点头，拎着沉沉的纸袋子回家。上楼打开一看，除了一包两斤重的大红枣，剩下的全是各类肉干。牛肉干、马肉干、猪肉干、驴肉干，原来那出煤的山西，还出这么多肉干。

小严是个踏实的人，和自己一样，在“天下良缘”真诚地寻找自己的幸福。但艾莎也明白两人不是一回事，不能因为对方人品不错，就要接受他的追求。也许，做个好朋友更好。这么一想，艾莎就坦然了，从家里翻出一套日本带回的火山灰香皂，算是回礼。

再上网，QQ 上有大卫的留言：黑糖很好吃，谢谢。有空 Call 我，三八节如果没特别活动，我可以带你去溜冰。艾莎看得“扑哧”一笑，心想他就是花样多，一会儿网球，一会儿周立波，现在又是溜冰。没办法，这是个“小开”，会玩，又不想结婚，只能做好朋友。于是给他回复：谢谢！三八节公司会有些活动，以后找时间再请你教我溜冰。

这个夜晚，做什么呢？上网、玩游戏、看书、听音乐，其实都可以做，都可以让时间如流水般过去。可艾莎却提不起精神，她在房间里转了几个圈，又坐下来修修眉毛，再从冰箱里拿了个雪梨吃，只吃得透心凉。

也许是单身的生活太舒适，舒适过头就有了寂寥和落寞。这样的自由自在，连感动自己的事都找不到一件。手触着胸口那枚细细的水晶叶子，是帅哥擦肩而过的青春，留下了一点美好。可自己终究是要一份长相守的美好。缘分，真是个难解的谜。

还是上网吧，艾莎登上自己的博客。今天实在太闲，她把每个来访者的网页都打开，看看他们的照片，读读他们的文章。博客是个好地方，可以把那些极私人的东西，挑挑选选后晒出来。许多陌生的来访者读得像有了心灵相通，其实远不是那么回事。显摆出来的无非是些半瓶几两的才情、美丽、伤感、风情。当然也有斗嘴的，通常是“草根名博”，那叫个性。粗糙的现代人，风雅不是品味出来的，而是摆谱摆出来的。

其实，这一年来博客里已没那么热闹了，大概是大家发现写文章费时费力吧。毕竟没有多少博主是真有多少才情，而是以为自己有才情。玩一下后，才发现咬牙切齿地坐在电脑前，一个字一个字地“蹦”出一篇文章来，太劳心费力。于是，微博应运而生。几句话，几张照片，照样能吸引目光成为焦点，何苦再写那劳什子文章、随笔什么的。艾莎这次没去凑热闹开个微博，人，总是要给自己留点隐私的。

这是个有些荒废的博客，主人叫晴朗，看登录日期已经五天没来过了。吸引艾莎的，不是博客页面的设计或文章，而是博主的照片。页面的正中，是一张博主的大幅照片。一位中年男人专注的目光，凝视着前方，也许凝视的是电脑桌面。总之，这是张目光有去处的照片。

艾莎的心跳突然加快，她的目光也有了去处，再也离不开这张照片。照片中的男人四十多岁的样子，俊朗潇洒的外形。这种气质，完全不同于大卫的洋派，佐藤的严谨。他是特别的，他的自信是从内心发出的，洋溢着文雅的艺术气息，更带有一股成功后的淡定和主见。

他是谁？他是做什么的？艾莎开始认真拜读他的文章。他的文章在几年前就有了微博的雏形，一张照片配几行文字，带总结性的。或许是他太忙，没有时间写下长长的废话。或许是他有些内向，惜字如金，可又免不了世俗的那套。趋势如此，就附和吧。博文有些马虎、潦草，与他的形象极不相符。但再潦草，艾莎还是看出了“风骨”。他是另一种人，艾莎憧憬过的，却没有机会深入了解的人。

拜读别人的博客，极大方自然的事，艾莎却有些心慌。她觉得自己看得太久太多，有点偷窥了别人隐私的罪恶感。可还是控制不了自己，好奇的双眼加上跳得太快的心，看了近一个小时。最后，脸皮极厚地照着上面的联系方式加了好友。再回头一想，心里有些后悔，又觉得加好友是不妥的。可实际上这有什么不妥呢？网络世界，这是极平常的事。呆坐了一会儿后，艾莎又去拜访晴朗的博客，知道自己心里是什么感觉了——对着一张照片，也能一见钟情。

翻来覆去地看着晴朗的博客，转眼已经九点多了。小严发来短信，问是否吃过晚饭。艾莎答已吃,其实艾莎什么也没吃。到这时也记起肚子饿了,可那位晴朗却还没上线。算了,泡个面吃吧,一个周六又要过去了。

直到第二天下午两点,晴朗才上线,彼此加了好友。他到艾莎的博客转了转,读了几篇文章,没留下任何评语。留言里简单地回复了美女艾莎的青睐,表示很高兴认识你,艾莎也装作大方的样子,一句你好,一句很高兴认识你。怦然心动的感觉,一点也不流露出来。装作和网上许多空虚的女人一样,七聊八搭地打发着时间,作贱着自己。聊了没几句,晴朗说要去忙了,留下一句下次再聊,下线了。留下呆呆的艾莎,重看了好几遍那几句对话,他怎么那么快就走了?昨天到现在,我一直在电脑前,怕错过他上线。等了他那么久,竟这么快就走了,艾莎鼻腔里竟有些莫名其妙地发酸,心里满是委屈。

此刻的晴朗正匆忙地赶往排练场。艾莎对他所有的感觉都是正确的,艺术、成功、淡定,都是他的生命符号。他叫顾正辉,是某国家级乐队的指挥家。对于艾莎这些仅有些爱好音乐的人来说,这个名字是陌生的。而对于艺术圈子里的人来说,这个名字既正又响。能在音乐圈做到拔尖的人,不但极有天赋,还要付出常人难以想象的努力。他们从刚刚站得稳起,就开始在音乐的世界里跋涉。春去秋来,年复一年、日复一日地接受枯燥又艰苦的训练,把单调的音符最终变成了天籁之音。当听众把雷鸣般的掌声奉献给他们时,他们是台上最高贵孤独的王子。他们的生命、爱、灵魂,都属于音乐。

顾正辉就是这样的人。

他站在指挥台上,面前是摊开的乐谱,右手拿着指挥棒,专注的目光盯着乐谱。他的前面是长笛、双簧管;左边依次是小提琴、大提琴、竖琴;前排居中的是钢琴,后一排是打击乐和铜管。各乐手全部就位,神情凝注,等待着指挥的提示。

顾正辉的目光从乐谱中收回,环顾了一下乐队,目光清朗,无喜无悲。轻吸了一口气,他的双臂缓缓抬起,比肩略高时停住。随着左手在最高点向下打出一个正式拍,悠远深情的圆号声仿佛从天际传来,携朝霞,冲破云壁。

今天排练的是《长江颂》,是正式演出前的最后一次排练。此时的顾正辉，不但是乐队的指挥者，更和音乐融为一体。澎湃处，他热血沸腾，双臂挥洒；深情时，双目如水中明月。弦乐声中，山外、云端、雪山峡谷、万千细流，汇成一江，奔腾东去。他，已不是他，随着音乐，他的灵魂早已出窍，似天上，是人间。

9 音乐家的深情

这个周一，艾莎很难集中精力工作。趁着喝茶的空闲，他又上了顾正辉的博客。晴朗是个好网名，顾名思义，晴空万里明朗得一眼可望到尽头，但却永远也够不着。这些平时并不怎么在意的博文，她又读了几遍。动心在先，即使平凡的文字也能读出味道来。再看看他收藏的音乐，感觉到了一丝忧伤。午休时，艾莎把这些音乐都下载到了自己的 Touch 里。

他是谁？他有什么故事？他……

"在看什么？我们下去一起吃中饭吧。"欣怡推开玻璃门。今天她特别漂亮，修剪过的头发挑染了几缕，增加了几分动感。

"欣怡，你今天怎么这么漂亮？还涂了绿色眼影。有什么春风得意的事赶快告诉我。"艾莎把眼睛从顾正辉的博客上收回来，看着眼前亭亭玉立的欣怡，思忖着自己是否也去试一下这种色系的眼影。

"Rose。"欣怡关上门后说。

"是吗？太好了，说说是谁。"艾莎知道，玫瑰代表爱情。有人在追欣怡了。

欣怡坐在艾莎的办公桌前，双手托着脸庞，嘟嘟嘴，故意慢吞吞地说："你去日本那几天，我认识了个人。"

"认识了个追求你的人是吗？怪不得这几天你一天比一天漂亮。说来听听，满足一下你上司的八卦心。"

"了解还不多。开个奔驰，又很年轻。早上一上班没多久，就收到他的玫瑰了。"

“那就抓紧多了解点吧。年轻人开奔驰，小心别是个司机。玫瑰倒不错。他是做什么的?”

“搞什么生物科技研发，主要是抗癌类药物的研发。”欣怡说的稀里糊涂。

“搞清楚了再恋爱。别找个司机就搞笑了。哎，你来看，”艾莎向欣怡招招手，示意她到电脑前，“你看这个人，网上认识的。我们加了好友。”

“那又怎么样，他有什么特别吗?”欣怡看着屏幕，不以为然。看着欣怡满不在乎的神情，艾莎更加觉得“缘分”的不可思议。

“我觉得他气质很好，是我欣赏的那种。”艾莎说着点开顾正辉的一张大照片。

“恩，气质还真是不错。不过这网上认识的人靠得住吗？你要搞清楚才行，不能做第三者。”

“怎么靠不住。这是博客，又不是征婚网。”艾莎振振有词。

顾正辉睡到中午才起床。如果不是那一缕穿过窗帘缝隙的阳光，正巧照在他的眼睛上，可能他还会再睡一会儿。音乐是燃烧生命的职业，他总有做不完的工作，昨晚就是忙到了凌晨三点。对着洗手间的镜子揉揉脸，眼皮有些肿。男人到了四十五岁，是正当壮年。可这壮年也就像是开了十万公里的宝马，磨合得很不错，再下去，逐渐就有零件慢慢出现小问题了。

洗把脸，倒杯淡盐水，他坐在沙发上，点上了一支烟。他是自由的，可以在这套房的任何角落里抽烟。十二年前，他就已经离婚。三年的婚姻生活，留给他的是有些恶梦般的感觉。后来，他和朋友们形容，婚姻就像家里的厨房，一不小心就一塌糊涂。因为自已没有较好的厨艺，所以就没有必要待在里头，就算再手忙脚乱，也变不出一顿美味佳肴。婚姻犹如厨房，他比喻得相当准确。因为这两个地方都是需要不停地付出和劳心费力。而对连血管里都流淌着音符的他来说，显然并不适合在“厨房”里操劳。

自由的他过得并不寂寞，也有恋爱，有女伴。对爱情他依然很向往，可向往又能怎么样？事业上，他要承担很多，他要更加出类拔萃，一直在呕心沥血。一首首激情澎湃或哀怨缠绵的曲子后面，都是他情感的透支。也不知从哪年起，他开始感觉在心理上无力维持恋爱。有时他渴望闪电般的热烈，有时又希望对方像溪水般轻缓。这样的情感需求连他自己也觉得惶恐，和谁相处，也免不了会伤害对方。遇到率性的，你来我去，最后也不知道谁伤害了谁。渐渐地，他觉得自己连爱一个人的能力也在消退，只剩下了对爱的渴望。此消彼长，四十五岁的他越来越爱自己和音乐。

抽完一支烟，他打开电视。和艾莎一样，只听不看，听到有趣时才看几眼。再进到卧室里，"哗，哗"地把被子抖了几下，算是整理过床铺了。

开了电脑，浏览新闻。电视是"灌输式"新闻，听多少算多少。而电脑却是"选择式"新闻，所以，他一般只在电脑上看新闻。收了一下邮件，主要都是工作方面的。除了乐队指挥，他还担任了一个行政职务。两种身份混淆在一起，让他工作更劳累。但他也明白，少了哪一种身份，混得都会比现在差。

突然间想起了艾莎，那个主动加他好友的上海女孩。博客上眉清目秀的照片，看上去还行。那天抽空随便读了几篇博文，咿咿呀呀的情调，典型的南方小女子调调。今天还有些时间，就再去看看吧。对于四十五岁的顾正辉来说，眼里早没了什么惊艳。当然，也不是枯槁之心。女人吗，都很可爱，就这个结论而已。至于艾莎不在北京在上海这类地域上的问题，他从不会拘泥于这些。晴子说的自由的灵魂，在顾正辉身上，只有过之而无不及。

一杯盐水已喝完，他再去接了杯温水。读过三篇文章，竟然有了那么一丝心动。文字拿捏得很好，也不是太长，让人有阅读的快感。读下来后，他读出了温柔后面的渴望和热烈。感情浓烈的女子，总是让人向往。顾正辉又点开艾莎博客里的相册，再点燃一支烟，边抽边一张张地看。他这一刻的神情，就是最初留给艾莎的印象——淡定、自信、高贵。

手机响了，他接听，都是关于明晚演出的事。放下电话，他关了电脑，本想抽时间和艾莎在网上聊几句，不过现在没时间了。在楼下的西餐厅简单地吃了点东西，顾正辉开着他那辆白色奥迪 Q7 去乐团。下午还有许多事，忙完还要给领导和老师送票。这十来年，他就这样在艺术的天堂和世故的现实里前行。

北京的路上永远是堵车，但他很耐心。他从不在车里播放CD，所以车厢里很安静。这么静了一下，他突然想起艾莎博客里一首诗："睁开眼，我看见你陌生的笑靥。"他喜欢艾莎用的"笑靥"。靥，是嘴角的酒窝。如果用了"笑颜"，则是一张脸的笑容。都很美，却少了回味和想象。堵车的片刻，顾正辉用音乐家的细腻和敏感，感受着文字散发的魅力。车窗外是晴朗的天，阳光照在车头，有些反光。他戴上墨镜，眯眼看着汽车长龙，心想这个叫艾莎的女孩很有意思，应该交往一下。

艾莎并没和心情大好的欣怡下去吃饭，用了简单的便当充饥。眼睛老看着QQ，但还是不见晴朗上线。本想再去一下他的博客，看看有无上线记录。可一想到整个周末已经去了N次他的博客，不禁有些不好意思。虽说博客只是虚拟空间，但毕竟是别人的空间，也不能老上去看，像私闯民宅一般。

吃完便当后叫了快递，把那两块火山泥香皂快递给小严。今天才周一，他已经约艾莎周末去哪儿玩了。周庄、朱家角、灯影，QQ上不停地换着地名。艾莎推推却却，只说周末再说，心里一点玩的兴致也没有。

艾莎也有过刻骨铭心的爱情。风一般的初恋，大学时蜜糖似的热恋，工作后真炽而热烈的爱情。每一次，她都得到家人和朋友美好的祝福，可不知为什么又都错过了。当然，有一个理由百用不碍，大家也认可，就叫"没缘分"。现在"缘分"二字已成了万金油，哪儿都用得上、用得妥。

晴朗给她的感觉很奇妙，只消看上几眼，就要爱上他。怎么会这样？难道这就是缘分，还是佛教里的三生三世。如果真有此一说，那就凄美了。坐在办公桌前的艾莎胡思乱想，眼看着文件，心却乱飘，恨不得马上做梦，穿越时空回到过去。直到欣怡来通知开会，才把她的思绪拉回来。

一个小时的会议结束后，艾莎总算恢复了"正常"。她下了QQ，不再关注晴朗，警告自己不要再"弱智"下去，再把QQ签名改成：好好工作，天天向上。临下班时，一口答应了小严周六去同里游玩的建议。

晚饭吃的是云南米线,跑了好远的路才吃到。味道没以前那么地道,艾莎向老板投诉。老板娘耷拉着油垢垢的头说:现在什么都贵了,我们还没涨过价呢。想起在日本时那些殷勤的服务,看来建设城市真不是只建些摩天大楼就行的。回到家已是九点半,艾莎赶紧打开电脑。可是,晴朗依旧不在线。这下,上海娇娇女艾莎有些生这个陌生人的气了,恨不得立刻删除了他。可终究是没删,也许他出差了,也许他忙,也许……

直到半夜十二点半,晴朗上了线。艾莎把电脑抱到床上,眼神有些黯淡。

很快,晴朗发过来一枝玫瑰。艾莎揉了揉自己的脸,看着电脑上的时间,一分钟后才回复了一个笑脸。

晴朗:现在有点晚了,会不会打扰你。休息了吗?

艾莎:快休息了。其实是我先打扰你了。无意中看到你的博客,觉得那些照片、短文很有意思,就冒昧地加了你。希望不要介意。

艾莎虚伪地应付着,把满心的盼望全藏起来。

其实,这边的顾正辉也是刚回家。进门第一件事,就是开电脑。发送玫瑰花时,他连外套还没脱下。今天下午,忙碌中他有好几次想到艾莎。既然想到了,就抓紧时间聊聊吧。

晴朗:不要紧,这没什么问题。我也看了一下你的博客,喜欢你的文章和诗。

艾莎:不知你读了几篇,一定让你笑话了。我写得不好,有时工作忙,也没时间把文章好好改一改。

艾莎故作谦虚,当然这也是毫无恶意。又问晴朗读了几篇,以试探他是否在关注自己。

晴朗:这几天有点忙,大概读了七八篇。不过都很有意思,不需要改,就这样很好。

短短的几句话,透出顾正辉的自信和自在。他是北方人,还没了解艾莎,也不是太了解南方女子的忸怩作态。无非就是博文,没必要取悦任何人,还以为艾莎真是随便一写就发了上去。打完这段字,他又迅速从厨房拿了瓶水。其实，今晚他还有一些事要做，但被他扔在了一边。这位艾莎很可爱，还是先多聊几句吧。而这边的艾莎，看到他已读了七八篇文章，马上就满心欢喜了。他虽然忙，却还在关注自己。若是对自己没一点好感，谁还会看七八篇那么多。

艾莎：啊，你看了这么多篇啊！（羞红的脸）

顾正辉点上一支烟，吐着烟圈，突然有些明白了。

晴朗：写得很好，我喜欢这样的文字。现在快一点钟了，会不会影响你休息？你明天几点上班？我是每天都睡得很晚的。

艾莎：我九点到公司。你一般都几点睡？

艾莎反问他几点睡，避开"会不会影响休息这个问题"，因为心里面希望他影响自己休息。

晴朗：我一般两三点睡。很有意思，我们再聊会儿吧。如果明天上班没精神，你就在心里怪我吧！

顾正辉，这个男人中的男人，佼佼者里的佼佼者，每一句话，都说到了艾莎的心里。他淡定自在，却无比触动人心。这种感染力，就算是"小开"大卫也望尘莫及。"再聊会儿"就聊了一个多小时。快两点时，艾莎才想起要矜持一些，就下了线。头靠在枕头上，艾莎没一点睡意，闭眼睁眼都是做梦的感觉。这一次，感觉真是很不一样。他在北京，那个既有风沙又有冰雪的首都，记忆中有些萧瑟和凛冽的城市。音乐、指挥家、穿着燕尾服，翩翩的顾正辉，艺术的巅峰，走进了她的世界。

聊了一个多小时，两人都相互介绍了自己。艾莎留给顾正辉的感觉，是个大上海小资情调的白领。这样很好，见惯了北方佳丽的大方爽快，他也比较喜欢南方女子艾莎这样的婉约。他的人生是历尽风景的，除了音乐，怕是再也没有惊为天人的东西来打动他了。可今晚有那么点心动，很是不易。下了 QQ，他再去了艾莎的博客，再抽一支烟，很认真地翻看艾莎的相册。

心动后的工作充满了激情。这段时间，他还忙着给一部电视剧谱曲。直到凌晨四点，工作才告一段落。当他疲惫地躺在床上时，他又一次感到了孤独。孤独的人生，他的心早已被一重重的门关上。站在台上，掌声响起时，他是孤独高贵的王子；疲惫工作时，仿佛心肺都已被掏空，他是孤独的跋涉者；长夜里，没有软玉温香，他是个孤独的中年男人。他曾问自己，生命的去处是哪里。传说相爱可以化成双蝶，思乡可以化为杜鹃啼血。他也渴望在最悦耳的音乐中，化为音符，化成清烟，消失殆尽。

艾莎在 6 点 15 分准时起床，没一点睡眠不足的样子。整个上午，她工作状态极佳。甜美的笑容，清晰的思路，与昨天心神不定的样子判若两人。中午，她在百度上输入顾正辉的名字。这一搜索，出来几万条关于他的信息。他的成功远远超出了艾莎的估计，数不清的荣誉围绕着他。

一个男人，没有相当高的艺术修养和成功，是不可能有照片上那种淡定自若的气质的。艾莎先是满心欢喜地看，接着心里便不踏实了。自己只是个普通的白领，虽说在南京西路有间房，那也只是自我感觉良好。配配大卫，足足有余。和音乐家交往，却并不登对。自己的家庭，都是普通劳动者，虽然爱好"文艺"，可离艺术毕竟太远。他个人条件如此优越，却依旧孑然一身，想必一定是心比天高、知己难求，又或是像晴子说的那样，有着"自由的灵魂"。既然自由，怎容得有牵住他的线？

顾正辉上线了，北京早春的阳光里，他一身灰蓝色家居装坐在桌前，一杯淡盐水，一支烟。

晴朗：中午好！吃过了吗？今天精神还好吧？

艾莎：很好。你吃过了吗？刚起来啊？

晴朗：还没吃，等会下去吃。刚起来，我起床比较晚。

他没说自己是凌晨四点睡的，不想听女孩们那句反问：怎么那么晚啊？女孩们都一样，稍微有些与她的逻辑不同，就会问怎么会这样，怎么会那样。

艾莎：我也想像你那么晚睡。黑夜里，把自己当灯油一样燃烧，在天微明时，沉沉睡去。

顾正辉看着这段话时，会心地笑了。感觉越来越好，她不是那种呆问怎么会这样怎么会那样的女孩。他把剩下的盐水一饮而尽，回复道：如果你在北京，我一定让你在天微明时睡下。

这也暧昧得太快了吧，艾莎有些不好意思，发过去一杯咖啡。

晴朗：你很可爱，让我喜欢。但现在我不能和你多聊了，今天我会比较忙，晚上有演出，演出后还有宴会。但我一有空就会给你发短信。你放心，电池的电是满格的。

艾莎：好的，你忙吧，我也要眯一会儿。说到演出，真让我向往，可我现在只有想象的份。唉，先祝你演出成功。还有，我的电池也是满格的。

晴朗：一定有机会看我演出的。真想再聊会，不过，真要下了，没时间了。

一段如沐春风般的对话，让艾莎刚才的顾虑无影无踪。她靠在办公椅上闭着眼睛，却没一点儿要小寐一阵儿的意思。从昨晚到今天，她的心情一直处于慌乱、激动、兴奋、快乐之中。其实，音乐家也是人，也食五谷有七情六欲，没必要职业不同就觉得配不起他。艾莎这样想，似乎挺有道理，可实在是没想透的道理。任何一个职业，能成为“家”，这人必定有与众不同的品格，否则人人都是“家”了。艺术领域，不但要努力和运气，还要有天赋。天赋是什么，是上天赐给你的，灵光乍现间，让你多了点与众不同的东西。顾正辉出生在音乐世家，四岁开始习钢琴，音乐是他的一根骨骼，所以他的高贵也是骨子里的。

艾莎显然并不明白这些。她只是有些小资，但没有高贵，以为春风细雨间就能走进他的精神世界。可音乐家的精神气质与上天同在，充满了灵气。世俗虽围绕在他们身边，却进不了他的魂魄，甚至连理解他都很困难。虽是同食五谷，却有天壤之别。

接下来的时间，艾莎再也没心思去看 QQ 上那些杂七杂八的联系人了，连大卫也不想看。每隔一个多小时，她就会接到顾正辉的短信，他到哪儿了，在做什么。他像个小孩，报告着行踪。这个快乐的下午，一下子就到了下班的时间。永远堵得像罐头似的延安路隧道，也不招艾莎烦了，因为刚收到顾正辉的短信，说演出马上就要开始了。

到晚上十二点，艾莎接到了他打来的电话。声音低而温和，没有北方人字正腔圆及浓重的前后鼻音。先问了一下艾莎的家庭情况，再介绍他自己的个人情况。他问了艾莎的爱情史，艾莎却还没准备好该怎么说。结果说了个世界上最蹩脚的谎言，只有一次初恋，还在不懂事时发生，说得像是从十八岁直接跳到了三十岁。不过这也是没办法的事，有时，善意的谎言比真话更显得真心。由于没准备好，艾莎在"一次恋爱"这个问题上较了点劲。顾正辉是明白人，觉得艾莎有点明白不过来，索性就逗一逗，说：你这样的冰清玉洁，而我却已谈过三四个女朋友以上，和你相比，我真是污浊不堪。艾莎没话说了，只得说些别的。一说，又说到两点。

接下来的日子，用干柴烈火、电光火石来形容他俩炽热的感情一点也不为过。第二天，艾莎就把"天下良缘"的征友页面关掉，又婉拒了和小严约好的同里之行。顾正辉更是用心，笔记本电脑随身带，为的是方便的时候和艾莎在 QQ 上聊几句。那个被扔在抽屉里许久的耳机，也被他找了出来，方便开车时也能接听艾莎的电话。IP 卡一买就是五百元，用来煲长夜里的电话粥。只要有空闲点的时间，都用来关注对方。因为短信发的太多，艾莎的大拇指都磨破了皮，赶忙去重新买了个带手写笔的手机。

自中学起，艾莎对中国传统文学的喜好和自修，现在终于有人欣赏了。楚辞、唐诗、宋词、元曲甚至八股文，艾莎都能说出点心得来。这让顾正辉大感意外，印象中的上海小姐大多时髦漂亮、精明能干，可艾莎却比别人更多了些古典风韵。文学和音乐，从来都不分家。长夜里的电话粥，很多时间都用来聊这些。

艾莎陷入了"热恋"中，顾正辉也很投入。如果不是因为还没见过面，这样的恋爱很快会过渡到男欢女爱和谈婚论嫁的程度。可这到底是网络上建立起来的感情，如果静下来想，艾莎还是觉得惶恐。"热恋"后双方虽互发了许多照片，电话收线前也会有"亲你""宝贝""抱抱"一类的亲昵词组，可始终不是真的热吻和拥抱，照片也不是真实的人。艾莎把脸贴上去，是凉凉的相片，贴住了顾正辉整个人。

这样的不安情绪，顾正辉也有。只不过他是男人，谈得这么热，连面也没见就跟着怯弱了，实在说不过去。最重要的，他对艾莎也用了情。南方女人的细心和北方姑娘的大大咧咧，确实有些不同。艾莎总是有意无意地谈到未来，这样的描绘，让顾正辉似乎看到了下半世的生活——不用在音乐中化为灰烬，还可以在音乐中有“老婆孩子热炕头”。俗世的快乐真实而温暖，更何况艾莎还是个能背许多唐诗宋词的俗世小才女。她絮叨地说着糖醋小排的做法，怎么烫上一壶老酒，春寒里暖了心窝，也暖了电话那头的心。他忘了家庭是“厨房”的心得，也忘了自己“厨艺很差”。彼此都渴望着见到对方，而且应该越快越好。

北京与上海的距离，坐飞机只要两个半小时，见面极其容易。说了几天，心里却又犹豫起来。两个都有不可救药的完美主义情结和不顾现实的浪漫主义情怀，生怕一见面，万一有点失望，比世界末日还恐怖。于是，顾正辉提议先在QQ上视频，这样见了面会更自然些。艾莎死都不肯，推说没有视频，只准自己看他，而那边却看不见艾莎。其实，不是没有，是艾莎觉得视频里的自己好难看，脸色青黑，像猫在防空洞里一样，怎么调整也调整不好，索性就说没有。看来，还是艾莎稍显自卑。而顾正辉“被看了”几次后，也觉得没劲，就不提视频的事了。

很快到了四月份，清明节倒有几天空闲。可这扫墓的日子去看女友，似乎有些不好。堂堂音乐家在扫墓和去上海之间迷糊了几天，终于就这事在电话里进行了探讨。艾莎说从小到大，清明节都是回常州扫墓。顾正辉松了口气，心想你去扫墓了，我也回去扫墓吧。

四月底，艾莎已经沉浸在网恋里两个月了。电话、QQ、短信、邮件，两人把能讲的话都讲了，艾莎把能背的诗全背了，还把十年来写的散文、诗歌全拿了出来，共同欣赏了一遍。再聊文学，有点聊不动的感觉，新的小文还没写出来，新的书还没读完。顾正辉也一样，学习音乐的艰苦，所创作过的乐曲，成功的喜悦和人际关系的复杂，都向艾莎说过了。再往下说，就是天文地理、奇闻野趣，说得艾莎又开心了几天。野趣也说完了，就说吃了点什么，路上堵车一类的废话，他也觉得说得有些累了。除了心累，人也觉得累。将近两个月的时间，艾莎每天的睡眠都在五个小时左右。最初靠咖啡参茶提神，后来这两样也不管用了，只能是有空就睡会。看望外婆和父母这些家事，一概撂下。一帮同事一桌吃饭时，她也总在不停地发短信，真像是走火入魔了。临近五一,顾正辉又忙起了演出的事,天天忙着和音乐相关的杂事,对艾莎的关注稍微少了点。为此艾莎生了气,他又费工夫哄。旧心得又上了心头,“天下女人都一样”。

五一有几天假期,艾莎决定去北京。这个决定让有些沉闷的感情,一下子热度又上来了。顾正辉对艾莎的这段行程,比他自己出远门还要紧张,事无巨细,样样件件都过问。但对艾莎来说,比较难办的是住宿问题。对顾正辉来说,也比较难办。自己的房子倒是不小,艾莎来住没问题。可怎么说呢?你住在我家,我们分房住。浓情蜜意的孤男寡女分房住,也太假了吧。又或者说:你住在我家,我们住在一起吧。虽然聊了两个月,可一见面就住在一起,艾莎应该也不会同意吧。也不能说:你先住另一间房,我们合得来再住在一起。这算怎么回事?更不能说:我帮你找个酒店,你别住我家,住酒店里。这样也太对不起艾莎飞了几千里来看他的那份心了。

艾莎也很纠结这个问题。心里是希望顾正辉邀请她去家里住,当然他请了也白请。作为一个有教养的女孩,是不能这样就跑去他家住的。艾莎要的是请的态度。可如果顾正辉不请呢,艾莎心里又会有些不高兴。我大老远地来了,还要我住酒店,你是不信任我,还是家里有许多秘密?

最好,是顾正辉先去一次上海看艾莎。男人吗,总是好办些。住在酒店里,备好鲜花和巧克力,算是名正言顺地追求了。可这也是不大可能的事,首先顾正辉太忙,授课讲学排练演出,早把他的时间排满了。再者,一个四十五岁的男人,还能有多少热情为了一段感情而去准备鲜花和巧克力。这些都是现实的问题。

艾莎嘴上没说去哪儿住,偷偷地先在顾正辉家边上的酒店定了房。节日的房价高,早订优惠些,艾莎犯不着跟真金白银过不去。

“宝贝,在忙什么?”临行前两天,刚睡醒的顾正辉给艾莎打电话。

“刚吃完饭。你睡醒啦?”

“嗯,醒了。等下就要出去了,今明两天要把大部分的事情忙完,腾出时间来迎接你的到来。行李都准备好了吗?”这几天,他逢电话总是行李准备好了吗。

“其实也没太多东西，都好了。”

“下午我让钟点工好好把家里打扫一下，你不要嫌脏乱就好了。有两间卧室，住哪间随你选。”顾正辉像处理行政工作一样，说出了艾莎最想听的话。

“如果你忙，就别请钟点工来做卫生了。我没关系的，可以先在酒店住几晚。虽然我不是很会做家务，但搞搞卫生还可以。等我到了北京，我来整理吧。你旁边有些什么酒店，你觉得比较好的。”

顾正辉报了几个酒店名，艾莎说等会上网查查。两个心细如发的人，顾虑着同一个问题，用最有技巧的方法处理了原本有些棘手的小问题。这个结果艾莎很满意，顾正辉却觉得没意思，这就是南北文化的差异。生长在北方的音乐家，更渴望艾莎的一言一行都由内心真挚而发，而不是经过精确计算。

10 北京的春天里

顾正辉还是叫钟点工加班清洁了房间。因为平时不做饭，除了有些烟灰，也不是太脏。买了一大束白百合放在餐桌上，盆盆碟碟里放了橙子和苹果，房子里就有了女人的活泼味道。

这是套十多年房龄的大三房，面积有135平米。装修时把客厅和书房打通，房子就变成了两房。大客厅的东南角放了一架德国产的贝希斯坦三角钢琴，再依次是电视及音响。客厅和开放式书房之间用长沙发隔开，沙发后的条柜，上面摆满了造型各异的奖杯。当然这些奖都跟音乐有关，是顾正辉的荣誉。再过去，书房里有整面墙的书柜和一张大大的实木写字台。已经是五月的天气了，桌前的椅子上还铺着厚厚的狐狸毛垫子。顾正辉自由又懒散，不到暑夏，他是不会把这垫子取下来的。如此自由洒脱的装修风格，让指挥家的家洋溢着浓浓的学术和艺术气息。而他最喜欢的，是南面宽达八米的长玻璃窗，可以让阳光尽情地照进客厅和书房。每到冬天，他会抽空坐在窗前，晒着太阳，抽一斗烟丝。尽管他还不是烟斗玩家，每抽一斗有时要点六七次火，可阳光里抽烟斗，玩的是趣味。

看得出，这是个不折不扣的单身男人的家。因为绝对的自由，连书房都可以是开放式的。接下来的几天，这样的自由可能被艾莎的到来打破。他已经自由了十几年，现在有人可能要中断这自由，他有些不习惯。中午起床后，他就在房间里看了又看，生怕一些不该给艾莎看到的东西还没收拾好。比如女人的头发，就算是自己妈妈的，可能也解释不清。

他坐在桌前，抽着烟，一杯盐水喝了一半。电脑屏幕上是艾莎的照片，他看着这嫣然笑容，沉默地抽着烟。桌上还放着一瓶香水和一条丝巾及丝巾扣，这是送给艾莎的小礼物。爱上一个人，看到好看的小物件时，就觉得适合她，忍不住就买了下来。其实，还真不知道是否适合。

这个女孩就要来到自己身边了。他在回忆，她是怎么爱上自己的，他们又是怎么相爱的。顾正辉是在女孩的爱慕中长大成熟的，知道女孩们都很痴情。过去十几年，想成为他妻子的女人很多，这几年也没少下去。这样那样的场合，他总能看到女孩们深情的目光。这让他感动又满足，像片云和风似地飘在女孩的梦中。可自己终究下不了决心去“厨房”。

和艾莎是怎么相爱起来的？也许是因为她在上海这个不远不近的城市吧。艾莎很可爱，别的姑娘也可爱。但艾莎是在上海，有那么点距离，她不会干扰自己随时都需要的自由。同时，艾莎又不是在遥不可及的地方，情到浓时见面还是极容易的。

一支烟抽完，他把半杯盐水喝光，再点了支烟，按着下一张的箭头，一张张看着艾莎的照片。心里极盼望能见到的艾莎，下午真要来了，反倒不踏实起来。爱和被爱都是要付出很多的，自己能做到吗？如音乐世界的苦旅，即使不踏实，不确定，也抵挡不了诱惑，最后耗尽了心血，出来的作品也还是有瑕疵的，留下些遗憾。爱情也是如此。

他看看时间，快一点了。不能再这么呆坐下去，他要尽快赶到乐团，处理完一些事务。艾莎是三点的飞机，五点半到北京。五一前的大堵车，恐怕三点就要出发去机场了。

这边的艾莎正准备去机场。五一节前的上海同样是大堵车，本想叫辆的士，可在路口站了二十分钟，也没看到一辆空车。只能折回家拿车钥匙，开上自己的飞度去机场。一来一去，用了半个多小时，幸好动身早，否则真有可能赶不上飞机。

艾莎给顾正辉也准备了几件礼物。一套李渔的《闲情偶寄》，一条爱马仕色彩绚烂的领带。虽然去北京只打算住四天，艾莎的行李却像要出差半个月。各类衫裙就带了七套，四双鞋子，还有腰带、提包、休闲装、正式装，整整装了一个大皮箱。幸好是春天，衣服都比较薄。换成冬季，没有两大皮箱装不下。

今天的着装也是很淑女，米红色双重绉真丝裙，腰间系一条 LV 黑花腰带，粉色的迪奥饺子包，脚上是透明坡跟鞋。披肩发基本上是吹成直发，只在发尾有一点点自然卷，免得看上去发型太呆板。手上还搭了一件水波纹的羊毛衫外套，如北京温度偏低可以披一下。艾莎的行头基本上都是从日本带回来的，即使是极简单的款式，也流露出不简单又精致的味道。这身装束，很适合艾莎淑女又带些知性的气质。

而脸上基本是用尽心思的裸装。聪明的女孩都知道，男人并不喜欢浓妆艳抹，更害怕卸装后的“真面目”。艾莎的皮肤本来就很好，虽说这几个月有些睡眠不够，但因为加强了保湿，看上去还是水汪汪的。她在脸上涂了猪油膏，让皮肤呈现一种自然的健康白净，再描一下眉，略浓。不化妆的脸，眉毛一定要加浓，这样看上去容貌才会生动一些。眼皮上涂一点粉紫色眼影粉，嘴唇上用透明珠光的润唇膏，活脱脱的“天生丽质”。

艾莎和顾正辉，在两个月的电波热恋后，终于要见面了。此时，艾莎注重的是形象，而顾正辉想的是现在，是将来。还没有见面，俩人心里都有一点累。一种费了心力却又无法把握住的累。

飞机准时到达首都机场，轮子一接触到跑道，艾莎就拿出小镜子左照右照。这猪油膏刚涂在脸上时天衣无缝、完美无瑕，可几个小时内要是出了点汗，往往就“惨不忍睹”、全脸油乎乎的，真像是涂了猪油。不过今天还好，脸上皮肤还是很剔透。

一打开手机，就连着收到顾正辉甜蜜的短信。“宝贝，到了吗?”“宝贝，真想快点见到你。”“宝贝，我在出口处等你，看着你出来。”

回复已到达的信息，艾莎心里却没有想象中那样激动。真是奇怪，在上海只要看到他的来电都很有幸福感，可现在就要见面了，反而很冷静。

下了飞机，艾莎又在洗手间的大镜子前照了半天，才去拿行李。推着行李车往出口处走，那儿永远是一团人，差不多的身高，面目模糊。艾莎必须要注意仪态，不能东张西望探头探脑地寻找顾正辉的身影。她双眼望着前方，沉静淡定地前行。右拐，拐出通道，也没看见顾正辉的影子。脚步略放慢，再走下去就要走出大门了，听到后面一声："艾莎。"回头，看到他，正快步走过来。

"你在这里啊？"艾莎像看见老朋友，没任何感情色彩地说了这么一句。

"我在那边，看着你出来。"他笑着回答，脸上有些天真和不自然的表情。伸手拉过艾莎的手推车，两人一前一后地往门口走去。出门口时，他转头问："精神还好吧？飞机上坐了几个小时，不累吧？"一脸关切的神色。

"不累，还睡了一会儿。"艾莎说完笑了笑。

"那就好。"顾正辉点点头。出了大楼，过斑马线时，用手抚了一下艾莎的背，算是亲昵的举动。

这就是期待了好久、想象了好久的初次见面。没一点特别，像是哥哥接妹妹，像是老公接老婆，像是亲戚接亲戚。不是人群里的四目相望，凝视片刻；不是如含羞草般的脉脉含情，粉霞飞上双颊；不是千万里的寻觅，回望中已是沧海桑田；更不是蓦然回首，那人在……

上了顾正辉的 Q7，艾莎赞美了一下："这个车子很好，很有型，要多少钱？"极通俗的聊天。

"我买的时候 80 多万，现在便宜点了。"他极自然世俗地回答。

听这下的对话，艾莎都有些想不起过去几个月里都说些什么了。整夜整夜地讲，不停地发短信，都说些什么呢？

车子开上高速公路，顾正辉接了几个电话。北京的的天气竟然比上海更热一些，艾莎带的小羊毛衫穿不上，搭在左手臂上。刚上车时艾莎的目光是活泼的，看着车窗外京城的风景。不过很快就收回目光，所有城市的机场高速都差不多。

车厢里很是安静，静下来才能想一想身边的人。艾莎微微侧头看了一眼顾正辉，他比照片上更清瘦俊朗，外形看上去最多四十岁的样子，比实际年龄要显得年轻得多。穿着 Aquascutum 米灰相间的衬衫，扣子全开着，里面是黑色 T 恤。车子朝西开，落日红得半边天都是霞彩，阳光的余辉照进车里，他把墨镜戴上又摘下。而艾莎只能眯着眼，准备了那么多的东西，竟忘了墨镜。

真见了面，他并不像电话里那么健谈，还显得略微沉默，是个安静的人。艾莎喜欢稍显安静的人，也喜欢这一刻的平静。静下来，就想起两个月来每夜电话里的卿卿我我。现在人就在身边，幸福，像潮水般慢慢涌上艾莎的心头。

"要喝水吗？给你买了水。"顾正辉边说边伸着手臂，从后排的塑料袋里摸出两瓶水递给艾莎。她从他手中接过水，终于躲不过的四目相望。现在，两人眼里全是情意绵绵的欢喜。

堵车，车走得慢。停下的片刻，顾正辉轻轻握住艾莎的手。他也不说话，眼睛望着前方，一脸的平静，看不出在想什么。

在酒店稍作休息后，顾正辉带着艾莎去吃晚饭。他是个极文雅的人，一直表现得文质彬彬、不慌不忙。脸上表情自然沉静，一如他照片上那种神情。艾莎见过太多急于想表现自己的"强人"，眼珠滴溜溜地转，看着你，判断着你，再找些话题旁敲侧击。他们奉承艾莎，又自夸，非要让艾莎生出些三生有幸的感受。"强人"再怎么折腾，都是没底气的表现，透露着一种"奋发向上"的辛酸，草根的精神。

顾正辉却是另一种人，他的生命中荣誉和掌声实在太多，多到成了极平常的事，如他身上衬衫的钮扣，如他不断长出的头发和胡须。他绝不会自夸，但艾莎要问了他也不回避，清清楚楚地回答。从容中带着完美。

虽然才短短相处了几个小时，艾莎却已从他的完美中感觉到相处的难度。如像他一样沉静，两人在一起就会有些闷；如太活泼，说得太多，自己就显得有些蠢。除了这些难度，话题的选择也比较难。讲新闻，他好像是"不问天下事"，他不是那种喜欢对国家领导人或国际形势评头论足、夸夸其谈的人；讲吃穿，艾莎早就从电话里得知他是个生活简单又讲究的人，该有的都有，不想要的送上门了也就放一边，方便时再送出去；讲感情或私事，他一定不容许乱问，他没说的，就是不该问的……总之，顾正辉像是海，滉滉漾漾。艾莎知道海波下有许多东西，却不知道怎么打捞，真捞上来了，也不知道会是些什么？

顾正辉带着艾莎去了一家完全中式装修、外墙挂满红灯笼的酒楼。门外偌大的停车场上，五六个穿着长衫的“跑堂”在那儿热情吆喝。北京，这儿是北方，到底和柔媚的江南不同。上海的迎宾清一色是穿着旗袍的苗条女子，总感觉不是太热情，用的是很一般的态度“迎宾”。而这儿，几个甩手甩脚的“大老爷们”，热情又豪气地把人请进了酒楼。

“请啰，爷，小姐，请！”在跑堂的吆喝声中，艾莎跟着顾正辉进了酒楼。大门口玄关处是金碧辉煌中加了亭台楼阁，再往里走，风格是古色古香的。到处是博古架，红艳艳的油漆柱和假竹子。顺着楼梯上二楼，才知道整家酒楼是围合式的，一圈一间间的小包房。在二楼楼梯口站着另一拨身穿长衫手拿着报话器的“伙计”，领着两人顺着围廊走。也不知走过多少间，掀开一块蓝花土布门帘，艾莎和顾正辉就进了这间包房。

说是包房，其实却并不隔音，左右两边的聊天声不断穿过隔板而入。房子里的装饰是小户人家的榆木八仙桌、高背椅。还没坐稳，又进来一个伙计，手提紫铜壶，问：“两位喝啥？”艾莎手里还捧着下午那瓶依云水，就对着顾正辉说：“我喝水吧，你喝什么？”

“我等会儿喝点啤酒，不喝茶了。”

伙计应声而出。艾莎感觉在经历清末复古游。

“这儿的菜不错，我们吃点实在的，能垫点肚子的，晚点再去三里屯喝酒。”

“好的。”

音乐家也是人，也不是只会拿着红酒杯晃来晃去。其实，除了早餐，顾正辉是最不愿吃西餐了。他总觉得这西式菜没中国菜浓香入味，就算是盒饭，他也觉得比那汉堡包好吃。他知道艾莎的小资情结，可他顾正辉才是真正最浪漫的人。他的浪漫不同于大卫。大卫虽然也浪漫，但就那点套路，和商家营销部策划是一致的。而顾正辉的浪漫不一样。他的浪漫没有形式，是思想的不羁，是丰富的想象。对他来说，浪漫绝不是小店里讨价还价后的一束玫瑰，而是阳台上突然开放的一朵小花，也许还有些露水，迎着阳光，让人看得心神荡漾。在他眼里，醉得水中捞月是浪漫，忧郁得狂弹曲子是浪漫，甚至在电话里讲鬼故事也是他的浪漫。

“你觉得我怎样？和你想象中一样吗？”点完了菜，顾正辉终于把话题引到自己身上。

艾莎想了几秒，说：“很好，你很好。”

顾正辉笑了，是从机场见面到现在最灿烂的笑容。他只是笑，并没问好在哪里。

“你的身材保持得很好。很多中年人早就发胖了，挺个大肚子。”艾莎由衷地赞美。顾正辉的身形挺拔修长，背也很直，天生是个站在指挥台上的胚子。

“那是我长期吃不饱的结果。过着一餐饱一餐饿的生活，是人都不会发胖。”他的话虽幽默，却是事实。离婚十几年了，他家的厨房就再没开过火。别人吃中饭，他吃早饭；别人晚饭，他中饭；别人睡觉了，他才回到家，还要忙上几个小时。

跑堂很快端上菜来，又上了两瓶燕京啤酒。他为艾莎斟上一杯，说：“今天高兴啊，我们终于见面了。别觉得这儿的环境一般，却是个吃东西的好地方。这家酒楼几乎是通宵营业，可以不用担心正吃得高兴时，来跟你说，我们要关门了。”他说着又为自己倒满了一杯，接着说：“会不会觉得我不够甜蜜，选的这个环境也不够清雅高档。”

“这儿还好啊，很北方，和上海酒楼的风格完全不一样。”说真话，艾莎真觉得这儿不够雅致。

顾正辉半个身子靠在墙上，半个身子靠在椅子上，脸上突然有点狡谲的神情，用话剧舞台上那种夸张的语气说：“艾莎，我不是在做梦吧，你真的就在我面前了。真的，不是做梦，是你，艾莎。你的容貌每晚都在我的梦里、心里……”

艾莎先是听得一愣，接着马上明白他又在逗她了。她着急地把手伸过八仙桌，拍了一下顾正辉的手，说：“你干吗？乱说什么？别闹了，要是隔壁听到笑死了。”

“你不喜欢吗？真不喜欢，那以后不说了。我要是真不说了，你可别吵着不够温情！”顾正辉也笑得开心，略显拘谨的气氛被他这么一搅，顿时轻松起来。两人同时拿起杯子，碰了一下。

“要说的，但不能公共场所说。这么有身份的指挥家，不能这么乱闹。”艾莎发了嗲，眉眼里都是活泼和欢喜。

“那音乐家应该怎么说话？”顾正辉假装严肃，接着说，“浪漫主义音乐家肖邦更侧重于个人情感的抒发，他的音乐旋律感强，细腻优美。浪漫主义音乐家不像古典主义那个时期那么严谨……”

“好啦，好啦……”艾莎又咯咯地笑了。

“学习科学地指挥乐队，是团领导交给我的光荣任务……”顾正辉又换了个话题，顾不得喝上一口啤酒，继续开着玩笑。

艾莎又忍不住拍了一下他，被他逗得不知所措。顾正辉顺势拉住艾莎的手说：“你来看我，我今天真是高兴，嬉笑玩闹，你别在意。来，吃吧，音乐家也是人，少吃一餐都扛不住。你也挺瘦的，今天我们两个都要多吃点。”

夹了几口菜进嘴，艾莎才知道顾正辉为什么选这儿晚餐。这里的菜肴是纯粹的北方风味：蒜泥白肉蒜香过瘾；京都排骨的色泽像从蜜糖里捞出来一般，吃一口香甜而不腻；葱烧海参浓香柔滑，与上海的鲍汁扣海参完全不同。这儿的海参做法虽简单，但吃到嘴里就觉得那真是野生海参，营养丰富。而上海的海参，味道主要在汁。那鲍鱼汁随便配什么都好吃，反倒让海参逊色了。

晚饭吃到十点半，酒楼里还是人声鼎沸。买了单，两人打了辆的士去三里屯泡吧。艾莎早就听说三里屯的大名了，很想见识一下。其实，顾正辉平时并不常去这些地方。最近的一次泡吧，也已经是一年前的事了。

三里屯很热闹，互问为什么会这么热闹后，才想起明天就是五一假期了。两人手挽着手，从街这头走到那头，散步一样，下不了决定要进哪一家才好。

“你觉得三里屯和上海的新天地相比，有什么不同？”顾正辉问。上海的新天地在全国也很有名，顾正辉虽偶尔也有机会去上海，但都是来去匆忙，并没去过新天地。

“完全是不同的风格。上海的新天地比这里更繁华，除了酒吧，还有许多休闲购物的地方。房子都是上海石库门改的，有很多小弄堂。拐一个弯，就是一片新天地、新风情。而这里呢，我看还是有些北方的粗犷。你看这直直的街，灰秃秃的房子，虽然有霓虹灯，但没有灯红酒绿的浮华，有些招牌还是中文字。这店名字听来也很霸气和个性，带着店老板的阳刚和不羁。”艾莎这时完全是精明的江南小女人模样，嘀嘀咕咕，看法多，想法也多。

“行，那咱们也在这儿找找，看有没有类似弄堂拐弯这样的地方。有就拐进去，看看有没有新风情。”顾正辉对上海的弄堂和南方的巷子一直很有兴趣，被艾莎这么一说，决定今晚就专门找“胡同深处”的酒吧了。

“胡同”却并不多，看到就拐过去。有的是死胡同，没走几步就有一堵墙，有的走几步就是个大铁门，原来里边是某某单位。但瞎逛之下还真找到一家，极小的袖珍酒吧，像是某院子的传达室改成。一进门，只有 4 个卡位，一个店员低头坐在高高的吧台后面。吧台只有一张吧凳，放在两行卡位的中间。要是两边卡位都坐了情侣，这坐在中间吧凳上的客人简直就是监督员。

顾正辉和艾莎选了右边第一排卡座坐下。艾莎坐里面，顾正辉坐外边。店员从边上一个极窄的通道里走出，手上拿着一副酒水单和点着的烛台。艾莎看这店员又瘦又小个子，心想这么个小酒吧，连店员都得请袖珍的。

点了黑啤和薄荷酒，两人就在这小天地里东张西望起来。这么小的酒吧也算是有个性了，饮料和酒瓶叠放到天花板上。

“这么小的地方，不知道我们喝东西的杯子是哪儿洗出来的，卫生有没有保证。”艾莎最先想到的是卫生问题。

顾正辉点点头，凑个热闹去问店员：“小伙子，你这儿有厨房吗？这么小的店。”

店员从吧台里抬起头回答：“有厨房，在后面。你放心好了，消毒柜什么的都有的。”

回答得这么妥当，想必很多人问过这个问题。

两人亲密地挨坐在一起，不聊心里话，却对这个小店很感兴趣。顾正辉又问店员门面的租金是多少，店员回答八千。真贵，艾莎接着算账，加上电费人工费什么的，平均每天要赚五百元。能赚到吗？店员答：还可以。

一个音乐家，一个跨国公司的HR，相依偎着操着不相干的心。这小小的又安静的酒吧，让他们有逃到了世外桃源的感觉。顾正辉喜欢这样的感觉。人有时总是要离自己原本的生活圈远一些，去想些不相干的事，才能品出一些特别的味道来。为了让小店多些收入，俩人又加了个水果拼盘。

第二天是五一，艾莎极香甜地睡到了中午，起床后散步至顾正辉家楼下的丝竹西餐厅。一家西餐厅怎么会起名叫“丝竹”，问了服务员，才知道这片小区住了许多音乐学院的老师和教授，所以这儿经常能听到乐曲声，看到背着乐器的学生。

顾正辉穿了一件较正式的深蓝色衬衫走了进来，衬衫外是件白色毛线背心。艾莎歪歪头，调皮地说：“好帅的指挥家。见过白衬衫配蓝毛衣，没想到和别人相反的，却穿得这么有型。”

“是吗？”起床后听到的第一句话就是赞美，谁不喜欢？“这是前年在法国买的，因为是白色的，容易脏，穿得比较少。还行吧？”他说着拉拉背心的下摆，又轻轻握住艾莎的手。

“很帅。”艾莎今天是穿了休闲装。昨天那条双重绉真丝裙，跟着她“奔波”了一天，皱得都不像样了。

“睡得好吗？”顾正辉点了两份早餐。在吃这个问题上，他似乎很少征求艾莎的意见。艾莎喜欢他这样的果断，拿着菜谱来回研究，实在是件头痛的事。其实，他这样的习惯，可以说是有主见，也可以说是很自我。

“睡得好。你呢？好像眼皮有些肿，是昨天啤酒喝多了的缘故吗？”艾莎关切地问。

“不是，可能循环不大好，早上都这样。”

“还早上呢，都中午了。”

“哈哈，是啊。艾莎，今天我就没时间陪你了。吃完早餐后，我要先去把车开回来,车子还停在昨晚吃饭的地方。然后直接去团里,晚上是比较重要的演出。可惜今天的票没了,只能安排在明晚让你来看演出。不要怪我没时间陪你,家里摆了百合花和送你的小礼物,却没有时间请你上去。你要知道,虽然现在有那么点时间,可我不想让你匆匆上去又出来。”

“我没有怪你,我来的时候就知道这几天你会很忙的。”艾莎对着他温柔一笑,心里也全是温柔。

麦片粥,煎蛋,蔬菜沙拉,顾正辉匆匆吃完就离开了西餐厅。留下艾莎独自一人慢悠悠地品尝着咖啡,享受着北京的午后时光。

北京的春天有着初夏的味道,热闹中飞扬着灰尘。她开始喜欢这个城市,处处带着一股让人刻骨难忘的狠劲。萧瑟的冬天,热切的春,火般的夏天,清爽而短暂的秋。这是座大方而庄严的城市,开阔的马路,宏伟的建筑,沉重的历史,说不完的情爱,化不尽的富贵。她带着晕眩爱上顾正辉,也极快地喜欢上北京这座城市。这是座多么男人的城市,雄踞北国,胸怀天下。无论风沙或冰雪,都能岿然不动于天地。这座伟大的城市,成就了无数像顾正辉这样优秀的男人。

北京的浪漫,不是上海的小情小调,是纵情天地间的风流。

5 月 2 日晚上,艾莎在保利剧场欣赏了由顾正辉担任总指挥的音乐会。他穿着黑色立领礼服,扬着头潇洒地从舞台左侧走到中央,先与钢琴手和首席小提琴演奏者逐一拥抱,再对着剧场一鞠躬,在掌声中站到了指挥台上。

整场演出艾莎都如痴似醉,台上是那个她认识又不认识的顾正辉。他扬着头,侧面看过去,嘴角似乎有些笑意。最后一首乐曲是《茉莉花》,是在再三谢幕后开始演奏的。他站在台上,嘴角还是笑意,像是心中的茉莉已开放。

这是网络里的爱情,终于走到了现实里。他站在那里,遥远得像一个艾莎一点也不熟悉的人,可实际上却又是夜夜电话里与她亲密聊天的那个人。台下观众席里的艾莎,眼泪掉了下来。那是美好到尽头的伤感,幸福里的绝望。这一刻的感受,只有艾莎明白。音乐声中,她感觉自己的眼泪化成了珍珠,一颗颗不停地落下来。

屋里的百合开得过了头,房间里弥漫着花香和烟草混合的味道。顾正辉拥着艾莎,不停地热吻。

静下来后,艾莎在顾正辉这套大房子里慢慢地转圈。现在,她不知道怎样才能做好他的女友。给他做饭吧,厨房里没盐没米。就算有,他那么潇洒的人,怎会被油酱肉香迷倒;赞美他吧,从女友到崇拜者,是失败。他的生命还缺少赞美吗?做他背后的女人,失去自我,甚至卑微地存在,可他未必会喜欢。他永远只欣赏灿烂夺目的生命。那就把自己变成灿烂的生命,他也许会欣赏,可他顾正辉会爱吗?

这是艾莎幸福的爱情,没有支撑点的爱情。

11 孤独，是他的狂欢

傍晚的北京刚下完一场大雨，气温在瞬间低了近十度。空气间有了潮湿的气息，植物像洗过了澡，青葱翠绿。对顾正辉来说，这个五一实在忙碌。演出活动已是很紧张，还要抽出时间陪艾莎。

下午，他送走了艾莎。回市区的路上，突然下起了雨。堵堵走走，两个小时才到家。骤降的气温，让他坐在狐狸毛的垫子上也不觉得闷热。现在算是很放松的时候，可以歪着身子看着窗外还没停的小雨。不过还是静不下来，还是要不停地发短信，关心的是艾莎的飞机是否准点起飞，是否准点抵达上海。

上机了吗？起飞了吗？快起飞了。要回去了，不舍得。我也不舍得。照顾好自己。记得准时吃饭。记得……两人就这样不停地互发短信，好像活成了对方的影子，静不下心来做一件自己的事。既然静不下心，就坐着抽烟吧，想想艾莎，想想这段感情。这想想，不是思念，是思考。艾莎是好女孩，很可爱，所有的女孩都可爱。可她真适合自己吗？又或者自己真需要一个爱人吗？

顾正辉渴望爱，却并不希望爱情打乱他的生活，打乱他已既定的生命轨迹。起床后的第一件事，他要安静地坐会儿，一杯盐水，一杯清水，一支烟，他不需要别人告诉他这一切是对或是错，因为这是他的方式。半夜里，他坐在钢琴前，音乐在心中升起，他一直用这种方式沉醉在生命里。他无法忍受在寂静的深夜里，有个女人从卧室里出来，穿着睡衣，披着头发，身上散发着浓或淡的香水味。她催促他休息，反复问他在忙什么，怨他回家太晚而令她无法安然入睡，然后板着小脸假装生气，再撒着娇把他拉走。唉！女人都这样，任性而娇媚。唉！假如不任性不娇媚，又不是女人了。

桌上放着艾莎送的领带和书。他拿过《闲情偶寄》翻了翻，又拿过领带拆去包装。这两样都是他喜欢却又不常用的。他几乎不打领带，登台是打领结。而那《闲情偶寄》，只能是闲情时才偶尔阅读的书籍。所谓“闲情”，有闲才有情，越闲那情也就越多。它只能是李渔那个时代才有的“情”。艾莎送这本书，是希望自己能与她一起“闲情”又“偶寄”？但艾莎和周围的人却并不明白，自己一直单身、自由，就是为了有些“闲情”还能“偶寄”。

正想着，收到艾莎已到上海的短信。他拿着手机，本想打个电话，可一想还是算了，简单地回复了一句：还挺准点，早点回家好好休息吧。

发完短信，顾正辉又点了一支烟，他想再安静下去，待会儿才能把前几天荒废的工作补上。可是，没抽两口烟，艾莎的短信又来了：你现在在哪里？晚饭了吗？北京还下雨吗？

顾正辉看着短信，只得回复：我在家，晚些吃饭，外面还在下小雨。不用担心我，照顾好自己，回去好好休息，明天你要上班的。

放下手机，他叹了口气，希望艾莎不要再发信息过来。这并不是他讨厌艾莎，他只是想安静，把心定下来，凝聚到他的音乐中。可手机还是传来了短信提示音：我会照顾自己的，现在在等行李，行李还没出来。

顾正辉看了看手机，这条他没有回复。他站起身把《闲情偶寄》放进书架，把领带装回盒子，放进衣柜里。接着打电话给同事，讨论了一下工作。最后叫了个炸酱面的外卖，算是晚餐。刚忙完这些事，艾莎的短信又来了：你在忙吗？我上出租车了。

不回是不行的。顾正辉快速地按动按键，一句简单的：好，我有些累，需要休息一下。

坐在出租车里的艾莎心神不定。她也很敏感，这几条短信，她感到顾正辉有些莫名其妙的不耐烦。呆了几分钟，心里很快就恨起自己来了。谁让自己这么不矜持地送上门去，还不是一般的路程，飞了几千里，自己作贱，难怪他不在乎！艾莎这么一想，这回来的心情，远没有去时那么欢快了。快到家门口时，妈妈打来了电话："敏敏，侬回来啦。侬到北京去做啥了？一个人去还是和朋友去的？"妈妈很着急，连着问了一大堆。虽说是三十岁的人了，做母亲的总怕会有路遇不测一类的问题。妈妈的心思真让艾莎为难，一方面怕女儿遇人不淑，一方面又怕遇不着人，总想掌握着女儿生活里的细枝末节，然后她来判断。

"我去北京看个朋友。"艾莎简单地回答。

"啥个朋友？"妈妈追根问底。

艾莎最怕妈妈东问西问，又加上这下心情不是太好，便说："妈，不跟你说了，车到家门口了，我先下车，晚点跟你说。"

应付完妈妈，拖着行李回到家，第一件事就是重看一遍顾正辉发来的短信。看完，觉得他真有些不耐烦的感觉。也许是这几天他太忙了，还要抽时间陪自己。很快，艾莎就在心里为他开脱，这样自己的心情也舒服点。放下心事，急忙收拾起行李，把那一皮箱在北京没机会全穿一遍的衣服挂回去。

她拿出了顾正辉送给她的礼物，一瓶香奈尔的倾城之魅香水，Tommy Hilfiger 的粉色条纹长围巾，配上那玫贝壳型的乳白色丝巾扣，看上去真像是仙女用的。"他真会买东西。"艾莎心想。对着镜子把围巾左披右围，臭美了一阵。可是，都八点半了，顾正辉"还没休息好"，想到刚才那条短信的严肃，艾莎忍着没和他联系。

这样按捺着自己的小性子，不是艾莎的恋爱态度。整理好东西，她正准备洗澡，却响起了敲门声。艾莎猜肯定是妈妈，一开门，果然是不太放心的妈妈。

"妈，你怎么过来啦？"

"我来看看你怎么回事？电话里三言两语，也不好好和我说话。"妈妈换拖鞋进了房间，眼睛四下打量，目光停留在那个大皮箱上，问道："你去北京干什么？五一假期又不会出差的。"

"去看个朋友。"艾莎说着把皮箱挪到一边。

"啥朋友？要你跑那么远去看。"妈妈继续追问，声音也有点高了起来，非要把北京那人"挖"出来不可。妈妈是个急性子，虽然生长在这幢洋房里，可十七岁就去了安徽插队。回来后被安排在副食品店工作，卖些酱油、老酒、白糖一类的东西，天天是和顾客争斤论两、四舍五入这些琐碎事，练就了一副伶牙利齿。心情好时，还有点外婆的温和，心情不好或焦虑时，就像爸爸说的“更年期严重综合症”。

“我去看男朋友，我交男朋友了。你不是老催我，怕我没人要吗。”艾莎干脆有一说一。本来和顾正辉才刚开始，按她的性格会先瞒着家里，等关系再成熟些再说也不迟。可妈妈这么追问，她也扛不住了。妈妈的性格她很清楚，在农村“锻炼”了这么多年，早学会农民的直性子，没有一点城府去含糊任何事。

“哦，”虞妈妈的脸色舒缓下来了，“你们一起去北京旅游啊？”

“不是，他是北京人，工作也在北京。”

“他是北方人，哪能找了北方人？”妈妈显然没有做好女儿有个北方男友的思想准备，声音马上又响起来，眉毛也挑高了。

“北方人怎么啦？”艾莎索性顶回去。她的眉毛也挑高了，声音比刚才也响一点。说完看了一眼手机，随后就去开电脑。

“那他是做什么的？”妈妈的声音又轻了下去，但脸上还是很不高兴的表情。

“交响乐团的指挥家。”艾莎声音放轻，语气也温柔了一些，脸上是甜蜜的骄傲。可她妈妈一听就惊讶了，眼睛睁得大大地问：“什么？指挥家？那种交响乐团站在上面的那个？”

“是啊！什么站在上面，妈，那是指挥台。”

虞妈妈现在是一脸疑惑，像是被呛住，一下子接不上话来。

也难怪艾莎妈妈反应不过来，活了五十多岁，把周围认识的人都想一遍，也没有和交响乐搭界的人。怎么女儿这下认识了指挥家，艾莎可是连五线谱里的音符也未必认得全，这究竟是怎么回事？一直以来，艾莎父母都希望女儿能找个高收入的金领白领。现在倒好，不是“领”，冒出了“家”，还是在北京。北京是什么地方？首都，在北方，再往北就是草原了。气候也不好，一会儿沙尘暴，一会儿冰冻三尺，长年少雨水，连水都是从南方调过去的。哪比得上上海，这儿是四季分明、生活富足、物质丰裕的繁华大都市。在上海，女婿比儿子还亲还管用。听说北方男人剽悍不羁，不会真弄得是赔了女儿还得不着半个儿子吧。

“那他多大？你们怎么认识的？”

“他……”艾莎犹豫了一下，知道一说出顾正辉的年龄，妈妈又会反对，便改了口：“你别问那么多，我们也才刚认识不久，八字还没一撇。”

“刚认识你就跑北京去啦，那他为什么不来上海看你？按道理应该是他来看你。”

“人家五一演出多，走不开。妈，你别这样，他是国内很有名的指挥家，你讲话要客气一点，别人对他都很尊重的。”

“敏敏，你糊涂！”妈妈这下真是生气了，“我讲话有什么不客气的，什么地方不尊重他了。不管他是什么人，如果喜欢你，他就要用心来追你。别说指挥家，就是市长、主席也得这样，这是道理。前面的道理通了，后面你为他付出再多，只要你愿意，都是应该的。因为你是他真心实意追求回来的。你这样算什么？自己送上门去……”

“好啦，妈妈，我也觉得这次去北京有点不妥。但主要是因为他忙，我又有假期，所以我才去的。”妈妈的话说中了艾莎的心事，从下飞机开始，她就觉得自己不该这么主动，不该去北京。

“那他比你大许多岁吧？”妈妈就是妈妈，是过来人，洞若观火。

“他 45 岁，比我大了 15 岁。”艾莎很轻地回答。可再轻，妈妈也听得清清楚楚。

“太大了，不行的，这件事不行的。”妈妈声音又响了起来，立刻否定了这件事。因为激动，脸也有些发红，一口气不歇地说了下去，“他一定离过婚的。这种男人就这样，也不结婚，一天到晚在外面谈恋爱。敏敏，你不能跟这样的人来往的，你要吃苦头的。让他们搞音乐的找回搞音乐的，他们一起乱搞好了。我们是本分人家，找个勤勉上进的，一辈子才会对你好。”

“妈妈，你乱说什么，什么乱搞。他难道不勤勉吗？要是他不勤勉，他能有今天吗？你一点也不了解他，就这样没依据地说他。”

“不是一回事。”妈妈激动得眼睛开始有点发红，就差掉眼泪了。看到妈妈这样，艾莎眼眶里也全是眼泪。她没想到妈妈的反应这么大，根本不管他是什么指挥家，一点面子也不给。艾莎现在是两种委屈加在一起，因为到现在，顾正辉也没打来电话或发来信息，而妈妈正在激动地反对。不管两人将来怎么样，一开始妈妈就这样，将来一定不会太顺利的。母女俩略显沉默地对坐着，艾莎爸爸打来电话。他要上来看看女儿，被妈妈一口回绝。虞妈妈是聪明人，再激动，也不会昏了头。今晚母女争论成这样，爸爸再来掺乎只会更乱。

“敏敏，我先回去了。你这么大的人了，有些事你会想明白的。这件事，我晚上要告诉你爸爸，我们也要商量一下。我现在不让他上来，是不想让他看到我们俩已经为这个事吵得泪汪汪的。好了，早点休息吧。你明天要上班的，好好上班，星期天再说。”

“妈妈，对不起，刚才顶你嘴了。”

“你要记牢，父母都是为了你好。我走了。”

妈妈一走，她就打开 QQ，可顾正辉依然不在线，他还在“休息”。自己在北京这几天就这么打扰他吗？艾莎心里愤愤不平。

顾正辉独自坐在书房里，看着窗外。外面雨越下越大，伴着闪电和雷鸣。这是春雷，在天空炸开，如开天辟地一般。接着是闪电，夜空里划过的白光，把大窗户变成一块银幕。他坐在这里已四个小时，终于让自己的心沉淀下来。望着窗外，一道道闪电把夜幕撕开，他感叹着自然的力量、生命的渺小及强大。与外面狂风暴雨相反的是他的心境，平静如水。这一刻，他的心里没有艾莎，没有舞台。这一刻，他似乎已接近禅定时的空明，空旷澄净。渐渐地，旋律在他心中升起，他坐到钢琴前，边弹奏边谱曲，专注而沉醉。

这是他的生命，孤独又多情。他爱艾莎，也爱过其他女人，可没有人可以住在他的心里，他的心门早已关上，只有音乐才能进入。人生没有长相厮守和永恒的爱情，对他来说是痛苦。他明白自己这一生一定是错过了些什么，可错过了的东西，还能再追得回吗？

谱完了一段曲子，他坐在沙发上看着无聊的电视，窗外的雨有些小了，也听不见打雷声。春天的雷雨就是这样，来得猛烈，去得快。

手机亮了一下，是艾莎发来的短信："你怎么样了？休息好了吗？"他知道电话那边是颗焦急的期盼之心，可自己又是那种无能为力的感觉。他本想给艾莎回复一个晚安，可终究又没发，最后关了手机，坐在了电脑前。

他打开艾莎的博客，读着里面的文章，体会着她生活中的点点滴滴。看她的照片，读她的文章，感觉比她在自己身边还要美好。他也想像个愣头少年般盲目而冲动地去爱。可是，无能为力了。艾莎也一样，她已不是个单纯的少女。无论她现在怎么痴情，终有一天，她会精确地计算她的得失。小到陪她看场电影，大到房子、车子的名字，她都会一一计算。

顾正辉知道，艾莎和所有女人都没有错。只是，他顾正辉才是最自私的人。他不可能变成她们追求美好生活的工具，他只享受她们的爱。她们的爱，才能带给他灵感。他知道自己是最自私的人，一个没有力量走出自私的人。为此，他也深深地痛苦。躺到床上，他再次感受到宁静里的孤独。这孤独让他难以割舍，这孤独是他的伴侣。他是属于音乐的。只有彻底孤独时，他才懂得自己。

这一夜，艾莎很疲惫，却睡得很不好。她不知道自己错在哪里，从去北京到回上海，顾正辉一直表现得很体贴。但从昨天下了飞机起，他像变了个人，从热到冷，只有几个小时。女人是敏感的，顾正辉的"早点休息"不是理由。可问题出在哪里，艾莎想不明白。这一夜，艾莎根本无法入眠。

第二天，艾莎心不在焉地坐在办公室里，边工作边不停地看着电脑上的QQ头像。欣怡顶着一头玉米须一样的新发型进来，把一瓶冰冻过的奶茶放在艾莎桌上。

"谢谢！你的头发怎么啦，热恋得头发都爆炸了？去哪了？"

"去厦门了。我的头发真是爆炸了，但不是热恋。"欣怡用手指梳梳头发，又甩甩头。温柔的苏州姑娘，狂野起来也会没了方向。

"跟你那个奔驰男去的吗？是自驾游还是坐飞机？让他请我们吃饭，我要狠吃他一顿。"艾莎问了这么多，欣怡却什么也没回答，只是呆站着。"欣怡，你发什么呆？你知道你现在这个模样像什么吗？”

“像什么？”

“星光大道里的选手，还有超女什么的。你怎么啦？该不是刚热恋就失恋了吧？”艾莎取笑着欣怡，喝了口冰奶茶。凉凉的口感很好，她不禁长叹了一口气。

“艾莎，我现在才知道，为什么你才比我大一岁，却能成为我的上司，收入比我高将近一倍。”欣怡把最后一句说得很轻。因为公司有严格的规定，薪金属于保密范围，不得随意打听和猜测。

“你怎么知道我比你高一倍？不要瞎猜。”艾莎马上一脸严肃，很快又舒缓下来，说，“你怎么啦？奔驰坐的都乱说话了。”

“别笑我了。他，他真是个司机。”欣怡说着又甩甩她的玉米须头发。

“啊！真的啊。”艾莎瞪大眼睛。真是，说什么就有什么，真是有这么无聊的人。“那你没太动感情吧？没吃亏吧？”

欣怡摇摇头，不知道是否定动了感情还是吃了亏。

“那怎么办？”艾莎问。

“那人其实是不错的，可我跟司机能有什么共同语言？再三说明，我并不是贪慕虚荣。”

“唉！这算是他公车私用吧。欣怡，别浪费时间在这样的人身上了。拜托你下班后把头发恢复原状。你这发型，我看了就心烦。”

“好吧，我也心烦。”欣怡再甩甩玉米须头发，出了办公室。

这年头，究竟该怎么谈恋爱？

下午一点，顾正辉上了 QQ。其实在上线之前，他已在艾莎的博客里待了很久。

晴朗：宝贝，昨晚睡得好吗？上班了吧？

艾莎：休息得还可以。你呢？

艾莎的心里其实很委屈，本想先责怪他为什么不复短信，可一看他还是这么温柔地关心，只能把这责问放一放。

晴朗:还行，现在精神多了。想到你已经回到了上海，觉得像做梦一样。

艾莎:哦，我也觉得像梦。昨晚十一点时我发了短信给你，不知你收到了没有。

艾莎只能委婉地责问。

晴朗:收到了，我不回有不回的道理。不是跟你说要好好休息一下，我们再发来发去，那到什么时候才能睡觉。

艾莎一看，怎么变成他有道理了。想到刚认识时，只要他想打电话，还不是半夜两三点照打不误，哪管自己是否已睡着。不过，用文字对话到底有些费劲，艾莎想想也不要为这事多说什么了，多说多争总是伤感情的。

艾莎:前段时间我们讲电话太多了，我也觉得有些影响工作。

晴朗:好的，以后尽量不吵你，让你休息好。

艾莎:嗯。

艾莎是一肚子气，觉得顾正辉很不讲理。说的话似乎没问题，但很刺。

晴朗:那我下了，你好好工作吧!

艾莎像是吃了哑巴亏，受了委屈说不出。她实在不明白顾正辉怎么会突然变成这样。还有几十分钟的午休时间，艾莎呆坐着听了几首伤感的情歌。突然想起晴子，打电话约了她第二天一起吃晚饭。

晴子刚怀孕三个月，还没过妊娠反应期。喝白开水都想吐，坐哪儿都不舒服、都能闻到“不良气味”。艾莎要是知道她怀上宝宝了，一定不会约她出来。

她软耷耷地靠在绛红色的座椅上，苍白而消瘦的脸上，两个梨窝也成了扁圆形的，硬说从皮椅子上闻到了猪牛肉的气味，还有可能是非环保材料。她老公和妈妈更是二十分钟一个电话，不停地问她怎样怎样，弄得艾莎后悔极了。本来应该去看她的，现在弄得反而让晴子来给自己解闷。

“你是不是网恋啦?”晴子突然间又舒服点了，问起艾莎的近况。

“我谈了个男朋友。”艾莎的回答模棱两可。和顾正辉已经在北京相处了几天，难道还叫网恋，应该叫恋爱更合适。其实未婚女孩都知道，能不网恋就不要网恋，毕竟网太大了，极难网住些什么。

“是征婚网上认识的？”

“不是。你好点了吗？”

“突然间又好点了。”晴子坐正身体，接着说，“那是谁介绍的呀？还是你们自己认识的？”

“我们自己认识的。是在博客上认识的。”说完这句话，艾莎脸上就先表现出很无辜的样子。

“那还不是网上认识的。那他是做什么的？条件应该还不错吧？”

“我们见过面了。不过他在北京，是个指挥家。”

“什么指挥家？音乐指挥家？”晴子整个前身都倾向桌子，看着艾莎，说，“你找了个搞音乐的？”

“你别这样一惊一乍的，不是我想找个搞音乐的，是不由自主认识的。”

“哎，随便你们怎么认识啦，酒吧认识也行。那谈的还好吧？我猜你今天也不是来和我分享喜悦的。”晴子冰雪聪明，哪有女孩子主动找好朋友说自己谈恋爱了。一般这种时候，都是感情上闹了拐扭。两人虽然是同年出生的，可已婚的晴子明显要比艾莎世故得多。

“是不是搞音乐的人都这么喜怒无常？”

“艾莎，你最好离艺术界远点。你又不是这圈里的人，你不会明白这拨人的。做他们的爱人，就是要不停地付出，因为他们是被崇拜的。唉，也许我说得也不全对，但大概也就是这样了。不是我说你，找什么样的男朋友，其实也没什么限定，说起来都无所谓。但人以群分，物以类聚，这道理你又不是不知道。社会上总有一些群体，只适合站在远处观望和欣赏，却不适合我们与之共同生活，你说对吧？”正说着，晴子突然间又恶心起来，一下下的干呕，好像有很多东西要吐，其实她什么也没吃。

“你怎么样了？要不我送你回去吧。”

艾莎本想和晴子进行一番关于“音乐界”人士的讨论，不过音乐界对晴子来说已是遥远的往事，现在的她已为人妻并快要为人母了。她给艾莎一点“有些群体只能站在远处观望和欣赏”的意见后，便有气无力地让艾莎送她回家了。

在送晴子回家的路上，顾正辉打来电话。艾莎戴着耳机边开车边和他聊得亲昵，旁边坐着还在不停干呕的晴子，她一会儿要开窗吹风，一会儿要关窗吹冷气。艾莎就这样左右兼顾着，在上海拥挤的马路上，边开车前行，边谈情说爱兼照顾晴子。

好不容易把晴子送到家门口，艾莎正想找个地方把车停下来，和顾正辉聊上一小会儿，可他那头有人催他去吃饭了，艾莎只得作罢，叹口气，吻了吻车子反光镜上挂着的那片水晶叶子。那是帅哥送她的绿叶，是他青春时的深情，艾莎的一吻，是祝福他也祝福自己。人的感情，也就是一场生命。她对顾正辉的热烈，是回光返照般的青春深情。男人女人都一样，有时都渴望试做一次离不开水又没了水的鱼儿，那深潜水中自由快乐的神情，跃出水面后窒息的感觉，只有鱼儿自己才知道。

12 不被亲人祝福的爱情

妈妈坐在沙发上，一边说着她街头巷尾听来的关于楼市的话题，一边观察着女儿。艾莎就一直坐在电脑前，在淘宝上胡乱地搜索着夏装、包袋一类的东西。

爸爸是一会儿坐在餐椅上，一会儿坐到沙发上，接着老婆关于楼市的腔，并时不时地说些故作幽默的冷笑话，其实也并不好笑，爸爸吹牛还行，幽默的功夫可就差得远了。但今天的情况不一样，一早九点，夫妻俩就来到小洋楼，打断女儿周六的懒觉。两人守在这里，是生怕艾莎趁着双休日又飞到北京去。艾莎被父母早早地从睡梦中拉起来，一直板着呆呆的没睡醒的脸。家里气氛不是太好，爸爸只能尽量幽默。

“现在的天气热得真快，才五月中旬的样子，就这么热了。”说完了楼市，艾莎妈妈开始说天气。她是真觉得热，心烦加上更年期的潮热，热上加热。

“是呀，环境都污染了，到处是汽车废气，天气能不变热吗？像我们家，就三个人，两辆车，对环境影响多大啊。”爸爸说着忧国忧民、自我批评的话。说完看了一眼女儿，希望艾莎能接上一句。

无论父母在旁边唠叨什么，艾莎都在电脑前赌着气一言不发。三十岁的女儿，想要去哪，哪里是父母一大早跑来就堵得住的。只是这一周难得两天的懒觉，却被搅了。

“敏敏，你算怎么回事？我们来了，你一句话也没有，你哑巴啦？你不是跟那个北京的男朋友一说就是好几个小时吗。怎么，看到我们就没话啦？”两个小时后，虞妈妈终于忍不住了，噼里啪啦地一顿责问。

“我没睡够！不像你们，退休了，每天都能睡到八九点。我可是六点多就要起床了。”艾莎知道父母的苦心，再虎着脸就是自己不对了，连忙回过头挤眉弄眼地狡辩着。艾莎都这么说了，妈妈再责问也不好了，只有转头向老公抱怨：“都说母女贴心，我们家就不是这样。”

艾莎可不管我们家是哪样，反正我就是你的女儿，怎么也变不了。她走到衣柜前，打开柜子选衣服，边选边说：“妈，爸，饿了吧？中午我请你们吃饭。”

“好啊，好啊！”虞爸爸马上附和。一家人闷闷地坐了一上午，现在女儿突然眉开眼笑了，还不赶紧抓住机会，让气氛更轻松些。

“吃什么？外面东西很贵的。现在什么都贵。”虞妈妈继续权威地发表她的看法。

“贵也不差一餐饭，要不要去接外婆？”艾莎问。接不接外婆，这个决定一定是妈妈下，而跑腿的是爸爸。所以艾莎问的是爸爸，眼睛却看着妈妈。

“不用了，下午我们再去看她。”

“好吧！”父女俩同时回答。

有了艾莎认错的这餐饭，一家人在饭桌上话又多起来。其实，艾莎也想趁中饭时，和父母谈谈顾正辉。不过还没等到艾莎想好怎么开口，妈妈就先提起来了。

“敏敏，你交那个北京男朋友的事，我跟你爸也说了。对方条件虽然很好，可我们想想总觉得不踏实。”虞妈妈说。

“对啊，那天我接你妈妈回家，路上她就说了这个事。我想我家敏敏怎么把男朋友找到北京去啦？难道上海一个合适的男同志都没有？”爸爸接腔说道。

“爸，妈，我也想就这个事和你们好好说说。”艾莎喝了口茶。长篇大论前一定要润一下嗓子，也算是镇定一下。左右坐着的父母也下意识地端起白瓷茶杯，这听表白前也需要喝几口茶水。

“其实吧，我也从没想过自己会认识个音乐家。不过，他真是一个很优秀及值得信任的男人。”艾莎说。

“敏敏，我在网上查了一下，他在音乐方面确实很优秀。可是究竟是不是适合做你的男朋友或未来的丈夫，我看还是要考虑一下。你要想想看，他哪些方面最适合你，又或者你哪些方面最适合他。爸爸我也是男人，男人的事还是知道些的。像这位顾什么的，遇到像你这样女孩子的机会还是很多的，可他为什么还没结婚呢？一个人不结婚总是有原因的。一是他根本就不想结婚，多好的女人他也不结婚。二是他对婚姻没把握，说到底不想为对方付出，不愿付出就是没把握，不付出的婚姻哪有幸福？这第三呢，他就是个情场浪子。我不了解他，不评论他道德品德方面的事，但听说搞艺术的人大部分都很风流。他们的这个风流和我们一般老百姓的出轨风流不一样，怎么个不一样法爸爸一下子也说不好。一般来说，普通人风流是要受指责的，但艺术界的人、有名气的人风流就可能是理所当然了，有些甚至叫‘佳话’。也许我这话说得不中听，但在世俗的眼光里真是这么看的。要是我是他，我是音乐家，我也不结婚。多自由，多开心，整天找喜欢的小姑娘谈谈恋爱。反正只要他高兴，总有恋爱谈。走到哪里都是掌声和鲜花，他还结什么婚？他的心早就不能被家庭束缚住了……”虞爸爸的一席话虽说得有些直白，却也合乎人情世理。男人，总比女人更了解男人。所以，作为父亲的虞爸爸也最能看出问题所在，忠告也最贴切。

一家三口都没再开口说话。爸爸把该说的都说了，艾莎还能说什么。这些问题，三十岁的艾莎都想过。只是她太爱顾正辉了，这些问题就变得不那么重要了。其实，艾莎犯了一个天下女人都会犯的错误。她错误地以为，自己与顾正辉过去爱情里的女配角截然不同，更有些“与众不同”。在她的潜意识里，只有“我”，才是他等待多年的“天使”。

这边艾莎的父母为这场爱情的未来操起了心，而对北京的顾正辉来说，这件事还真是“八字还没一撇”。在他的观念里，爱情和婚姻没有什么必然的关系。两个成年男女，两情相悦，及时行乐或卿卿我我，都是再正常不过的事。这个观点，他和大卫很一致。有所区别的地方，他是以爱情的名义开始，而大卫则是直接地求欢。

没有人可以完整地解释,这个时代的爱情为什么会变成桌上的一杯白开水。想喝,就捧起杯子喝,解渴了,感叹水的甘甜。不想喝,无需再多看一眼。若是一杯放了太久的水,也许还会随手倒掉。男人们像对待一杯水那样对待着爱情,而许多像艾莎一样的女人,却依然把爱情当成醉人的美酒,为贪一口醇香,醉得稀里糊涂。

当然 ,还有一个人是明白这种男女游戏的,就是外婆。她早就跟艾莎说过,旧上海时的小户人家,最怕女儿遇到这种白相人,不但伤人,更伤心。

在女儿嘟着嘴的要求下,艾莎父母只能不再去家里"盯着了"。从酒楼出来,艾莎把父母直接送上了那辆老别克。

"上车吧,你们不是要去看外婆吗?这个时间过去,她刚好午睡醒来。"站在父亲的老别克旁,艾莎不肯再往前走了。

"你不去呀,你为什么不去?你不要去看看外婆吗?"妈妈的眼睛还保持着警戒。即使不上楼去"盯着",带着女儿在身边也放心。

"我明天去。你们告诉外婆一下,我明天去她那里吃中饭,吃完带她去青浦摘草莓。"

"我们一家四口一起去不好吗?为什么你只要和外婆去青浦?"妈妈一直不明白,女儿从小就和自己没什么话,和外婆却总是说个不完。这一老一小总是很有默契,让她这个做妈妈的有时想起来很是嫉妒。

"妈妈……"艾莎发了嗲,挽住妈妈的手臂,对着爸爸说:"爸,妈妈现在是问题女人了,怎么这么多为什么?我只和外婆去青浦,还不是怕明天天太热,天气一热,我们就不去了。但要约上你们俩,不去可就不行了。妈妈你意见最多了,我们三个去不去都要被你吵死。好啦,好啦,上车吧,去看外婆。我要赶快回去睡上一觉,一大早,扰了我的好梦,我要回去睡觉。"

被女儿连推带搡地上了车,妈妈还是心有不甘。今天这一趟,顾正辉这件事没有谈透彻,做母亲的还是不放心。透过车窗看着站在树荫下的女儿,一脸明媚,左一下右一下地打着手势,指挥着爸爸把笨重的别克车开出窄小的弄堂。等车子好不容易调好了头,妈妈赶忙打开车窗,对着正挥着再见手势的女儿说:"那个人的事,你要好好想想,再和我好好说说……"

“好了，拜拜！”艾莎朝妈妈一笑，轻飘飘地一转身，甩着钥匙包走了。

艾莎这一笑，妈妈看来却很诡异。她始终不是很理解女儿的心思。艾莎妈妈这代人，最应该读书时，上山下乡去了。好不容易回到上海，又为工作挤破了头。等到谈婚论嫁时，又为房子愁断了肠。但虞妈妈却是这帮知青同学中条件最好的，这当然多亏了能干又明世理的外婆。当年她没响应号召“做个好妈妈”，只生了个独生女。知青回城后，解决一个孩子的工作问题，总要比解决三个四个容易得多。为了女儿的婚房，她在外公离休前争取到了现在余姚路的这套房子。那时上海的房子紧张得很，一生奉献的外公为了女儿的幸福，离职前也自私了一次。外婆和妈妈，虽是母女，习性却不大相近。外婆是情感细腻而精明，妈妈是又泼辣又精明；外婆心思缜密，既有远虑又顾着现实，妈妈则是冲动而现实，还带有一点知青的盲目热情和那个时代的朴实；外婆生活有讲究，总想活出个模样姿态来，妈妈则讲实惠乐惠，是“扒到碗里就是菜”的风格。

“老虞啊，我觉得敏敏不会听我们的，她肯定还要跟这个顾什么的纠缠下去。”

“女儿这么大了，你就别管了。我们把看法告诉她，她也明白是为了她好。如果实在很喜欢那个音乐家，我们也没办法，总不能硬去拆散他俩吧。你放心好了，敏敏是受过高等教育的，她会分辨的。”

“话是这么说，可我就怕女儿吃亏。你说这个男人多了不得，在北京坐等着我们敏敏送上门。哪有一点点追求我们敏敏的诚意。”妈妈一直为女儿的北京之行耿耿于怀。

“敏敏也是，这书都白读了，白读了。”爸爸连连感叹。

在家里，除了外婆，最宠艾莎的就是爸爸了。爸爸是个脑子很活络的人，不然早早下岗的他也混不回房子和车子。天下做父亲的，有时比做母亲的还紧张女儿交了个什么样的男朋友。自从那天艾莎妈妈把这件事告诉他，他就一直在网上查顾正辉的资料，越查心里就越矛盾。女儿交了这么个男朋友，面子是有的，里子却未必有。顾正辉是男人中的尖子，而女儿的条件只是比一般女孩略好一些而已。他对着电脑屏幕上的顾正辉看来看去，心里也没了数，怎么也没办法把舞台上那个人到中年、潇洒俊朗的指挥家和自己的宝贝女儿联系起来，更别说他有可能要成为虞家的女婿了。

“晚上回家后，我们要托托亲戚朋友，看看有没好点的小伙子，给我们敏敏介绍介绍。当初真不该让她一个人搬到这边来住，每个月少收五千来块租金不说，这谈朋友的事一点进展也没有。我也搞不懂现在的这些年轻人，个个条件都那么好，谈个对象就那么难吗？”艾莎妈妈皱着眉头对老公说。当初艾莎搬过来，就是找了个“有空间才有男朋友”的借口来说服父母的。为了女儿能找到金龟婿，夫妻俩放弃真金白银的租金，让女儿住到黄金地段的小洋楼。没想到快两年了，损失的租金可不是一笔小数字，金龟婿却还没看到，艾莎竟爱上个“天上人间”般的音乐家，贴上飞机票往北京跑。这让处处讲实惠、锱铢必争的妈妈像做了笔天大的亏本生意，真是心如刀割。

“是的，还是我们要替她张罗张罗。最好是留学回来的，怎么也要硕士以上的学历，这样敏敏才看得上。”

“我看最好是在银行工作的，证券公司、事业单位的也都行。”妈妈第一时间想到了金融行业，又想到自己的股票。在她看来，跟钱打交道的人，总会比较有钱些。

“银行工作要正式的才行。我看现在外面很多拉信用卡的，都是临时招来的，那也叫银行工作。”爸爸即刻指出银行也有金饭碗和纸饭碗的分别。

“等下把这件事和我妈说一下，让妈劝劝敏敏，外婆的话她比较容易听得进去。”

“不用了吧，也许过几天两人就散了，毕竟一个在北京一个在上海。你跟妈讲这些事，不是给她老人家添心事啊。”

“你放心，妈比我们都想的明白。要是她支持，我也不反对。”

艾莎爸爸也没什么话好说了。

支走了父母，艾莎慢吞吞地在弄堂口犹豫了一阵。艳阳天的下午，现在已经没一点儿睡意了。不肯快步回家，她是怕自己又坐在电脑前等着顾正辉。等，也未必能等到他上线。就算上线了，也未必能聊上几句。父母觉得自己太主动，事实上却是很被动。如果真说是被动吧，自己又很主动。爱一个人，爱得这么难受，这种感觉只有艾莎自己明白。

不想回家，艾莎就顺着南京西路往前走。春天的上海，一派生机盎然的景象。路两边的法国梧桐树，满树葱绿。最美的，当然还是上海的女孩。捂了一个冬天，终于脱下了厚厚的冬装。雪纺、真丝，衣衫飘动，露出的一点胳膊小腿，全是粉白的皮肤，衬着各种花色的春装，是另一片春天。

比起这春天粉嫩的风情，今天的艾莎太逊色。素面朝天，卡其色的休闲裤，米黑白小细格的风衣，活脱脱一个个呆板、固执的“老姑婆”。走过波特曼酒店，她看到亭台楼阁后面的星巴克，便拐了进去。

这是周六悠闲的下午茶时光，收银台前永远是三五个人的小队伍。收账的年轻女孩用英文大声地问着顾客要点些什么，中气十足。一天下来，没点体力和一副好嗓子是撑不住的。艾莎知道，这些年轻人大多是学生，来这儿主要是实习，在工作中练习英语口语，感受世界一流企业的文化和精神。

“Miss, good afternoon. What point?”服务生是个二十岁左右的女孩，圆圆的脸，用经过培训的、那种只看着眉心的目光注视着艾莎。

“Thank you. I want a cup of cappuccino, a cheese cake.”

“OK.”服务生飞快地敲着键盘。

端着一杯卡布奇诺和蛋糕，艾莎左右环视着想找个临窗的位置。临窗即临着风景，早已坐满了客人。于是艾莎就去找沙发座。星巴克的沙发又软又宽大，坐在那里，是消磨时光的好办法。可大厅里角的几个沙发位也早坐了人，他们三五知己，正在那里聊着天呢。没办法，艾莎端着盘子退而求其次地找个靠墙位置的单人座。左巡右视，终于在工作室的门边找到一个靠墙的双人座。双人座即单人座，最多有人来拿走凳子，绝不会坐到自己面前。艾莎把盘子放下，轻吁了一口气。端着盘子找位置，挑挑剔剔地转了几圈，手也有点酸了。

坐在星巴克的木椅上，说不上舒服不舒服。大厅里坐了约七成的客人，只留下几张中间的小圆桌还空着。客人约四成是老外，他们和中国人一样，同等选择条件下，也是先选靠窗的位置，再选舒适的沙发，然后才是靠墙的边位，选无可选时，才会坐到中间那几张坐下后可能会不断被打扰的位置。

艾莎喝了一口咖啡，再吃一小口芝士蛋糕，嘴里便满是浓郁滑香的甜蜜。闲坐着的她，把选择座位和选伴侣联系在一起，作了些想象。这优秀的、有前程的、看得到锦绣的、还让女人心情愉悦又有幸福感的男人，就如这星巴克里靠窗又能欣赏风景的、最让人心旷神怡的位置，总是早早地被人占了。于是，许多找不到“风景男人”的女人，就改找温暖而有安全感的。那种温暖和舒适就如大厅里角的沙发座，它虽没有风景无限，但绝不会在风口浪尖。那儿是个单独的空间，闹中取静，静中取幽，是别有一番自在得意的小天地。有时，这温暖舒适的沙发座更不好找，许多人宁愿不坐窗边看风景，也要选这一片小天地。

座位最多的是那一排靠墙的双人座或四人座，也是选座位的第三选择。与厅中间那些圆桌子唯一不同的，就是这些座位旁多了一面墙。这面墙是安全感，可以歪着身子靠一靠，也是搁手提袋的好地方。世人的婚姻，大多数像这靠墙的座位，后背、身旁不断有人经过，充满了纷纷扰扰。幸亏有了这面墙，沉默安静，屹立不动，让人在心理上找到了一些依靠和安慰。这面墙就像婚姻里的伴侣、孩子、父母、责任，你可以依靠它、仰望它、与它一起沉默，恨它挡住一面你未知的风景，却又不能没有它。艾莎今天选的就是这样的位置，虽然身边、身后不停有人经过，但因为有这面墙，总觉得安心了许多。

而那些大厅中间前后不靠的小圆桌，是选无可选后的选择。这些深米色的小圆桌和凳子，随时被需要的人挪来挪去。即使老实地坐在那里，也没有安稳，总是有人端着盘子要挤过去走过来，不得已时总要站起身来让一让。人坐在那里，眼睛却顾着四方，若是窗边墙边沙发上多出一个空位，圆桌座的人会即刻移位。喝杯咖啡，尚且如此，更何况婚姻。只有觅得风景、温暖、依靠的婚姻，才是正道。

想来想去，最终又想到了顾正辉。艾莎拿起手机，翻出他发给她的短信，一条条地读下来。有的很温暖体贴，有的严肃甚至有点冷淡，更有的是有些无理取闹，还有几条像个天真的孩子那样率真。爸爸今天的话很有道理，要问问自己哪方面最适合他了。是啊，自己哪方面最适合他？是那些古文学吗？他不会因为古文学而一直爱我，就像我不会因为他指挥的那些乐曲去爱他。文学和音乐，只能增加双方的魅力，却不能成为爱的支柱；那是自己的美丽吗？他顾正辉见过的美女能少吗，再说自己也没美到倾国倾城的地步。他眼里全是美女，也没有美女。那还会是什么能让两人继续爱下去呢？是自己的温柔、善良、忠贞、德行？艾莎对自己的评估是恰当的，这些美德自己身上都有，但没多到以美德行天下的程度。就算有，他顾正辉也不会把德行当成唯一标准。那还有什么才能维系两人之间的爱情呢？顾正辉的心究竟需要什么样的爱？

需要什么样的爱？这个问题也是顾正辉的问题。爱不动，爱不下去，也是他的痛苦。要是此刻他知道艾莎父母已经把他放到“女婿”的高度来讨论，一定会有些哭笑不得。毕竟他和艾莎只是刚刚开始。要是他听到艾莎父母对音乐家的偏见，一定会感觉受到了莫大的侮辱，甚至会毫不犹豫地离艾莎而去。这就是顾正辉，几十年来被掌声包围，容不得别人任何的轻视和怀疑。他对艾莎是真心的，他每一段感情的开始都是真心的。如果艾莎没有打动他的心，他也不会走进她的世界。顾正辉的感情生活也绝不是艾莎爸爸所说的，“整天找喜欢的小姑娘谈谈恋爱，反正只要他高兴，总有恋爱谈”。就他的内心来说，他一直期待缘分和永恒，而将一场缘分变为永恒，实际上需要无数的付出。他不愿也不懂得付出，又不容许爱情有一点瑕疵和计算。在顾正辉看来，爱必须是干干净净的，如早春的暖风，如雪山流下的溪水，如出土的春苗，如梁上的燕巢，如花瓣间的露水，如按下的琴键，音声穿过天际，再回到心中。这才是音乐家的爱情和归宿。

“下午好，在忙什么呢？今天和父母一起吃中饭，聊到了你，他们很想了解你。”艾莎给顾正辉发了短信。都下午三点了，今天还没有他的电话。现在是几个小时没有互相联络，艾莎就不习惯。

整整等了半个钟，艾莎才等来了回复：我在忙，晚些再说。

唉，艾莎还能怎么样。

13 赵屯的草莓园

艾莎把佳能相机的镜头、三角架统统搬上了后备箱。今天要和外婆去采草莓,顺便把这套许久没用的摄影器材也搬出来使唤一下。今天,艾莎的脸色和心情一样,都有些晦暗。这全是因为昨晚和顾正辉那通电话,不知怎么的,越说越说不到一块。说到两点,他要她早点睡,她赌气着偏不睡。又东拉西扯了一阵儿,直到快三点才睡下。翻来覆去,一夜还是睡不好。早上醒来,精神很差。照艾莎的性格,今天是哪儿也不想去了。可昨天已经约好外婆去草莓园,总不能让她老人家失望担心,又不能拖到中午或下午去,去青浦怎么也要开一个多小时的车,难道去看夕阳中的草莓园不成。

和往常一样,昨晚顾正辉也是在半夜十二点后才给艾莎打电话。逢周五、周六,两人会聊得更晚些。这么晚才通电话,顾正辉本来也是好意。白天大家工作都忙,三两句也说不上什么。至于像小年轻人似的报到就免了,毕竟一个四十五、一个三十岁的人了。"半夜热线",要的是温情和不受打扰下的倾诉。艾莎先是假意责怪他吵醒了自己的好梦,顾正辉也领情,假意地道歉。他明白艾莎,要是这电话真不打了,又不知她会怎么"闹"呢。艾莎也开始了解顾正辉的性格了,他要是想打,就是国际长途、千山万水也要打,要是不想打,自己再怎么"闹",他也不会打。

昨晚的电话,艾莎一直把话题往父母那里扯。可顾正辉对艾莎家长的关注似乎不是很在意,也没有准备在长辈面前作些优越表现的打算。到两点时,顾正辉对艾莎的一再暗示已没了耐心。明确表示,恋爱是水到渠成的事,你家长辈们关心得太早了。这话太不给面子了,让艾莎的自尊心大受伤害。话说出了口，他也意识到说得太重，再道歉，艾莎还是埋怨，再哄哄，快到三点两人才疲惫至极地收了线。放下电话，艾莎默默地掉着眼泪。她想起那些白痴似的爱情歌词，现在终于应验到自己身上了。脆弱、多情、痴情、伤感、被抛弃的恐惧……这些和现代都市里独立、坚强的当代女性完全格格不入的词语，原来自己身上都有。《诗经》《古乐诗》里的缱绻情深、无奈哀怨，在所谓的现代社会里依然以各种形式演绎着，变了的是时光、地点、人物，不变的是深情。

到今天早上起来时，艾莎又在心里原谅了顾正辉。他是北方人，自有北方男人的桀骜不驯。他是音乐家，成功、高贵，怎会像一般市民那样慌不择迭地忙着做“毛脚女婿”。他的灵魂是自由的，自己既然这么欣赏他的杰出，就不该用俗人的那套标准去要求他。

艾莎黑着眼圈、一脸憔悴地敲开外婆家的门。

外婆早已作好准备，穿着藕色的开衫，平底布鞋。饭桌上一个轻便的布袋，里面装了几瓶饮料和几个小篮子，篮子大小套在一起，旁边还有一把折扇和一顶遮阳帽。

“外婆，你吃过饭了吗？”因为自己什么也没吃，胃里空空，艾莎才这么问。

“我是早饭、中饭都吃了，看你的样子应该是什么也没吃，对不对？外婆给你弄点吃的吧，等下草莓再甜也不能当饭吃。饿着肚子，再好看的草莓园看了也没意思。”

“时间不早了，我拿个面包、酸奶就行了。外婆，到青浦再带你去吃农家菜。”

外婆戴上墨镜，坐在副驾驶位上。七十多岁的外婆，腿脚还很灵便，但出去玩的机会却不多，可只要是和外孙女出去，她总是很乐意。艾莎也觉得，她和外婆没一点代沟，反倒是跟妈妈，很多地方说不到一块儿去。

“外婆，你其实不用带小篮子的，卖草莓的都有篮子装的。”

“先带上吧，他的篮子还不是要收钱。吃一次草莓，就带回家几个篮子，弄得家里到处都是塑料筐。”

“是啊，外婆你这是环保，是最时尚的理念，我赞同。”艾莎笑着说。周日不堵车，车子很快上了延安高架，一过虹桥，车速就能快起来。从这一段到收费站，基本上能开到八九十迈，这对整天被堵在路上的艾莎来说，实在是一大享受。

“我有什么时尚的理念，你寻我开心啦！”外婆也是眯眯地笑着，被外孙女夸时尚，她很高兴。

“我妈妈跟你说什么啦？你上车这么久，怎么像没事一样啊？”艾莎歪过头调皮地看看外婆，努努嘴。她猜出妈妈会把顾正辉的事告诉外婆，可外婆上车后只字不提，艾莎就忍不住问了。

“说了，说的蛮多。说你谈男朋友了，谈了个北京的男朋友。”外婆还是那样的若无其事。

“那你怎么不问我点什么呢？我可是准备了被你训的。”艾莎说着又撒娇地拉拉外婆的手臂。说是等外婆训，其实，是想听听外婆的看法。

“你现在开车，外婆就不说了，等下停下来，再说也不迟吗。”

“嗯、嗯！”艾莎点点头。听口气，外婆好像不是很反对。不反对，就是支持。

车从白鹤出口下来，没开多远，沿路就看见许多草莓园的指示牌，路边还站了许多穿着农家服饰的妇女。最可爱的还是前面那些放慢车速开得磨磨蹭蹭的车，艾莎很快也加入了这个慢队伍。只要一放慢车速，就有农村妇女围上来，对着车窗张嘴说着什么。开了窗，声浪一下涌进车里，翻来倒去那几句：到我家草莓园去，六块钱一斤，随你吃。还有农家饭，三十元一位。你们几位？你们几位？

农家妇女都很大胆泼辣，边说边尝试拉开车门，还不停地拍着窗。虽无一点恶意，阵势却有些吓人。艾莎让车慢慢地滑行，滑了几十米，几个妇女追得累了，有几个就放弃了，飞奔着去追赶刚从高速上下来的另外几辆车。可还有一张晒得黑红的脸挨着车窗，对着车里的外婆，用青浦土话说着：“阿姨到我们家园子吧，不远的，真的很好的，草莓很甜的。”

“你家园子从这里开车去要多久?”外婆问。

“不用多久,不用十分钟,我们这里不堵车的。阿姨让我上车吧,我带你去。放心吧,我不骗人的。”

艾莎和外婆对望了一眼,就让农妇上了车。

“你那草莓多少钱一斤?”外婆问。

“7 块。往前走,看到富兴家具左拐。”

“怎么 7 块了,不是一直在说是 6 块吗,7 块我们就不去了。”外婆摆起了 1 块钱架子。

“那就 6 块吧,没关系的,我们的草莓好。”

艾莎的心情终于如此刻的天气一样,灿烂明媚,耳边是外婆和农家女的一对一答,充满妙趣。买草莓的生意落实了,那位妇女又推荐起了农家菜,每人三十元,吃了回上海才不遗憾。外婆就跟她打听都有些什么菜,听后觉得也没什么新意,说不想吃。那位妇女就再三强调,此地的菜与上海的如何如何不同,不吃就枉来赵屯了。

这里是多么的生机勃勃,那些在春天就已被晒得黑黝黝的女人,浑身上下都是朴实和勤劳,有那么点小狡诈,也是人之常情,毕竟这是在大上海边上。此情此景,艾莎多么希望顾正辉也在身边。纯朴自然的乡间风光,一定是他喜欢的景色。当他徜徉在这充满野趣的田垦,这位浪漫的音乐家,不知会从心底里生出怎样的情感来。

农妇是个老实人,果然不到十分钟就到了她家的草莓园。顺着刚好能让小车进入的小道,看见四五间三层高的小楼,楼前有几个大棚,里面就是草莓园。把车在农妇家宽敞的院子里停好,艾莎和外婆下了车。田野的风轻柔地吹过,稀落的民宅,三三两两的座落在河边或竹林前。富起来的农民也很有“派头”,后园的水埠头做了罗马风格或中式的栏杆,绿幽幽的水,上面飘着不少浮萍,七八只鸭子悠闲地在水中游来游去。艾莎从不吃鸭肉,菜市场里的鸭子也极不可爱,鸭子只有到了这水里,才是田园风光的一景,也是画家笔下的“趣”与“闲”。再望得远一点,是几幢有些年份的江南民宅,房子外墙没有像现代民居那样贴满花花绿绿的瓷砖。通往小河的那座小桥,是座极简单的小石桥，几块青石条铺成了一米多宽的桥面，是河那边人家出行的必经之路。看着那扇紧关着的朱红色油漆大铁门，不禁让艾莎想起《胭脂》里的对白：

“哎呀，公子！你要请的那位卞先生往那边走，穿过一条石板路，门前有颗杨柳树。”

“多谢姑娘指点，小生告辞了。”

园子里有几个已摘好草莓正在过秤的游客，正在反复地计算着份量。趁着还没进棚子的时间，艾莎抓紧给顾正辉发了条如散文般的短信。“几只鸭子悠哉悠哉地从河面游过，它们很聪明，绝不游到太阳下挨晒，只在树荫下嬉水。河里漂了许多浮萍，好像还有菱角。这么窄的小河，我想一定不用坐在木桶里穿着红肚兜采红菱吧。河那边的柳树有些孤零，独自把枝条垂在水面上，顾影自怜。那几个大棚，就是我此行的目的，我要在这里品尝、采摘最甜蜜的草莓。”

艾莎用最快的速度输完这段文字，抬起头，外婆正笑眯眯的注视着她。艾莎有些不好意思地一扭身子，把手机放进包里，说：“外婆，我们去采草莓吧。”

无论大事小事，外婆都有“远见”。这儿的小篮子果然是要收钱的，3元一个。好在外婆带了三个，就不用浪费钱又不环保了。外婆拿着小篮，艾莎背着抱着那一堆摄影器材，引得旁边几个还没走的游客瞪大了眼看，他们又热心地给出意见：里面没什么好拍的，拿那么多东西，小心摔倒。

艾莎“哎哎”地点着头，还是把这一堆东西抱进草莓棚。还没站稳脚，顾正辉的短信就来了。“可以想象江南水乡的风光，真想飞到那里去，呼吸带着泥土和青草气息的空气。多拍些照片发给我看看，也算是解瘾解馋吧，替我多吃几个草莓。”其实，顾正辉也为昨晚的说话方式而后悔，正想打个电话说些废话弥补一下，而现在艾莎主动发来短信，还勾勒出这么美丽的一幅江南景色，也让他心里有些感动。于是，他边开车边发了近五十个字的短信，差点还闯了红灯。

棚里的温度很高，没有一丝风，真是名副其实的暖棚。进来后才发现真的没什么好拍，一坎坎的草莓，像番薯地，中间夹着白色的草莓花，远看就像野菊花。大概是摘草莓的人太多，踩来踩去扬起的浮土都落在叶子上，所以拍下的照片并不水灵。无奈，艾莎拍了几张外婆摘草莓的情景照，便收起了这套复杂的“长枪短炮”。

直摘到下午三点，祖孙俩才把那几个篮子装满，顺便吃了一肚子草莓。艾莎摘得满头大汗，三十度的大棚里，弯腰，采摘，再直起身，扭来扭去地跨过田垦，消耗的体力远超过平时在健身馆一下午的锻炼。

那位既是大厨又是账房的三十多岁男人，应该是农妇的丈夫。看着艾莎和外婆从棚里出来，忙拉过一张长条凳让她们坐下。他站在那里悠闲地抽着烟，既不过来称草莓，也不推销农家饭，闲散得像个“世外高人”。园子里的丝瓜藤下放了张大方桌，艾莎扶着外婆坐了过去。男人问：“喝茶吗？”艾莎和外婆忙回答：“不喝，不喝。吃了好多草莓，一点也不渴。”男人笑笑转过头，继续抽他剩下半支的烟。

农妇提了一个篮子走过来，笑着说：“采好啦？草莓甜吗？”

“甜，下次有机会我一定带朋友来你这里。都三点了，你还在路口拉客啊？”

“两点就不去了，我刚去摘了几个落苏。”农妇说着把竹篮递给艾莎看，篮底有七八只茄子。在江南，茄子叫落苏，很浪漫诗意的名字。

“很新鲜，炒给我们吃吧。”

“可以，可以。那你们在这里吃饭了？我们农家饭，三十块钱一位。可以吧？”

“可以。”艾莎和外婆都点点头。那个已抽完烟的男人，听到客人要吃饭，转身就进了厨房。

多好的夫妻，一样的憨厚、朴实。赵屯离上海市区才几十里，却没一点上海滩的浮华。这儿没有名牌，没有按揭，没有堵车，没有艳遇，没有小三小四，没有望不到头的爱情。如果还有谁不明白算命先生说的福气是什么，那看看这对夫妻和这个小家庭就知道了。艾莎猜想他们绝不会说着“我爱你”来给对方承诺,却一定做着一生都爱对方的事。他们是浪漫的,散文里的田园牧歌都在他们身边。他们是深情的,一个眼神,便领会对方的意思,知道该去做些什么。农妇们从不化妆,任凭太阳把她们晒红晒黑,依然是老公眼里的唯一。而许多像艾莎一样的美丽女人,仅仅是脸上多了颗米粒大的斑,一条细细的纹,便惶惶不安,患得患失。只见农妇拿了一把菜去水埠头洗,这个在园子里忙来忙去的女人,才是最自信的女人。

“敏敏,等下你要多吃点,今早到现在你都没好好吃过饭。”

“外婆,我好羡慕这样的家庭,好像什么烦恼也没有。”艾莎边说边为外婆摆上碗筷,倒上果汁。

“你这羡慕是假的,真让你来过过这种生活,你过不了十天。天亮就起床,喂鸡喂鸭,再进草莓棚劳动。你可能吗?”

“哈哈,外婆你真看透我了。这几年,我常听人说要隐世,其实是逃避现实。这样的生活,过几天凑凑热闹还行,过一辈子,还真做不到。”

看来大厨动作很利索,很快,农妇就端上一盘炒小白菜,一盘是刚才摘下的流苏。流苏用油爆炒,还加了肉末,色香味俱全。等不及上齐菜,祖孙俩就吃了起来。农家炒菜一般用猪油,炒出来的菜透着一股浓郁的油香,口味略咸。比起城市里因为害怕农药,被水泡来泡去的菜,味道真是不知道要好多少倍。

“敏敏,你刚才不停发短信,就是给你新认识的朋友发的是吗?”祖孙俩闲下来了,外婆就主动提起了顾正辉。

“是的。妈妈都和你说了吧,她不希望我交个北京的男朋友。外婆,这件事你有什么看法。”

“你妈说的多,却说得不清楚,但她就你一个女儿,当然希望你总在她身边。再说我们南方人和北方人习惯上还是有很大差别的,你妈妈的顾虑是正常的。”

农妇端上一碗红烧肉,酱香油亮,旁边还有两只卤蛋,她笑着说:“吃这个肉,你们上海来的都爱吃这里的红烧肉。”

“是你们养的猪的吗？“艾莎问。

“不是，是我们村里的养猪场养的。我们现在也不养猪了，就养点鸡鸭。”

艾莎给外婆夹了一块，自己也迫不急待地往嘴里送了一块。这肉真是香，是农村大灶做出来的味道。简单，但很入味。

“其实，外婆，我和他也刚认识不久，刚刚开始处朋友，妈妈就担心我要嫁给他了，她也担心得太早了。”咽下红烧肉，艾莎又说回顾正辉。

“那你们处朋友，谈得好了，将来感情越来越深，以后还不是要结婚。你妈妈担心有什么错。”

外婆的话合情合理，换了谁都会这么想。谈得好了，感情越来越深，就结婚了。谈得不好，多少也会有点伤心。可不知为什么，潜意识里艾莎却没有结婚这个信心。顾正辉的自我与洒脱，哪是婚姻就能束缚得了的。

“那外婆，你对这件事有什么看法？你知道吗，他是个有名的音乐指挥家。”

“你妈说了点，应该在国内很有名气了吧。她还担心，对方是音乐家，你又不怎么懂音乐，始终是有距离的。我倒觉得这个问题不大。你的职业还不错，工作上的事，只要你能做出自己的成绩，不一定要互相懂。”

“你觉得我和他来往合适吗？外婆，你是过来人，经历了解放前到解放后，还有文革，改革开放，又一直做妇女工作。你见的事多，你给我的意见，我一定听。”

“按老法来说，婚嫁讲的是门当户对。特别是家境和自身条件不错的男人，都特别看重这点。他们也不要高攀，就讲究门当户对，这个我活了七十几岁可看得清清楚楚。而女的这一方面呢？特别是自己条件不错而家庭一般的小姑娘，总想嫁得好点。所谓人往高处走，这些想法总是会有一些的。敏敏，你的情况就是自身条件不错，但家境一般。你爸妈早早下了岗，你爸爸虽然还能赚点钱，但也是东求人西跑腿，仗的就是嘴巴活络，讨好别人，一点腿脚钱辛苦钱而已，有没有的赚还不一定。可这样到底不是什么正路子，讨生活过日子还行，要是家里有什么事，他还是没能力解决。你妈下岗，你爸自己也要下岗，他就是没能力帮你妈妈解决新工作的问题。你妈只能待在家里每月拿几百块下岗工资，那时你还在上大学，我还老资助他们。你奶奶病了，你爸爸家六个兄弟姐妹都解决不了找医生、要床位这些事。后来，我打了电话，主任医生、床位都解决了。不是外婆表功劳，做人怎么做，人这一辈子怎么活，区别大了。你要是找个和你家境差不多的、自身条件也不错的男人，那大家都是门当户对，是没什么问题。可你要去找家庭出身有讲究的，他们对你还是要挑一挑的。那些有讲究的好人家，眼睛可都是刀一样，看人是入骨三分啊！你妈总是以你为荣，觉得你是复旦毕业，现在又年薪二十多万。可是，敏敏，不是外婆打击你、小看你，你那一年二十万是要很努力才赚得回来的，一不小心，就有可能被淘汰。可人家虽然才十几万，那可是舒舒服服一直有的，而且会越来越多，区别就在这里。他们能估计到十年后是什么境况，你就估不到。”

艾莎吃得很慢，认真地听着外婆的话。艾莎也明白，自己的条件，和大卫是足够了。和顾正辉，能谈爱情，但要是谈婚姻，就有些吃力了。这是阶层，也可以讲是阶级，它从来都是存在的，并不是某群人刻意制造，只是一帮习性相近的人联姻、交友、成知己、分享利益的结果。

“那妈妈当年为什么非要嫁给爸爸呢?”关于父母的结合，艾莎偶尔从外婆嘴里听到点什么，总稍微带点埋怨。

“你妈妈早早就去插队了，和你爸爸在一个村。你爸帮她劳动，回上海帮她背行李，有感情了，你妈就非要嫁给他。当时，我是不大愿意的，怎么说你外公也是个离休干部。你奶奶家在普陀，那边全是矮房子，9 个人，10 来个平米，又是搭阁楼又是搭棚，屋顶全是油毛毡。我不忍心看女儿住到棚子里去的，就把你现在住的房子给她做婚房了。你奶奶一家到洋房看了后，啧啧的不肯走，眼睛都直了。到了楼下花园，你那姑姑和小叔还摘了花园里的玫瑰，邻居来向我告状，我脸丢大了。我们洋房里从来没出过这样的事，孩子们都很规矩，从不会摘花乱拿东西。不过，你爸爸对你妈妈一直很好，我也算是有点安慰了。”

“爸爸也特别疼我，我们一家，我知道很多时候都是靠了你的成全。”艾莎把卤蛋夹开，把蛋白放在外婆碗里。

“可后遗症也不是一点也没有，偏偏你心气高、要求高。外婆最担心你遇到了中意的人，却因为感情之外的事而吹了。那你就要伤心喽。说的不好听一点，”外婆放低了声音，看着艾莎说，“你要是现在遇到个什么局长、教授、院长的儿子，感情谈得再好，你再优秀，可人家要娶个下岗工人的女儿，还是要想一想的。”

艾莎垂下眼帘，沉默了。她并没想过要嫁什么长的儿子，可一旦知道仅凭自己的优秀是无法很轻易地跨越某个阶层时，自尊心还是受到了伤害。这大约就是时下流行的“起跑线”之说吧。顾正辉的起跑线是音乐世家，而我虞勤敏的起跑线是什么？就是父母给的名字——勤、敏。

手机传来一声短信提示音，一看是顾正辉发来的。

“草莓摘得怎么样了？害得我一下午都在想草莓。”

“已经摘好了，正和外婆在吃农家饭。”

“很好，代我向老人家问好，如去上海，一定去探望她。你要照顾好外婆。”

“外婆，他刚才短信里说向你问好，如来上海，一定来看望你。”艾莎把手机放回包里，一脸开心。

“嗯。”外婆点点头，接着往下说，“你和这个人谈朋友，外婆也是有担心的地方。我担心的不是因为他是北方人，南方人北方人也不是太重要的问题，哪里都有优秀或不好的人。他比你大 15 岁，确实大了点。但你既然还喜欢他，这个人的品相肯定是相当不错的。我最担心的，是你们分开在两个城市。说是有飞机两三个小时就到了，难道天天坐飞机？人的感情变好变坏，都是要靠在一起才出得来，你们现在靠电话维系感情，这电话哪有人当着面好。还有以后，你怎么办？假如两人真的感情很好了，你辞掉上海的工作去北京？北京能有像现在这样好收入的工作吗？我看有些难。所以，外婆觉得你们最大的障碍，不是你妈说的那些，而是分隔两地。另外还有一个问题，就是他的脾气。你不要低估了。”

艾莎点点头。顾正辉的脾气，她已经见识了几次。不能叫坏脾气，确实有些无常,好像他总是被什么情绪控制了一样。

“他离婚那么多年都没结婚,也没有孩子,说明他是个很有自己想法的人,是不会轻易地被旁边的人影响的。所以,他的性格、脾气是个难题,没那么好对付。敏敏,你要有思想准备的。这些问题,你如果在北京,又或者他在上海,还有些办法,但你们这样身在两个城市,哪里弄得好。”

听下来,外婆也不是太赞成这件事。艾莎低着头吃落苏,农妇又端上了鲫鱼汤、炒螺丝、蒸米糕,这六十元的菜上齐了,实在物超所值。

看着艾莎一言不发,外婆接着说:“如果你们真是成的话,还真是一桩好姻缘。像他这样的人,受过良好教育,有社会地位,又到了这个岁数,对你一定不错的。但是做他的爱人也是很不容易的事,工作上要能干,生活上照顾好他和他的父母,不能多事多嘴,真是要出得厅堂下得厨房,要付出很多,你做得到吗?当然你也会因为他的名望而得到更多的尊重,这些感受,你要走进他的生活才能体会到。当年,我刚和你外公结婚时,在这方面有时就没做好,你外公给我脸色看,我后悔了很久。”

说到外公,艾莎眼睛一亮。当年外婆这个纺织女工嫁给外公这个“国家干部”,也算是“高攀”了,难道那个时候就没一点阶层之分吗?

“外婆,那当年你是怎么和外公结婚的?那个时候刚解放,像外公这样的国家干部是不是都很兴和工人阶级结婚?”

“才不是,但他们也不愿和资本家小姐结婚。结婚后,你外公告诉我,当时有四五个女的想嫁给他。”

“外公那么红呀。外婆,那外公最后怎么决定要和你结婚的?你一定有与众不同的地方吧?讲给我听听,让我学习学习。”艾莎对外婆的往事很好奇。一个小学毕业的纺织厂女工,嫁给当时最有前途的反特干部,一定有些故事吧。

“这有什么好说的,陈年八股的事了。”外婆有些不好意思。

“说说吧,外婆,这有什么关系。每代人的恋爱和价值观都不一样,我想听听你们那时是怎么样的,我给你保密。”艾莎说着往外婆碟子里加了块小米糕。

“这有什么好说的。”外婆还是有些不好意思，可嘴上还是说了，“你外公转到地方前就已经是营职干部了。解放初期的时候，国民党留下来的特务很多，他到我们厂里调查。我们厂里就组织了一个晚会，晚会上厂里的工会主席就介绍我们认识。”

外婆说到这里就停了下来，吃起米糕。艾莎眼巴巴地等了几分钟，觉得外婆并没有要再说下去的意思，就催促道：“那后来，你们就谈恋爱啦？”

“没有那么快。当时我也不清楚他是做什么的，只知道是来调查的。一听比我大九岁，觉得太大了。初次见面，印象很模糊。”

“那后来怎么样了？”

“后来工会主席找我谈话，才对他的情况有些了解，我们就开始通信。虽然同在上海，却半个月一个月才能见次面。我在杨浦上班，只能星期天回家，有时他忙，也不一定见得到。”

“那这样你们的感情是怎样建立起来的？”

“和你们现在不一样，我们建立感情的方法，也不是什么方法，我就给他打打毛衣、毛裤、围巾、手套这些。你外公家在盐城，上海没什么亲人，我妈就炖鸡汤让我拿去给他喝，给他缝好冬天的丝棉被，我们一家都对他很好。”

“就这样建立感情啊，真实在。所以外公就不要那四五个想与他结婚的女人，就和你结婚了，是吗？”

外婆欲言又止。

“要是好姻缘就是打打毛衣、炖个鸡汤就能换回来，那也太容易了。可我现在这个男朋友，就算我天天给他做这样的事，他也不会把这些当成结婚的理由。”

“后面还是有一点事，”外婆又开了口，“到第二年，我突然就接不到他的信了。我就从厂里请了两天假，去找他。在他宿舍门外等到晚上八点多，他才回来。你外公跟我说，他觉得我年龄太小，两人不是太合适。我知道他是借口，很伤心。”

“怎么会这样？那后来又怎么好回来的？”

“也不是怎么好回来。你外公是带过兵的人，说一不二，我能怎么样。

我不愿意分开，就坐在他房里哭，整整哭了一夜。”

“哦，外婆，没想到你和外公还有这样的往事。那后来呢，外公心软了，是吗？”艾莎像瘪了气的皮球，没想到外婆也曾这么难。

“他当时住的宿舍是一整排的砖房，隔音不好。我坐在他房里，说话，哭，邻居都听到了一些。我在他房里坐了一夜，哭了一夜，第二天清晨才走。走的时候，他的同事都在院子里洗漱了。敏敏，那个时候的干部管教很严格，尤其是反特保密干部，男女问题上稍一不小心，前途尽毁。”

“那后来怎么样了？”艾莎放下筷子，呆呆地望着外婆。

“一个月后，你外公就到厂里找我，说要和我结婚。”

“我知道了，外公是因为感觉到压力才和你结婚的。如果不是你坐在他房里哭了一夜，直到清晨才走，他说不定就和别人结婚了。那时的压力，就是政治制度。外婆，你们就是这样结婚的呀，好险啊！”外婆外公这对让艾莎一直羡慕的夫妻，原来是这样开始的。艾莎有些丧气，即使在解放初期那样火热的年代里，婚姻也蒙上了一层意愿之外的东西。说到底，爱情是个人的，属于自己。而婚姻则是社会的一部分，所以婚姻必须符合社会规则 。存在了几千年的阶级也依然存在，各个阶层间也不可能轻易被打通。“物以类聚，人以群分”，菜市场里不可能卖昂贵的丝织品，虽然都是买卖；外科医生不可能和屠宰工成为知己，虽然都是拿刀子的。

“那外公是这样和你结婚的，你委屈吗？”艾莎问了个现代女性的问题。现在的女人，极容易委屈，动不动就被受了委屈。

“怎么会委屈？我委屈什么？你外公是个好人，工资又高，又是干部，值得嫁，值得托付终身。”外婆这下用反问的眼光看着艾莎了。好人、工资高、干部，就是外婆眼里另一半的最高标准。

“我是说，我的意思是，外公不是因为爱你而娶你，而是怕被单位或领导误会，怕毁了前程才娶你。你不觉得委屈吗？”

“委屈什么？结婚了，是要一辈子在一起的，那才叫爱。和你们现在不一样，我看现在的电视，讲的全是和这个人结婚，心里想着另一个人，还会在路上碰到，一起去吃饭、谈心。这些电视害人啊！”

“嗯。”艾莎点点头。

“刚结婚那阵，你外公对我还不是太好，后来是越来越好。他工资高，每月七八十块，我只有十多块。最初那一年，他一分钱也不给我。我娘家弟弟妹妹小，他怕我把钱都拿回家。生了你妈妈后，他把工资的三分之一交给我；你妈妈上幼儿园了，他把一半工资都给我；你妈上小学了，他把全部工资都给我，只留点买烟钱。直到走，他身上都不留什么钱。”

“外公真好。”

“刚结婚那阵，我想让你外公帮我弟弟落实工作，结果被他训斥了一顿，说我才嫁给他，就想借用权力谋私，一个星期没理我。你说，那时的人多正直啊！后来，我妹工作时我都不敢提。等到小弟工作时，你外公主动帮忙，就是原来在民航局工作的你舅公。我小弟这辈子就托了姐夫的福。”

“怪不得你们感情这么好，原来他的工作是外公当年帮忙的。”

“你外公还很讲孝道，对我爹娘真叫好。我阿娘病在床上，每天要打针，他背上背下，背了几个月。我弟妹哪有这么好。我爸那时候中风躺在床上，尿屎拉一床。你外公一去，马上拿起毛巾脸盆打水来洗，一点也不嫌弃。我弟妹哪能做到这样，我也怕恶心，也做不到。”

“外婆，你这辈子真幸运。你是，你是真正得到了爱，和爱情。”艾莎和外婆把筷子放了下来。不知不觉中边吃边说，祖孙俩这会儿都已经很饱了，只剩把最后一点饮料喝完。

“呵呵，我们是不讲什么爱情的。但是，敏敏，就算和你外公不是爱情，我也不稀罕爱情，我这一世就稀罕你外公。”

“不，不，你们一定是爱情。外婆，你这辈子是幸运的。”

太阳已经西下，余辉撒满天际。外婆的皮肤即使在日光下，也显得非常细腻白净，散发着白瓷一样的光泽。外婆外公的婚姻，并不是从纯粹的爱情开始，却经营出比爱情更夺目永恒的爱。这样的爱，只有拥有的人，才懂得它的美好及永恒。日子，从外公外婆结婚起，就成了砖瓦，一天一块，一天一垒，筑就成了幸福广厦。

14 不安分的心，不安分的日子

艾莎父母心急火燎地开始帮女儿张罗“优秀而合适的人”。这几天，妈妈忙着打电话，她给以前的知青同学、同事、朋友，满世界地打。当然，也不好电话一接通就说帮我女儿物色个对象之类的，总要从聊天问候开始，对方又不知艾莎妈妈的心思，只当是问候和老友叙旧，家长里短地聊着。聊到了孩子，妈妈才开始说艾莎，说到年龄不小了，拜托各位帮忙留意。又说了些要求，各家听下来，手上也没什么现成的，只有说再看看，再留心。这样的电话，没半个小时以上说不明白，几天下来，说得虞妈妈口干舌燥。

爸爸这边也没闲着，朋友们都知道老虞有个“天资聪颖，标致端庄”的女儿，从复旦毕业，不愁嫁，追的人要排号，可这下怎么反倒要托人介绍了。男人总是嘴快，又爱吹，说着说着就把不该说的全说了。爸爸说女儿被艺术家、音乐家狂追，我们不赞成，看不上，所以请各位帮忙，让艾莎心有所属，免得和指挥家搅不清楚。这帮老兄老弟就为难了，这么有名且优秀的音乐家你家都看不上，我们该上哪儿去找那“更优秀者”，把音乐家“比下去、比走”，回答也只能是再看看，一定留意。幸好爸爸的手机话费是包月的，艾莎父母各占一个电话连打了几天。

除了托朋友，爸爸还去网上查征婚资料，看看有没有“合适的人”。可这网上的征婚人多如牛毛，看下来竟没几个配得起女儿的。反倒是这个顾正辉，这几天爸爸是越看越满意，真是不比不知道，比了才知道女儿的眼光有多高。

而艾莎这几天正和顾正辉商议着他几时来上海的事，越聊越多，又聊成一起去外地旅游。挖空心思落实着旅游的目的地，觉得哪儿都不是太好玩，都承载不了他俩的爱情。几个晚上说下来，又聊回来上海这件事上。

艾莎向顾正辉讲着自己家人对他的关注，只挑好的说。也许是音乐家天生的敏感，他对艾莎父母始终提不起太大的兴致，反倒是外婆，让他很上心。可艾莎总爱讲妈妈，讲上海人恋爱婚嫁的习俗。顾正辉先是好奇，接下来发现这些事可能都与自己有关，只能“嗯嗯嗯”。聊完电话，他眼前出现了一个丰满精明的上海中年妇女的形象，瞪着一双水泡眼，喋喋不休地说着自家女儿是多么的金贵和出众。这难道就是感觉中的艾莎母亲，还是电影镜头里的上海老板娘？顾正辉自己也有些哭笑不得，头皮发麻。看来，他怕婚姻是怕到骨子里了。

但顾正辉显然没艾莎那么冲动，说好了的行程，还要最后等一个确认的出差机会。他也不好意思明说，借口是上海这边有一点工作，顺便要落实一下，这几天还在等团里的通知。都说上海人精明不高明，这下，艾莎觉得自己是既不精明也不高明。平时省吃俭用，连个洗面膏也要到日本去买，可这北京一趟，得多少支洗面膏的差价才回得来。他顾正辉并没有错，如果能公私兼顾，为什么不假公济私。谁的钱都是辛苦来的，能不浪费就不要浪费。我艾莎傻，非要人家顾正辉也跟着傻吗？可来上海看自己是“浪费”吗？艾莎不能多想，想了又会小心眼。顾正辉做了一件符合社会规则和个人经济利益的事，而自己却希望他被热烈而冲动的感情支配着大脑。不管怎么说，艾莎心里还是有点不舒服，我能花自己的钱去看你，而你顾正辉却做不到。说到底，他爱我，没我爱他更多一些。

可成熟的感情，多半是符合社会规则的。顾正辉早就说过，他是理性和感性的结合体。当时听来多美好，可落实到生活里，就是花钱的时候理性，谈情的时候感性。难道钱比感情重要吗？钱当然比不上感情。可对于人的一生来说，这般有力量、有浓度、超过金钱的感情却很有限，只能局限于身边的几个人。比如有血缘关系的父母子女，相濡以沫的爱人，千万人中的那一两个知己。外婆当年刚和外公结婚时，整整一年，外公没给外婆一分钱，就怕她拿去接济娘家。多现实、多理性的外公啊！等到了妈妈读小学时，所有工资都交给外婆，从此身上不留钱，还对外婆父母特别孝顺。这浓过金钱的感情，是需要时间建立的。外婆有耐心，艾莎也要有耐心。

等待“团里通知”的日子里，俩人的话又少了。这个周末，艾莎终于睡了一个充足而甜美的懒觉。躺在床上，她用手机翻看着日历。再过几天，就是六一了，而顾正辉来上海的日子还没确定下来。哎，真是，用“公款”真难。

想起好久没登录自己的博客了，艾莎赶忙起身搬过电脑。博客里的留言真不少，最多的是“最近在忙什么?”。睿黼祐的留言最多，说的还是些莫名其妙的话。自称还没从“人鬼情未了”的伤感中走出来的多情男人，怎么总有心情在艾莎的博客里留言？北方的狼还是每日一游，不知是无聊还是惯性使然。晴朗，也就是顾正辉，他也来了，隔三差五，来得不多不少，真是理性和感性的结合。

想起好久没写“美文”了，艾莎就打开文档，开始写青浦草莓园的游记。或许自己那点“美言”都和顾正辉在电话里说完了，写了几百字，突然发现文风很像“六月梅”的育儿日记。真无聊，艾莎关了文档，开始浏览网友的博客。说来也奇怪，同学或家人之中，大家都极少主动公开自己的博客。反倒对那网上的陌生人，常很殷切地留着言，“欢迎到我的小家坐坐!”“一进入你的博客，就有耳目一新的感觉。”“美丽的家，美丽的你……”甚至还有“有缘千里来相逢”……真是都有些疯癫了!

艾莎的博客也对父母和同学保密，生怕被大家窥探了自己的内心。她也害羞自己这些矫情的文字被他们读到，可不矫情，又能怎样？总要有个空间展示些平常不被人看到的一面。人的内心很奇怪，有些情绪只能“秀”给陌生又不相干的人看。

别人的“小文”都是阳春白雪，自己这个复旦生竟连个游记也写不好。这怎么行，艾莎又打开文档，准备把青浦之行写成天堂之行，把一颗颗鲜红嫩甜的草莓，写成人间少有的神仙果。正字斟句酌地想把那塑料大棚写成“薄雾天庭”时，手机响了，以为是顾正辉，一看，是妈妈。

“敏敏，起来了吗？吃饭了吗?”电话里的妈妈听上去心情很好，不像是要过来盯岗的样子。

“起来了，还没吃。你和爸爸吃过了吗？”

“我们中饭都吃了，哪像你。你要记得吃东西，不要把胃饿坏了。这两天有没开空调？先不要开，这种天气开空调很容易感冒的。”

“我知道，没有开，连风扇都没开。”

“好，好。我跟你说件事，”妈妈开始说正事，果然今天的电话不是只问中饭和空调，“曾阿姨你认识吧？”

“不认识。好像认识好像不认识。”艾莎稀里糊涂地回答。自从上大学后，她就再也不关心妈妈的那些朋友了。

“怎么会不认识？”妈妈反问女儿，接着说，“就是那个戴眼镜的，他老公是做出租车司机的，想起来了吗？”

艾莎好像有点印象了。N 年前，出租车司机还算是个不错的职业。曾阿姨戴着平光眼镜，假装知识分子，出入经常就坐老公的出租车，让妈妈很是羡慕了一段时间。直到爸爸买了第一辆二手桑塔娜“练练手”后，妈妈终于了了私家车的心结。

“想起来了，有印象，她老公开出租车的。”

“想起来啦，是的，是的，她老公现在还在开出租车。她老公家有个侄子，今年三十三岁，从英国留学回来的，现在在一家外资医药公司搞研发的，算是科研人员吧？那侄子还没女朋友，家里条件还不错的，拆迁补了几百万。曾阿姨说她要给你做红娘，我听下来觉得也可以，搞研究的人比较本分，心静。曾阿姨还说，如果你觉得对方这个条件还可以，她就安排你们见见面。”妈妈一周来不停地向外打电话，终于有了回复，挖掘出了个“科研人员”。

“嗯，这样的事啊，这样的事啊……”艾莎犹犹豫豫。

“我觉得不错，你们见见面吧。曾阿姨说了，你们都是受过高等教育的，年轻人认识一下，谈不成对象做个好朋友也行。你心里别老想着那个北京的，他怎么还不来看你？他就舍不得那点机票钱，就他的钱是钱，你的钱不是钱了。”说到顾正辉，妈妈就没什么好话。说到路费，虞妈妈又心痛了。艾莎主动去北京看他的事，她一直耿耿于怀。

“别说这个事了。你怎么回事？我就不能自费去北京玩一次？”艾莎把北京之行改成了“玩”。

“玩嘛当然可以，你是去玩吗？不说了，不说了，你要知道父母的心，总是为你好。唉，话一说就说多了，我怎么把她侄子的名也忘了，他的名字很难记。我回头和曾阿姨说一声，让她安排你们见面吧。”

“好吧，随你们吧。说好了，就是普通认识一下。”艾莎答应了妈妈，又强调“只是普通认识一下”，天晓得什么是普通认识！

放下电话的艾莎再没心情写青浦之行了，她也为自己的轻易动摇而吃惊。顾正辉不是自己“众里寻他千百度”才寻见的吗？夜夜的电话诉情，说不完的话，怎么就不顶妈妈的“去认识一下”的建议。自己难道不爱顾正辉吗？稍有冷落时就会脆弱地掉泪，难道这些眼泪和思念都是假的？只要有几个小时没他的信息，自己就会坐立不安，难道也是假的？在北京时的甜如蜜胶，想象未来相守后的日子，如何如何成就一段佳话，难道都是假的？

如顾正辉判断的一样，不管艾莎眼下是多爱他，生活中的一切终归是要落到现实里的。艾莎虽有浪漫的情怀，文艺的心，却也有一颗现实的头脑。和所有当下的年轻人一样，她并不愿意用放弃去换取幸福。拥有更多的机会，就意味着拥有更多幸福的机会，机会代表一切，这是这个时代教给他们的理念。他们在选择时，奉行宁滥勿缺，不会放过任何一个可能幸福的机会。在奉献时，信守宁缺勿滥，决不让自己做一点点多余的事。

五月底的北京，气温高过了上海。顾正辉正开着他的奥迪 Q7 前往乐团。今天他的事情很多，首先就是要和领导落实去上海的事。团里一直不紧不慢地和上海方面洽谈着搞几场新年演奏会，由于演出任务忙，一直没有人具体去负责。这次顾正辉毛遂自荐，一是想去南方看看，了解一下，二是探望艾莎。这两件事刚开始时是以探望艾莎为主，无非是找个借口去上海。但这几天和上海的演出公司沟通后，双方都很有兴趣搞几个大项目。于是，事态产生了变化，才发展了几天，探望艾莎便成了顺便的。所以，这次上海是一定要去的，可能还不是顾正辉一个人去。

今天下午，他还受了朋友老秦的委托，指导一个从国外回来的学生弹钢琴。希望能得到他指导的学生很多，顾正辉并没有太多的时间去做这些事，只有一些有特殊社会关系或交情的朋友，他才会应承下来。老秦本来安排那个学生到家里来学习，但想到下午团里还有许多事，顾正辉就让他把那个学生送到乐团来。借用团里的钢琴，抽一个小时的时间，指导一下。

车子拐进了乐团那陈旧的大门，才停下，手机就响了。

"喂，哪位？"

"顾老师，我是秦叔叔介绍来学习的学生，我在学校门口，刚看到你的车进去了。"一个清婉甜美的女声从电话里传来。她的口音不是字正腔圆带"儿"音的北方口音，也不是艾莎那种吴侬软语的江南普通话。女孩甜美的声音中带有一点港台口音，那种努力讲普通话的感觉，总让电话这头的人听得更累一些。

"哦，你来啦？怎么这么早就来了？"顾正辉看了一眼仪表盘上的时间，才两点半，而老秦说是三点半才来的。他从反光镜中往后看去，大门口真站了个高挑的姑娘，正望着他这辆 Q7。

"行，来了就来了，我去接你进来吧。"顾正辉下了车，朝大门口走去，走到一半时向传达室的保安挥挥手，又向那女孩招招手，那个年轻姑娘就跑进了大门。

她穿着牛仔短裤，Marc Jacobs 的丑娃 T 恤，及腰的长直发，一米七的个子再加上点鞋跟，几乎和顾正辉一样高。

"等了很久了吗？这么热的天。"顾正辉看到女孩的发际线全是汗，脸也被晒得通红。

"只有一个半个钟，不要紧的，这阳光真明亮。顾先生，我叫许文静，也可以叫我 Lily。"

"Lily，很美的名字。中文名也很美。"顾正辉带着文静朝排练大厅走去。

"一直讲北京很堵车，我就早点出门，十一点就从家里出来了，没有想到今天不堵车，来得太早啦。"文静用她那不流利的港式普通话解释着早来的原因。

“你也提早得太多了。”顾正辉哈哈地笑着，接着说，“你爸爸不是北京人吗？怎么普通话说成这样？”

“我说得很不好吗？那你听懂听不懂？我妈妈是香港人，我小学在香港读。要不我讲英语吧？”

“别，别，还是就这样说吧。”顾正辉回头望了一眼文静，她也正在看他。青春女孩的眼睛干净而明亮，麦色皮肤在阳光的照耀下，发着自然细腻的光泽。

顾正辉开了钢琴室的门，对文静说：“你先在这儿吧，我有点事，可能要一个小时后才能办好。那头的茶水室里有净水、咖啡和茶。你可以在这里休息一下，也可以练练琴。对了，那个书架上有的是乐谱。好了，文静姑娘，我要去忙工作上的事了，就这样。”

“文静姑娘，我好喜欢这个称呼。”

“行，喜欢就这么叫你。”顾正辉说完转身就走。刚到门口，就听见文静喊道：“先生，你还记得我吗？”

顾正辉回头，一脸茫然。

“六年前，您在汉堡演出。我不但观看了首演，还参加了演出后的酒会。那一年，我十四岁。”

“哦，汉堡演出，是的，是的，原来你也来看啦。”顾正辉当然记得那场演出，但绝对记不起当时还只有十四岁的文静。“酒会上人太多，可能，我没怎么注意吧。”顾正辉看着文静的眼睛，这下才发现她的眼睛太过明亮和热烈。

“我一直坐在沙发上看着你。你拿着香槟和一位穿着红色长裙、很美丽的小姐聊着天，你们聊了一个小时，我看了一个小时。”文静抿着嘴调皮地笑着，说出了多年前顾正辉的“艳遇”。

“哦，哦，那是谁，谁来的。唉，想不起了。你长这么大了，真快，真快。好，我走了。”顾正辉尴尬极了。多年前的“风流”被个小姑娘抖落出来，他能不尴尬吗？只能支吾了几句，匆匆离去。

文静的性格一点也不像她的中文名字，她的目光跟着顾正辉的背影，又调皮地抿抿嘴，心满意足地笑了。说来，她的身份还真有些特别。有点“红三代”的意思，跟“富二代”也沾点边。母亲是香港人，受英式教育长大。父亲是北京人，经历颇坎坷及传奇，曾离过一次婚，所以文静有个同父异母的哥哥。许父和顾正辉的好友老秦是好朋友，以此类推，和顾正辉就是间接的朋友了。许文静出生在香港，后来随父母去了德国。在香港时，倒是每隔两年总要回北京一次。那时的她并不喜欢北京，冬天冷得要命，夏天又热得没命，还到处是灰尘飞扬。但近几年，当她走遍世界上大多数古城后，竟发现了北京的“与众不同”。这次回来，下决心要重新开始了解她的“故根”。

六年前，当她还是个情窦初开的小女孩，跟着母亲欣赏了由顾正辉担任指挥的交响乐演出。这支来自北京的国家乐团，不但不是她记忆中京城灰秃秃的颜色，更是她所没想到的辉宏。学了几年钢琴的她，被站在指挥台上的顾正辉的风采所吸引，不顾一切地在他谢幕时拿着相机拍了一张照片。

从此，她学音乐更认真了些，但由于起步太晚，总是比不了那些从小开始练琴又极有天赋的同学。她经常想象某天与顾正辉相遇时，说出自己还是小女孩时的期盼，他会是什么反应？今天就在匆忙间说了，他的反应竟是那么的尴尬。六年前，她还只是个初长成的小姑娘，只能眼睁睁地望着他与别的女子相谈甚欢。而今天，她终于青春美丽地站在他面前，叫他老师或先生，而自己更被他叫做“文静姑娘”。他与六年前相比没什么变化，身穿休闲装的顾正辉比台上穿礼服时的样子显得更潇洒。

文静坐在琴凳上，打开琴盖，试弹了几个音符，接着就弹起了《蓝色的爱》。活泼、圆润而亮丽的琴声回荡在琴房里，一如她的心情。

一个多小时后，顾正辉回到了琴房。神情比刚才严肃些，摆起了老师的架子。像文静这样在国外长大的女孩子，有的是任性，如果放任她说下去，怕是说什么都无所顾忌了。

可文静姑娘的心思显然不在琴上，认真了几分钟，便问顾正辉：“老师，你对我真的没一点记忆吗？我坐在沙发上，穿着鹅黄色的纱裙，我记得你还看了几眼。”

“是吗？现在一下子想不起来。好了，好好练琴。这一段弹给我听听。”

“先生，我能问你个问题吗？”文静没弹那一段，眼睛看着顾正辉。

“什么问题？”

文静狡诈地笑了笑，露出了一颗小虎牙，说：“那天晚上，你和那位一起聊天的红衣美女，后来你们去了哪里？”

“你，”顾正辉这下真被呛到了，看来这在国外长大的孩子，真是没心没肺，想怎么问就怎么问。“你，你好好练琴。大人的事，你问什么，不能问。”

“猜也猜得出。”文静脸上还是活泼狡诈的笑容，如清晨的阳光那样打动着人。

“好好练琴，这一段我弹给你听。”顾正辉只有坐下弹上一小段，以躲避文静热烈的目光，以及她那毫无顾忌的问题。弹好了，抬头看站在一边的文静，问：“看清楚我的手了吗？听仔细了吗？”

“先生，我美丽还是那位红衣小姐更美一些？”文静用港式普通话认真地问。

顾正辉要“晕”倒了。

等到了周六，也就是顾正辉要来上海的前两天，艾莎在父母不停的催促下，和这位英国回来的“科研人员”在曾阿姨家见了面。曾阿姨老了许多，平光眼镜早已换成了老花镜。她还是上海人的老套格调，相亲搞成类似下午茶那样的聚会。茶、点心、水果放得一桌都是，又忙着泡茶递水。那位侄子把从她手里接过的水果，一应礼貌地转递给艾莎和妈妈。于是，艾莎每样东西都接两份，曾阿姨递一份，“科研人员”递一份。错是没有错，不停地递就有些滑稽了。

艾莎看了几眼他的相貌，心里就动了想走的念头。侧眼望妈妈，似乎也不是很搭劲。“科研人员”长得倒不丑，只是这脸色，白得太吓人，还有些浮肿，让人感觉是得肾病已许久的病人。曾阿姨介绍道：“阿拉侄子姓马，叫俊峻，就叫小马好了。毕业于英国邓迪大学，是名校，敏敏知道的。”

艾莎点点头，肯定这确实是所非常不错的大学。

相会就在聊天中进行，艾莎和小马互换了电话。两位长辈在一旁不停地说着：“大家像做个普通朋友那样就好了，多联系，多了解。”艾莎听了好笑,明明是相亲来的,却又说做普通朋友,长辈们还是老套的思想。不过看这位小马,艾莎心里觉得最多也只能是做普通朋友了。这般无聊,早知道就不要来了。

小马的话也不多,问了些艾莎的爱好,平时游玩的地方,估摸着要安排下次约会的去处。坐了一个小时,艾莎和妈妈就起身告辞了。马俊峻本想开车送送艾莎母女,不过艾莎是自己开车来的,这殷勤也就献不成了。回去的路上,妈妈问艾莎:"你觉得怎么样?"

"什么怎么样?你觉得这像是做你女婿的人吗?"

"我看他有些不对劲,脸色怪怪的。"

"我也发现了,像是武侠片里的公公,怪吓人的。是不是身体有什么问题?"

"得问问曾阿姨。"

"别问了。妈,这件事就回了吧。要是曾阿姨说没什么病,我们也不放心。要是真有点什么病,那肯定是不行的,还不如别问。回了吧。"艾莎再也不想见那张浮肿的脸了。

"唉!"妈妈叹口气。心里开始想晚上该怎么开口才能回掉曾阿姨。然后,还要动员好姐妹们再介绍"德智体"全面发展的对象,这真是件有难度的事。

都是没事找事的事,浪费了艾莎一下午的时光。艾莎心疼的是时间,这下又开始害怕被顾正辉知道。女人啊!总是在失望的时候,才明白该珍惜已拥有的点滴。

这个周六沈欣怡也没闲着。半个月前被那个奔驰司机冒充老板蒙了几天后,欣怡倒越挫越勇了。她也着急,每次回苏州,同学的孩子都快要上幼儿园了,自己呢,连个临时男朋友也变不出来。同学们都说:你们公司那么多男员工,没一个合适的吗?欣怡在上海待久了,别是要求变得太高了。公司是有许多男员工,可好像都有女朋友了。即使是刚毕业来实习的,也有女朋友。都说男女比例早已失衡,每年新增多少光棍,可在欣怡看来,情况根本不是人口统计里的男多女少,她的周围,到处都是未嫁的优秀美女。而男的，高矮胖瘦个个都不缺恋爱，忙得是不亦乐乎。

为了参加下午在虹口公园举行的“春天寻爱之旅”活动，欣怡今天也用心打扮了自己。花了几百元把玉米须头发拉直，穿上了新买的裙子。这样的活动欣怡只能偷偷去参加，就像艾莎偷偷上交友网一样。女孩们都希望自己金贵些，这么被人选来选去，总是“剩下”的感觉。

在签到处交了60元钱，领到一瓶橙汁和一张印了一颗粉色心的不干胶。这颗心上还有欣怡的编码127号，也就是今天的第127位参加寻爱的女性。而男士则是蓝色的，蓝色的心。签到处的工作人员交代欣怡一定要将不干胶贴在上手臂，因为有些害羞的男生现场并不一定有勇气来结识，只有通过主办方增加了解。欣怡听得好灰心，这点勇气也没有，还算男人？还不如假装老板的司机。

拿着一瓶橙汁，手臂上贴了张酷似红十字的臂章，欣怡进了活动区。也就是块露天的草地，旁边有一排回廊，一长溜的石条凳，累了就坐那儿。条凳上已坐了不少人，都在喝橙汁。一眼望去，花花绿绿，衣裙飘飘，还是女多男少。看来，人口统计真是不准确，怎么哪里都是女多男少。

欣怡粘紧手臂上的号码，开始“寻爱”，睁大眼睛看着草地上来回溜达的男士们。男士们的年龄差距巨大，从六十多岁爷爷辈的长者，到二十出头的小青年，加起来也没过80号。大概有五六个三十出头的“蓝心”，简直成了“中华俊杰”。大部分“粉心”的眼睛都围着他们转，他们却一脸浅薄的笑。欣怡对这几个一脸的不屑，才开始“寻爱”就有了敌对情绪。可不屑又怎么样，自己又不能盯着个老爷爷看。她觉得没劲，离开草坪走到围廊里，拧开橙汁，加入了喝橙汁队伍。

旁边有一对男女在互换号码，然后各自散去。再寻找，再换号码，如此循环，叫做“寻爱之旅”。喝了半瓶橙汁后，欣怡便离开了公园。轻轨转地铁，再转公交，回到浦东花木的公寓已是晚上六点。回去后的第一件事，就是登陆主办方的QQ群，发表了自己的一些看法。

欣怡：我刚从虹口公园回来，我有些个人的想法，向你们提一下意见。第一，作为主办方，你们没有很好地筛选参加者，来的会员年龄差距太大，六十多岁的都有。第二，地点不合适。虽说是公园，但上海气温已很高，让我们在烈日下参加活动，这又不是日光浴活动。第三，节目太少，可以说就是没有。拿着瓶橙汁在草坪上转来转去，头上是火辣辣的太阳，还美其名曰“寻爱之旅”。那60元，收的更是没道理，就是一瓶3块钱的饮料和一张不干胶。

主办方：您好！我想您一定对我们的服务不了解。60元只是提供最普通的见面活动。我们还有专门针对白领的688元浦江之夜活动，举行地点在游船上，还有自助餐。再往上有针对金领的6888元的东南亚之风活动，有五天的泰国、新加坡之行，全程豪华，会员可以通过这几天的活动相互认识了解。最高规格的是68888元的“世纪之爱”活动，男士全是千万身家以上的成功人士。您可以根据自身条件进行选择，参加适合您的寻爱活动。详情可咨询我，也可参阅我们的网站，网址 www……

欣怡呆呆地看着电脑。

15 上海，甜蜜的三天

顾正辉和团里一位负责业务的同事一起上了飞机,上海之行终于成行。从出家门口开始,就被艾莎和文静的短信紧跟着。顾正辉是有分寸的,他给艾莎的回复充满热情,给文静的是长辈般的庄重。文静的出现像一阵初夏的风,热哄哄中带着夏日的潮热,胡乱地刮乱他的思绪,乱了他的心神。而艾莎是自己的女友,有无数个夜晚倾心的诉说,那种热烈的缠绵,是秋日里美妙的成熟。也会起风,刮下一地落叶,徒留下的伤感,是秋天必然的结果。

关舱门前,他拨了艾莎的电话。"嗳,我,上飞机了。"他含糊地说着。旁边坐着同事,不能喊宝贝。

"亲爱的,上飞机啦,好的。心里真高兴!"艾莎双颊绯红,话音里充满娇嗲。听得电话那头的顾正辉也心跳加快。

"是的,到了再给你电话,现在马上要关机了。今晚忙完再去你那里,好吗?"他也用了温柔的语气,有些不好意思,看了一眼旁边的同事。同事看起了报纸,装着什么也没听到。

"嗯,好的。那晚上见了。"

"好,晚上见。"

这个期待的夜晚,在今天会来临。一个多月的分别,终于等到他的到来。艾莎握着电话,心发慌又激动。有好几次,她想告诉晴子、欣怡,或者其他不相干的人,我的男友要来上海了,我们又相聚了。

上海有演出公司接机和安排的接待,所以艾莎不用去机场接顾正辉。她提前一个钟回到家中,用买回的西瓜和樱桃做成一个水果拼盘,然后放进冰箱。花瓶里插上一大束鲜红的玫瑰，床单也换成一套全新的绣花床罩。擦了地板，清洁了浴缸，所有的镜子都擦得明亮。忙完已是晚上八点多了，艾莎没一点饥饿的感觉。她把空调打开，点上香薰灯，薰衣草的清香在空气里袅袅飘散，为房间又添上一些温馨。

艾莎为自己选着待会儿要穿的衣服，一件件丝绸的、雪纺的，铺在新换的床罩上。丝质的睡裙，美是美，有点太撩人。时装，也很美，可这么晚在家还穿成这样，太怪异。纯棉的家居服，倒是充满了居家小女人的气息，可衣服有点旧，穿成这样见自己心爱的人，实在太朴素了。选来选去，艾莎最终还是选了丝质的两件套睡袍。浅灰色的绸锻上，是成片的蕾丝，胸口袖口点缀的水钻，真是诱惑的美。“性感就性感吧，撩人也就撩人吧，三十岁的女人，难道不该性感撩人吗？难道不该在他面前最迷人吗？”艾莎心想着，换上了这身如艺术品般的睡裙。

手机一亮，是顾正辉发来的，作为邀请方，他正在被演出公司宴请。“我们快结束了，你把地址发给我，我要找到你家，敲开你的门。”

艾莎把地址发给了他，几分钟后又再补充了一条：“花园里有低矮的丛木，也有高高的香樟，你能在花园嗅到樟木和白玉兰的清香。洋楼的楼梯很宽大，上了二楼，走廊灯只有一盏是亮的。左边有五个门，其中一间是我的。”在浪漫这个层面上，她是了解顾正辉的，这样寻寻觅觅的到来，才是他的方式。他会坐着的士，前往这个地址。而上海滩上一路的风景，揉进他的遐想，才是他的温柔。

顾正辉从“大公馆”出来，坐上了出租车。车子在上海的大街小巷穿梭，全是陌生的街景。这些路上有些地方霓虹闪烁，有些地方安静清幽。看着这些街巷，它们藏着上海的风情。王琦瑶、白流苏，许多的故事都发生在这些窄窄的弄堂里。带着一点酒意，上海在顾正辉眼里是雾里看花，花里寻香。

车在恒隆前停了下来，九点多的南京西路，热闹但不拥挤。他站在路边，看向马路对面。那里是幽暗的弄堂，是艾莎无数次聊天里描述的家门口，是繁华旁的沉默。里边，就是南方人说的“人家”。

绿灯了，他过了马路，走进弄堂。两边是红砖墙，爬山虎顺着墙角开始往上蔓延，再往里走，顿时幽静了，几幢洋房稀落地立在树木花草间。他看见艾莎描述过的她那辆银色飞度车，于是停下来看看女友的车子。前窗反光镜挂了许多叮叮当当的小玩意，车后摆了四只毛绒狗。阵势真够大的，四条狗，难道靠它们看车？他心里觉得女人真可爱。

一个小拐弯，到了花园。还是停了些车，挤占了花园的一些地盘。他闻到树木的清香，再仔细一嗅，是樟木的香味。这种树木在北京并不多见，而江南人却很钟爱。夏季，树木发出的香味可以驱蚊虫，用它做成衣柜箱笼可以避免衣物生蛀。所以，樟木箱在南方是少不了的家什。顾正辉站在樟树下，嗅着这难得的气味，摸出烟来，点了一支。顺着花园里的小道随意走了一下，香樟木的香味变成了白玉兰的香，弥漫得到处都是，却看不见那玉兰花在哪儿。

花园里共有四幢洋房，三小一大，错落有致。不用说，那幢最大最气派的就是艾莎住的。二楼窗户的灯都亮着，白炽灯，磨砂灯，各类光源从窗帘后隐约地泄了那么点出来。顾正辉站着抽完烟，也没听到从某个窗户里传出些三言两语，到底和京城的喧闹不同，这花园宁静得有些别样，仿如每间房里都住着与艾莎一样、美丽又在等待中的女人。她们的心千回百转，那话只在心里说，要听，得贴着她们的心。

顾正辉走进了大洋楼，迎面是宽大的楼梯。这里装了感应灯，一脚踩上去，灯就亮了。他看看天花板，楼层真高。台阶是水磨石，上面还嵌着铜条。把手放在楼梯扶手上，年代久远的水泥，变得细腻如瓷，冰凉的，多少双手扶上去，也暖不了。走几步，楼梯里就有了脚步声的回音，听起来房子像座空楼。伴着踏楼的回声，顾正辉向二楼走去。昏昏暗暗的，二楼走廊尽头才亮了一盏小灯。口袋里的手机短信提示灯亮了一下，顾正辉没去看。这时，谁的短信都不重要。若是艾莎，他已到了门口；若是文静，更不该看。他要珍惜这个夜晚。

左边有五扇门，各家按各自的装修风格安装了不同的门。门上并无门号，艾莎住哪间呢？顾正辉总不能一家家敲过去。才半分钟，顾正辉的脸上就全是笑容了。第四间的门锁上，扎了一条鲜艳的丝巾。是啊，艾莎怎会让他敲错门，她用自己的长丝巾，在门把手上系了个蝴蝶结。顾正辉走到门前，感觉到门缝下漏出的丝丝冷气，清凉中还有薰衣草的精油香味。他用手轻轻一拉丝巾，蝴蝶结散开，柔绵的丝巾握在手中，他敲了敲门。

门开了，艾莎站在门口，无限的温柔。背后是落地灯的光，给她打上一圈光晕，香薰的氤氲间，两人紧紧抱在一起。一路的心神荡漾，终于到了这里。

"我爱你，宝贝，爱你……"

"我爱你，I love you，……"

热烈的唇吻上了艾莎。眼睛、嘴唇、耳朵、胸口，热烈的爱吻是贪婪的。顾正辉单腿跪了下来，把脸贴在艾莎的心口。她那狂乱跳动的心，是她的心事，被他听得清清楚楚。这位台上高贵的音乐王子，终于跪了下来。今晚，他们都是爱的奴隶。艾莎明白，再华美的丝绸睡衣，也比不上肌肤的完美，她还需要保留什么？这一夜，他们是对方的主人，尽情地占有。忘记天地，忘记时间，忘记曾经记住的一切。这是开花结果孕育生命的快乐，他抱着艾莎，床上、沙发、地板、浴缸，哪里都是他们的爱河。他想象这一天想了很久，无数种可能，都不如这一刻的激情迷乱，如末日般地爱。香薰灯继续散发着时而飘渺时而浓烈的香味，桌上的玫瑰，一朵比一朵更娇艳。

簇新的床罩带着浆洗的挺刮，干爽柔软，上面还有清晰的折痕。顾正辉拥着艾莎，左手轻抚这些折痕，想起自己在北京时也曾为艾莎的到来，换上干净的床单。爱一个人，不约而同地都会去做同一件事。

"你晚上喝了多少酒？"艾莎倚在他的胸前，半睡半醒的样子，梦呓般地问。

"还有酒味吗？喝得不多，三四杯茅台。在大公馆，你知道那儿吗？"

"当然知道，他们真会安排，让你到杜月笙公馆去吃饭了。感觉怎么样？接下来两天就我来安排啦。"

"很不错，感觉很好。大上海啊，到今天还处处留有曾经的奢迷和沉沦。好在上海人喝酒很斯文，一开始我真怕被他们灌多了，那我就找不到这儿了。"说着，他拥得艾莎更紧些。

"喝得不多就好，要是喝醉了，就是酒后什么的，不利于健康……"有些倦怠的艾莎，迷糊中竟也不忘幽默。

"酒后什么？酒后什么？说呀，不能睡，说给我听听，酒后什么不利于健康……"顾正辉逗着艾莎，非要把幽默继续下去。

艾莎睁开眼，望着假装一脸"好学"表情的顾正辉，只得再闭上眼，轻抬起自己的下颌。说什么呢？只有热烈地长吻。

"这房子真不错，没想到三十多平米这么大。"热烈之后的顾正辉开始仔细打量起房子。三米多高的楼层，四米的大开间，还有身下躺着的四柱大床。

"三十多平米是室内的实用面积，那是一厘米也没少的测量。哪像现在的商品房，都公摊了，摊到自己家就只剩一半。"

"是，我家就这样。"顾正辉从床上下来，把浴巾围在身上，看看书架上的书和照片。半夜一两点的时间，总是他最精神的时候，今天更是兴奋，没一点睡意。

"这是你大学毕业照吗？好像没现在漂亮。"他说道。

"那是，现在多了女人味。"艾莎回答得很到位，接着问，"你们确定新年在上海开一场音乐会了吗?"

"是的，这个肯定是定下了。"

"那都演奏什么曲子，难道还是五一时的《咱们工人有力量》?"艾莎换了种娇滴滴的油腔滑调。

顾正辉扔下书回到床边，他明白艾莎的调侃，抱住艾莎笑着说："咱们不是工人也有力量。艾莎，你有什么特别喜欢的曲子吗?"

"我喜欢特别欢快的圆舞曲或是很忧伤的独奏。新年吗，我喜欢《蓝色多瑙河》。"

"《蓝色多瑙河》，不错。宝贝，没问题，明天我就提议这首曲子。亲爱的，新年，你一定要来听听我是怎么指挥这首乐曲的。"

"嗯。"艾莎也抱紧了顾正辉。眼角的余光，看到茶几上他的手机，总在一闪一闪的，就说："你的手机好像一直在亮，是有未接电话还是短信？你去看看吧。"

顾正辉的脑海闪过文静的模样，他也知道手机在闪。不去碰，是怕文静那些火热的内容，他不想乱了心神。在他看来，年轻的文静和所有崇拜者一样，燃烧的是自私又莫名其妙的爱。而此刻怀里的艾莎真实而美好，已经有些了解自己的缺点并开始容忍。

"可能是广告短信，这么晚了，能有什么事，我去关了吧。"他把手从艾莎后背抽出，走到茶几旁，关了手机。再回到艾莎身边，熄了灯，摆出要睡觉的样子。其实还是没完没了的温存，一夜的卿卿我我。

第二天，艾莎请了两个钟的假，到公司就是午饭时间了。顾正辉这次只能在上海待三天，她得抽出所有时间来陪他。虽然到天亮才眯了几个小时，艾莎今天看起来还是神采飞扬。

今天的晚餐艾莎安排在衡山路上的"红厨"。这条著名的酒吧一条街，在路的北端却特别安静。一幢幢风格各异的洋房别墅躲在深深庭院里边，而"红厨"正是许多只做私家菜的小酒店中较出名的一家。这家酒楼通常都需早几天订位，不过今天艾莎运气好，接线员说一个钟前刚好有位客人退订，二楼小阳台前那张小圆台就留给了她。

六点一下班，艾莎就去东湖宾馆接顾正辉。音乐家说今天非常想做司机，愿意在艾莎的指挥下，做牛做马地把车开到"红厨"去。于是，"牛马"司机顾正辉坐在驾驶位上，握着小斑点方向盘，拉上有只粉色米奇的安全带，启动 1.8 排量的飞度，在上海的街道上东游西转起来。艾莎说往右转，他偏向前开；艾莎说左转，他往右转。上海的路本来就很堵车，又错综复杂，被他这么胡闹地三转两转，再回来怕就难了。艾莎知道他有心捣乱，灵机一动，转向都反着说，这样车子就又朝衡山路开去了。可顾正辉还没消停，相反几次后又按照艾莎所说的方向开。哭笑不得的艾莎只得取消"牛马"驾驶员的资格。

一路嬉闹着到了"红厨"，已是晚上七点半了。有名的"红厨"，只在衡山路弄堂口的梧桐树上，挂了个很精致的小灯箱，上面精确地写着“红厨在弄堂底”。顾正辉说，这样的招牌和指路方式，也只有上海才有。艾莎说，这叫酒香不怕巷子深，写弄堂底比写多少号好找多了。顾正辉点点头。

车子左拐进了弄堂，黑幽幽的，两边全是围墙和洋房。有年份的花园别墅，最大的特点是有许多高过房子和围墙的树木。这片三四十年代就有的洋房区，也正是如此。路灯是古典的汽灯形状，昏暗的光。上海弄堂里这种似亮非亮、刚够照亮路面的灯光照明，给顾正辉留下了深刻的印象。暗黄摇曳的光线，带给人的是繁华后的寂寥。而北京的胡同，要么就是黑灯瞎火，要么就是亮如白昼。

弄堂既窄又深，顾正辉正担心里面要是出来一辆车可怎么办时，弄堂底到了。比起前面的幽静，这儿显得稍微明亮些。与其他砖砌的围墙不同，这幢洋房用锻铁做围墙，可以清晰地看到花园和洋房的景象。只是花园里的树木早已伐去，到底还是为了经营，铺上地砖，停了四五辆奔驰、宝马一类的名车。看来，这儿不仅是小资阶层的厨房，也是大资们的厨房。

车一拐进花园，侍应生就跑了出来，问：“订位了吗？”

“订了。”艾莎把车钥匙交给他。他随即上车把车倒了出去。

“他把车开去哪儿？”顾正辉问。

“我也不清楚，反正隔壁弄堂那里有个停车场。我们吃好叫买单时，他们就把车开回来，停在花园门口。这是我们上海的做派，在北京可能没有吧。”

“好一个做派，吃餐饭真够折腾的。北京好像没听说过，但估计肯定不行，说不定车就开得没影了，看来真是一方水土养一方人啊。那这么说来，能停在花园里的那几部车，一定是非富即贵了。”

“我想也是吧。”两人边说边笑，踩着还有些咯吱响的木头楼梯上了二楼。

这是幢两层高约有四百多平米的尖顶小楼，二楼有一大三小四阳台。一楼的正厅和偏厅分别是吸烟区和非吸烟区，各摆了五六张桌子。红木色的高背椅，落地窗前是红色的流苏，剔透的宫灯，上面的人物早已不是嫦娥奔月一类的仙女，取而代之的是旧上海的名媛，巧笑顾盼间还是那种江南风情。

即使是上海的洋房，楼梯也显得有点窄。店家还保持着木头梯，踩上去总有些声响。楼梯拐角处挂了只鸟笼，两只翠鸟在笼里跳来跳去，清脆地叫唤着，蓝绿色的羽毛，真是好看。顾正辉忍不住停下脚步，吹了吹口哨，逗了逗鸟儿。不过到了二楼，才发现厅堂间和走廊里都摆放了更多的鸟笼和鱼缸。

二楼全是包房，掩着门，里面不时传出些谈笑声。艾莎订的那张台，临着的是东阳台。这儿大概是主人以前的小茶室，三两知己聚会的地方，大窗加阳台，还能望见一片天地。因为开了冷气，阳台的窗是关着的，红色流苏从窗顶垂下。两人面对面坐了下来，顾正辉用手一撩流苏，望向外面的世界。夜幕已经降临，窗外是暗沉沉的花园，隔了千树万树的衡山路，其实已看不清什么。可他还是固执地看了几分钟。

艾莎已把随身带的披肩披上，米黄色的羊绒钩花，衬着粉紫色小圈点的连衣裙，分外美丽。长发随意吹出的几个大卷，蓬松地散在肩背上，很有女人味。她脸上是柔情和幸福，一笑一颦间都是甜蜜。服务员上了小菜和龙井，顾正辉惬意地喝上一口。这样的上海，这样的艾莎，他想人生要是能这么一直甜蜜地沉沦下去，那该是怎样的一种快活无边啊？

“到了上海，才知道王家卫《花样年华》里，怎么总是那些昏黄暧昧的灯光。上海除了大路边上的霓虹灯，到处都是昏昏暗暗的，怪不得你在北京时，老说我家的房子怎么那么亮。你们上海人很怕光吗？这儿多雨多高楼，光线本来就不足，家家还要用各种帘子遮住光。今天下午我们去演出公司张总家里，装修得那么考究，阳台挂了一层竹帘，客厅挂了一层纱帘，像进了地下室。坐了不到半小时，我就想找张床睡一会儿。”

艾莎忍不住咯咯地笑了，说：“还说呢，你家里那一大片窗，光线照得我眼睛都睁不开。那么亮的光，看电脑看电视都不清楚。到了晚上，外面的霓虹灯光照进屋里，全是光源污染。”

顾正辉一听很有道理，就点点头，笑说：“是啊，我一直被污染。听了你的话，这次回去要关窗帘了。”

艾莎做主点了几个小菜，水晶虾仁、炸肉丸、红油豆腐和二小姐鱼羹。“红厨”做的是私家菜，顾名思义，是私人家的拿手好菜。自古江南多退隐高官和巨贾，常“家蓄美厨”，手手相教加个人喜好，便自成私家“名菜”。

“这儿的水晶虾仁尤其出名，每天只出三十份。我早上在订台时就订了半份。”艾莎往顾正辉杯里添了点热水，介绍起这里的“名菜”。

“半份？”

“哦，是这样的。一份够四五个人吃，我们两个有些浪费，所以点半份。上海许多地方允许点半份的。”艾莎解释道。

“好习惯。听起来有点小气，实际上是美德，不浪费。”

“什么小气？小气就不来吃了。难道非要浪费了才叫大方吗？暴殄天物是罪过。如果吃完你还想吃，我们可以再加半份的。”

顾正辉点点头，吃起了小碟子里的凉菜。才来上海第二天，他感觉自己已经很听艾莎的话了，很愿意被她牵着鼻子走。也许，传说中的“上海小男人”，其实是很幸福的。

艾莎今晚为顾正辉点的酒水也很特别，是江南特产杨梅酒。说来，这种酒也属于私家酒一类，江浙两地已有悠久的历史。从乡间的农妇到深宅大院的贵太太，都有一套自己的做法。据说这酒还有些药效，能消暑驱湿，口味清香略带白酒的烈性，真正的柔中带刚。上海人家中除了常备花雕酒外，夏天必备的果酒就是杨梅酒。250克的梅酒装在透明的小密封瓶里，深紫红的杨梅经过浸泡后已变成了咖啡色。而那透明的白酒，却多了点绛红色。顾正辉把蜡封的瓶盖打开，把酒倒在高脚杯里，艾莎用筷子夹出四五个杨梅放在酒杯里，说：“先吃个杨梅再喝酒。”

“味道太好了！”吃下一个杨梅的顾正辉连发感慨，又端起杯子喝了一口，表情更是余味无穷的样子。“这是什么酒酿的？”他问。

“说不上，也许就是一般的烧酒，兑了些别的酒，总之家家做法是不一样的。”

“你会吗？真不错。”

“我会一点，算会吧，看妈妈和外婆做过。”

“每年几时酿的？”顾正辉真被杨梅酒打动了。

“杨梅季节时，就是五一前后这个时间。你喜欢，明年我给你酿几斤。”

“好！”

顾正辉轻轻握住艾莎放在桌上的左手。

第一盘上来的是那半份水晶虾仁。和一般小粒的河虾仁不同，红厨选用的虾非常大粒，呈晶莹透明色。顾正辉夹起一粒蘸蘸淡醋，咬上一口就觉得鲜滑嫩香。再喝一口杨梅酒，透过红流苏看一眼窗外朦胧的夜色，对面是艾莎的温柔笑容，殷勤劝吃。背后的鸟笼被店家蒙上黑布，早已安静下来。紫铜老台扇象征性地转着，发出“嗡嗡”的声音。旁边那张更大些的台子，来了一桌客人，有老有小，像是一家人，正轻声商量着点些什么菜。

“人生若能常常如此，夫复何求。”顾正辉心想，不觉端起杯子多喝了几口。虽说这梅酒是白酒酿的，有些烈，可不知兑了什么，总觉得没什么度数，半口半口的，喝得很上瘾。从来都是来去自由如一阵风的顾正辉，正被这上海的暖风，被艾莎的温柔所打动。他几乎就觉得人生就是要这么温暖舒适，至于荣誉、超越、成功，也许真的全是过眼云烟了。

上海这个城市，顾正辉以前也来过。每次来去匆匆，并没觉出有什么特别。但自从有了艾莎这个可心人儿，他才觉得这个城市是那么的让人迷恋。清茶对梅酒，一杯杯的干，醉了彼此的心。

从“红厨”出来，已是晚上十点多了，艾莎开着车子却向青浦赵屯开去。来自北国的顾正辉，对那草莓园和乡村风光想象无限，哪怕只是去看一眼黑夜中的“上海郊区”也好。一个小时后，车子便到了青浦，下了高速，艾莎照着记忆向前开去。小镇的夜晚不比上海，店铺早早地关了门，幸亏有那个家俬店的招牌，艾莎顺利地找到那片草莓园。

车子停在河边一颗向河里倾斜的大树旁。两人下了车，站在河边，可以听见河水静静的流淌声。上次看到的浮萍已少了许多，没有鸭子的河面映出了天上的弯月。农妇家及周围的房子全熄了灯，想必早都入了梦乡。乡下的农民，不上网不熬夜不煲电话粥，夜晚就是用来睡眠的。艾莎拉着顾正辉向草莓园走去，才没走几步，农妇家的狗便叫了起来。艾莎有些害怕被狗咬，两人便退了回来，远远地望了几眼夜色中白茫茫的棚子，算是看过草莓园了。回到车子里，顾正辉把天窗打开，放低座椅，躺着仰望星空。

“难得啊！这里的天空还能看到几颗星。艾莎，到我怀里来，我们一起看看天空。”顾正辉说着伸出手，拉过坐在副驾驶座的艾莎。汽车座椅小得像张沙滩椅，两人依偎在一起，透过一方天窗望向苍穹。

“宝贝，下次你来北京，半夜我带你去长城脚下。我们在那儿看天空，让你感受一下北方山野的肃穆和萧瑟。”

“嗯，好的。那你现在，在这儿感受到了什么呢？”艾莎问。

“千里莺啼绿映红，水村山郭酒旗风。”顾正辉忽然诗兴大发，用杜牧的这首《江南春》回答了艾莎。

“南朝四百八十寺，多少楼台烟雨中。”艾莎把后两句接了下去。

顾正辉吻了吻艾莎的额头，说：“你知道吗，我很喜欢你博客里的那些诗歌。现在趁着夜深人静，你把你会的、关于江南的诗词都背给我听。”

“不，我不背。”艾莎撒起了娇。

“背吧，听你亲口背出来，比看文字不知要好多少倍。宝贝，背吧，背完了有奖，等会我做牛做马把车开回上海……”顾正辉不停地哄着艾莎。

要是再不背诵，就煞了今夜的风景了。可从古至今，江南美诗何止百千万。从柳恽的《江南曲》到杜荀鹤的《送人游吴》，从李煜的《望江南》到白居易的《忆江南》，还有戴望舒的《雨巷》，艾莎依在顾正辉怀里，半闭着眼睛，轻轻地背诵着。

即使是弯月，也无比皎洁，照着田野和村庄，也照着河边这辆银色的飞度。宁静的旷野，风吹过的声音就是草木的沙沙声，这个夜晚，多了从车里传出来的艾莎的背诗声。一句句，一声声，清脆脆……

“江南可采莲，莲叶何田田，鱼戏莲叶间，鱼戏莲叶东……”

顾正辉这次在上海只能待三天，事情谈好了，也就是回北京的时候了。第三晚的饯行宴，顾正辉带着艾莎一起参加。还是演出公司做东，定在华山路的丁香花园。顾正辉一说这个地方，艾莎忍不住就在心里感慨。男人啊，即使遥远的香艳故事也要追溯。丁香花园改成酒楼后，名流权贵更是趋之若鹜，真是一台难求，听说得提前一周预定才有位子。

这丁香花园原是李鸿章故居，占地两公顷，据说是为他非常宠爱的第九个小妾丁香所修，故取名丁香花园。整座园子栽满了丁香树和香樟树，如今改成酒楼的是李鸿章的藏书楼，而丁香香闺却依然不对外开放。这幢离藏书楼约五十米的二层小楼异常神秘，只要亮了灯，楼下便保安严密。从藏书楼的大玻璃墙望过去，只能望见点灯光，徒留猜想。不知那丁香的香闺里，住进了什么样的人。

顾正辉自然不知道丁香花园的来历，艾莎把这“往事”一说，便连声称“哦！”，随即开始沉思。是男人总要想象一番，当年杖围之年的李鸿章和十七八岁碧玉年华的丁香，是怎样在这园子里赏风月、论琴箫。虽然，想了也白想。

因为有艾莎在场，晚餐就少了些推杯换盏，也少了些男人间风月无边的瞎聊。顾正辉并不喜欢应酬，这样正中下怀。饯行宴只是浅酌几杯，说些合作成功的客气话，然后大家都认真吃饭，吃饱且吃得营养丰富，最后各自散去。回家的路上，顾正辉就很依依不舍了。到了小洋房，只想缠缠绵绵。可艾莎却动了下厨的心，非要烤几块饼干让他尝尝。于是，面粉奶油白糖，一大堆食物摆上小厨房的灶台，艾莎忙忙碌碌起来。看着女朋友认真的样子，顾正辉就想不明白这艾莎连青菜也炒不好，竟会烤饼干。他插不上手，只能抱着艾莎亲几下，又问了些烤饼干技术上的问题，无聊地转来转去。四十多岁的男人，突然像被宠坏的孩子，也馋馋地等着吃饼干。

顾正辉已经入乡随俗了，洗了两个茶杯，又主动到楼下扔垃圾，并趁机抽支烟。回来后艾莎说牛奶没了，又赶忙去便利店买。艾莎站在窗口，看着指挥家急匆匆地向便利店走去，眼泪几乎都要掉下来了。他不仅买回牛奶，还有面包、汤圆、酒酿、馒头等一大堆早点，他知道艾莎早上的时间最紧张。艾莎夸他会买东西，这些品牌和口味都是最好的。许多顶高帽戴上去，从不正经吃早餐的顾正辉发现自己不但是个音乐天才，还是个买早餐天才。听得心花怒放，恨不得天天为艾莎准备早餐。

忙了一个来小时，千辛万苦的，艾莎终于烤出了五块饼干。泡了壶茶，两人分着吃了一块。正当他想吃第二块时，艾莎却不许。剩下的四块放进乐扣乐扣，让他带回北京去品尝。

“好吧，那我就带四块饼干回去吧。”音乐家被温情融化了，同意用饭盒带饼干回北京。

“还有西洋参，我都切好片了。记得每天泡在保温壶里，早上或睡觉前喝几口。几十年这么熬夜，要多喝些滋养的参茶。虽说喝咖啡也提神，但咖啡不能养元气。”艾莎说着把一大包参片和乐扣盒子放在一起。这是中午时她用最快速度冲到药店买的，选的是最好的洋参，又让店里切了片，自己一片也没留下。“饼干吃完了，把洋参倒进乐扣的盒子里，免得潮了。”艾莎又补充了一句。

顾正辉点点头，紧紧地把艾莎抱在怀里。

热烈的顾正辉，柔情的艾莎，这迷人而销魂的长夜，谁也不忍心睡去。时而激情时而缠绵，时而嬉戏时而蜜语。这一夜，对于顾正辉来说是爱的协奏曲；对于艾莎来说，是情的长诗词。他抱着属于他的艾莎，俯在她的耳边，像个害羞又委屈的孩子，轻声说：“叫我老公好吗？我一个人这么多年了。”

“老公，老公。”艾莎轻轻啜泣着，“我们结婚吧！”

16 星空下的文静

顾正辉一走，艾莎头一件事就给外婆打了电话。顾正辉来，顾正辉回去，甜腻得要命。外婆倒是很冷静，说：好是好，可你们分隔两地，要是遇见点事，见面解释都难。艾莎当然不这样认为，有什么事电话里不能说清楚，说不清楚就搭飞机去说。外婆还是浇冷水，说：我活七十多岁，做了四十年妇联工作，要是这天下的事打个电话、坐个飞机去就能说明白，那还要妇联做什么。

外婆这么不给面子，艾莎只得败下阵来。现在要紧的是赶快睡个好觉，至于 QQ 上那一大串没回复的留言，都是闲杂事，自己是心有所属，该一心一意了。以后，他们都是自己的普通朋友了。

而一回到北京的顾正辉，电话就响个不停，音乐家回到了他的音乐世界，一大堆跟音乐有关的事等着他。在上海和艾莎如胶似漆的三个晚上，加起来可能睡不到十个小时。本想和艾莎一样美美睡上一觉，不过这一路的电话打得他心烦意乱。四十五岁的男人，到底还是有些力不从心了。进了家门，头一件事就是把那四块饼干吃了，然后将洋参片倒进保鲜盒，煮一壶水，泡杯浓浓的参茶。

拉上窗帘，免得光源污染进来。坐着喝了半杯参茶，感觉“神”和“元气”都恢复了点，顾正辉开始处理手头的工作。打开电脑，一大堆的电子邮件。为电影谱曲的合约，外加导演的一大堆想法；团里七月份要赴南美的演出，领导一大堆的想法；邀请他作为评委讲座嘉宾的邀请函，对方单位一大堆的合作想法；当然，还有文静的几封邮件，因为这几天顾正辉没有回复她的任何信息,她也有一大堆想法;再有,10年前的女友也来凑热闹,婚姻并不幸福,一大堆的想法向他倾诉……这是个人人都有想法的年代,唯独顾正辉的想法不重要。现在只剩下个睡一觉的想法,也无法达成愿望。工作和人生就是这样,天天在做的事,也没觉得有什么不妥当,陀螺似地转下去。一旦停一停,换了个天地,再回到原来的节奏,竟有些难以适应了。不过,人到中年的顾正辉能在理性下进行感性的工作。喝了半杯参茶,定下心来处理这一件件事情。

到了晚上十点,顾正辉还沉浸在电影音乐的创作中。也许还是疲惫的原因,进展得并不顺利。艾莎来电话了,顾正辉本想只简单说几句,不过想到女人天生的敏感,会误认为自己才回北京就冷落她,所以还是聊了半个小时。睡够了的艾莎意犹未尽,而顾正辉却疲惫不堪。收线前顾正辉说:宝贝,要是你在北京就好了。艾莎却理解成他希望两人卿卿我我,又腻了几分钟。其实顾正辉的意思是:你要是看到我这么忙,会很安静的。之后,文静又发来短信,问老师回北京了没有。唉,这个丫头,回复已回,然后关了手机。他把窗帘打开,先是开一半,感觉视野还不够开阔,接着就全部打开。城市又在他眼下,远处近处都是点点灯光,也是艾莎说的光源污染。虽然开了空调,顾正辉还是点了烟,房间里顿时弥漫着一股让人晕车般的气味。这味道并不好闻,可顾正辉不在乎。这是他的世界,他一直用对自己生命极不负责的态度,做着对自己生命极负责的事情。他坐望着远处楼顶的霓虹招牌,等着它们一盏盏熄灭。他必须让自己沉淀下来,回到音乐的怀抱。

第二天,文静还是任性地站在了他的家门口。

"哦,你来啦。要么,要么你先练会儿曲子。我刚起来,我先吃点东西。"顾正辉躲开文静直勾勾的眼神,让她先去练琴。文静太年轻,冲动而任性。她可以犯错,顾正辉不行。

"我这几天在家都在练琴。"

"那很好。你不练好,我没法向你爸爸交代啊。"顾正辉边说边打开冰箱,发现几天不在家,面包、牛奶都过期了。只得烧壶水,再泡杯参茶。

“我帮您带了早餐，皮蛋瘦肉粥，馒头片，煎蛋。”

顾正辉这才注意到她手上还有一个好大的购物袋。

“谢谢！哎，有个学生还不错。那我就不客气了。”昨晚到现在，顾正辉就吃了四块饼干，早已饿得不行了。

两人面对面地在餐桌边。顾正辉吃，文静看着他吃，所以顾正辉吃得很不自在。心里还惦记着艾莎，这么个中午时间，极有可能打电话来。要是听到文静在旁边，自己是解释呢还是不解释？唉，女人就是麻烦。

“你吃过了吗？要不你去看看乐谱吧。”

“我想起六年前，你穿着礼服拿着香槟。那时，我在想我几时可以长大，长大了有机会和你一起吃饭吗？现在，你就坐在我面前，穿着家居服，喝着我买的粥。像做梦一样。”

“文静，这有什么跟做梦一样。指挥家也是普通人，无论你看到我普通或风光的一面，都是正常不过的事。”一听文静扯得远，顾正辉便严肃起来。没错，文静热情又可爱，但作为叔叔辈的顾正辉，他有责任拒绝她。“文静，今明两天我是很忙的，本来并没有时间安排给你上课。但你来了，我就抽时间教你。你先去练琴，或看看谱子，等我吃完了就过来。”顾正辉说完用手拿筷子的手指指钢琴，然后低头继续喝粥。

文静拿着乐谱走到大窗前，眼睛却看着窗外。吃完早午餐的顾正辉也习惯性地走到窗前，看着外面的景色。

“老师，我好喜欢你这面大窗。像银幕，可以看到天际和地面。”

“是吗？这么大的窗有什么好？白天紫外线，晚上光污染。”顾正辉学着艾莎的话。

“可这窗能让你感受自然的魅力。不过窗前少了样东西。”

“什么东西?”

“高倍望远镜。”

“哈哈，我可没有偷窥的嗜好。就这样站在窗前，已经看得够远了。”

“可以看天空的星星。有了望远镜，夜晚看不到的星星都能看见。即使不看星星，你也可以看得远一些。你看路边那个提着东西的人影，有了一架高倍数的望远镜,你可以清清楚楚地看见他。是男是女,是累还是快乐,手上提的是什么。我的意思是,你可以坐在这里体会芸芸众生的喜怒哀乐。”文静说得神采飞扬。她那费劲的港式普通话,显得很动听。

顾正辉看了看眼前这个女孩,那种成功男人略带霸气的自信目光,看得文静心头一震。“让我用望远镜体会生命,亏你想的出来。不过,这想法也有点意思,可惜,我不玩这个。好了,练琴。”

文静抱着乐谱乖乖地坐到琴凳上。很快,久石让的《天空之城》钢琴曲回荡在房间里。顾正辉双手抱胸站在窗前,看着窗外。而在文静的心里,这首乐曲就是此刻最好的伴奏。

电话铃声打乱了这一刻的美好。不用说,这电话一定是艾莎打来的。

“亲爱的,起床了吗?吃过早餐了吗?还有琴声,你在弹琴?”艾莎柔情似水的声音。

“起来了,吃过了,早上,早上你还好吧?”顾正辉刚才也正沉浸在这清灵的音乐声中,一下回不过神来,对艾莎说了句莫名其妙的早上还好吧,“不是我弹琴,是个学生,在这儿上课。”

“我以为是你呢,没听你说过有学生来家里学琴的呀?可能你说了我忘记了。”艾莎把话说得一来一去,其实是有点奇怪怎么突然冒出个学生。人们的思维惯性和现实有时很一致,男老师肯定是女学生。不过艾莎是个聪明人,说着聪明人的话:“那亲爱的,你现在方便和我说话吗?早上,哦,是中午,吃了饭了吗 ?”

“吃过了,皮蛋粥,你也吃了吧?”

“这么丰富啊!哪里来的?你自己做的吗?”艾莎好像生疑心了。

“是学生带来的。先这样吧,我现在在上课,回头给你电话。好吧,再见,再聊。”

顾正辉落荒而逃,他受不得盘问,他烦这些。怎么回事?艾莎你为什么要问?我没有不对劲。他站在书房有些沉默,《天空之城》又响起。透过书房的大玻璃,看到文静一脸青春清澈的表情。多好的女孩,一定要拒绝她,她应该有属于青春的幸福。

其实，艾莎并没起什么疑心，而是顾正辉有些心虚。文静是个爱慕他的学生，热得如火，纯净得像雪。尽管在她面前顾正辉时时保持着老师的庄重，可他也怕自己哪天会拒绝不了她的爱慕。心虚的他，被艾莎随便一问，都觉得是“盘问”。

放下电话的艾莎并没时间多想，下午的工作也较繁忙。临下班时，大卫在QQ上不停发来振动。

大卫：在不在，最近怎么老看不见你？

艾莎：在，最近工作忙。

大卫：我以为你不理我了，给你留言也不回复。

艾莎：对不起，有时候忙了就会疏忽。今天你怎么这么好心情？

大卫：和你聊几句。最近股票基金怎么样？

艾莎：别提了，我都不忍心去看，怕影响工作。有什么好建议？当初真该听你的，把基金都卖了。

大卫：世上没有后悔药。今年就剩房子和黄金可以买一买了。

艾莎：房子我买不起，黄金倒可以，买点项链什么的。

大卫很快就从网上传过来一些黄金产品的介绍，让艾莎抽时间看看。在理财理念上，艾莎很信任大卫，毕竟人家是专业人士，天天和“金融界”打交道，多少也沾点财气和金气。她把这些文件统统存进U盘，准备晚上回家好好研究。

回北京忙了四天，顾正辉才把工作理顺。下周起，他又要开始赴南美演出的排练工作。趁今晚有些空，他把艾莎发给他的理财资料看了看。不看不要紧，一看昏了头，看得他几乎都怀疑自己不认识汉字了。艾莎这几天一直在电话里讲着买黄金的事，又埋怨他脑子不活络，只懂存死钱，听得他头皮发麻，真想把电话撩了。

“叮咚……”几声清脆的门铃声，打断了正对着理财页面发愣的顾正辉。“难道是文静？”他心里想，“这么晚了，她来做什么？”

顾正辉站在书桌前，犹豫着是不是该去开门，叮咚的门铃声又响了。他走到门口,停了几秒,开了门。

门口站着的是文静,满头大汗,旁边立着一个大纸箱。面对着顾正辉诧异的目光,她却是一脸的坏笑。

“这是什么?这么晚了。”

“晚吗?才十点,你不是两点睡觉的吗?快帮忙,把纸箱拿进去。”

顾正辉伸手把大纸箱拖进房间,看到包装上的图案,才知道是望远镜。

“天文望远镜,这是口径150mm的天文望远镜。除冥王星外,太阳系其他行星都可以观测到。你可以看到行星表面,还有绚丽的深空星云,流星雨。”文静清澈的眼睛看着顾正辉,脸上是分享的喜悦。刚才还汗津津的脸,一走进开了空调的房间,顿时干干净净。

“可我没玩过这个……”顾正辉的好奇心迅速被激起。无边无际的苍穹,浩瀚变幻又绚丽的星云,那里是探索永无尽头的宇宙。无数孤独的深夜,他望向星空,感叹生命的渺小与无力。如果最后的自己在音乐中化为灰烬,那烟尘的归宿一定是这天体,无边的世界,任他遨游。

“我会一点。在德国时,我们有许多同学爱玩天文器材,我也跟着凑热闹。”文静用冷水洗了把脸,不化妆的她几时都那么健康自然。

两人一起把箱子拖到客厅,准备开始配装。顾正辉把电脑也关了,他再也不想看那拗口又绕来绕去的“理财”。两人坐在地板上,对着说明书,一板一眼地拼装起这架天文望远镜。

“这是折反式望远镜,是德国人施密特发明的。听说这种望远镜光力强,视野大,是观察深空星云和拍摄大面积天区最好的望远镜。”文静把仅有的一些望远镜知识都说了,剩下的,就靠顾正辉以后慢慢学习了。赤道仪、对极轴、镜头、调焦、寻星镜……将近三个小时,两人才把这台天文望远镜完整地装配好,在窗口试了试,决定到天台去观测星空。

午夜的北京比白天安静了些,汽车开过的声音传到天台上,只剩下简洁而不停止的“唰——唰”的声响。天台上风很大,吹得两人的衣衫都鼓了起来。文静的长发被吹得更是凌乱。她用手指梳了梳,把头发撸成一把,用手抓着对顾正辉说:“老师,帮我抓住头发,风太大了,我不好调镜头。”

一把乌黑亮丽的头发抓在顾正辉手里，他的头却一直望向远处和天空。他不能把目光停留在文静身上，她的热情和天真早已感动了他。多看几眼，他怕自己也会盲目地热烈。

"哇，我看到了，老师，好美呀。老师，你来看，太美了……"

顾正辉松手放开她的一把黑发，凑到望远镜前，把眼睛对着目镜。第一次看，有些不习惯，感觉有些模糊，又好像是颠倒了。慢慢地，心定下来，清晰了。

这是他常常仰望的天空，镜头里也依然遥远、深邃。空洞洞的、无边际的缥渺，是我们最终的家园。他不知道看见的是什么星系，围绕着光环星云，灰白色的烟氲中有粉色的红，那是伤感到极处的美，是灵魂的最终归宿。顾正辉一阵发冷，全身的毛孔都竖了起来。他被这天空所感动，就像音乐最高潮时，他出了窍的灵魂，飞向那天使聚集的地方。

文静的双手轻轻地抱住了他的腰，慢慢地把身体贴上他的后背。她的头靠着顾正辉的肩，吹乱的长发，缠在他的脸和唇上。他感觉到她并不丰满却坚挺的乳房，贴着自己的心背，毫无保留地贴着自己的后背。

顾正辉把眼睛从目镜移开，想要说话，嗓子却被凝结了，只有天台的风，还在自由地吹动。他觉得自己已站在望远镜里的那个星空，周围是氤氲的雾气。文静把右腿抬起来，结实修长的大腿，贴着他的腰。这是好莱坞电影里学来的风情，对于四十五岁的顾正辉，她总想表现出成熟的妩媚。柔软的嘴唇、笨拙的舌头，一下一下地亲吻着顾正辉的耳朵和后颈。

"老师，我爱你，我爱你！"文静微弱而颤抖的声音。这个阳光而开朗的女孩，在鼓起所有勇气抱住暗恋多年的老师后，心里再也没有一丝力气了。

一声"老师"把顾正辉拉回北京，拉回天台。他呼出一口气，拍拍文静贴着他腰的大腿，说："文静，好姑娘，别这样，放下，放下。"但他没有转身。他自己也不知道转向文静后，是抱着她狂吻，还是远远地退开。

"老师，我爱你。我等了这么多年，我已经二十岁了，我已经长大了。"文静还是颤抖的声音。

"文静，冷静点。放开吧，好吗？"顾正辉说得软弱无力，甚至他都不知道自己说了什么。

静站了几分钟，顾正辉转过了身子。眼前这个20岁的女孩，脸上是晶莹的泪珠，她已经等了六年。她看着他，眉头微皱，眼睛里是晶亮的泪。他捧起文静的脸，吻了上去。这是真正的吻，成熟男人的给予，热烈、狂野、窒息、毫无保留。

“文静，你走吧，回家去。”顾正辉终于放开了文静，喘息声中，他背向文静快步走向一边，仰头对着风吹来的方向。

“不，我爱你，老师，我要和你在一起。”被吻得惊魂未定的文静，看着背对着她要让她走的顾正辉，眼泪又掉了下来。

“我知道。但是，文静，你太年轻了。你应该有属于你这个年龄的快乐。你说是吗？”顾正辉说着转头看了一眼站在那里的文静。只要看一眼，他就无法拒绝。他拉过文静，紧紧地抱在怀里，还是热烈的长吻。

“对不起，文静，对不起。你走吧，好吗？”

“为什么总是要我走？”年轻的文静不明白顾正辉为什么热吻后就要她走。

“文静。”顾正辉喘着气，竭力让自己冷静下来，“文静，你先回家。好吗？你给我一点时间，我要好好想想，你对我的爱，我明白，所以，我要想一想。你知道，我和你爸爸也算是朋友。文静，你是懂事的好姑娘，对吗，理解我的，是吗？”

尽管顾正辉很没有条理地说完这段话，但文静还是听明白了。她点点头，人却还在顾正辉的怀里，没挪半步。

“走吧。”他放开文静，后退了几步。

“我的包在你家里。钥匙钱包都在包里。”

“这……别去我家了，文静，你懂事的，自己打个车，打电话叫保姆送车费出来。别去我家了，提包我改天给你，好吗？”

“我……”

“走吧，让我安静一下，我要想一想。”

几分钟后，文静离开了。顾正辉一个人站在天台上，他终于冷静了下来。他想抽烟，一摸口袋没有带烟，只得作罢。可他并不想回到家里，他知道艾莎的电话在等着他。他躺下来，躺在还有微热的天台水泥板上，仰望着漆黑的天空，那里有烟霞般的氤氲，有无数的天使……

小洋房里，艾莎又一次放下拨通却没人接的电话。直觉告诉她，今晚的沉默和那段钢琴曲有关。

17 无言

除了必要的排练，这几天顾正辉就一直窝在家里。昨天他给艾莎和文静分别发了需要冷静一下的短信，他确实需要冷静。他不是无法选择，他是无法放弃。中午，文静就发来了短信："老师，您已经冷静了一天了，我能来找你吗？"一天，这是文静的标准，认为一天的冷静，能让所有事情都水落石出。她可以等待自己六年的长大，却不能给顾正辉多几天时间冷静。他也知道，明天艾莎也会发来短信：你已经冷静两天了，究竟发生了什么事？你不能这样对我。这是艾莎的口气，这两天她是煎熬的。在她看来，顾正辉的冷静，实际上是对她的伤害。这就是可爱的女人。无论是天真的文静，还是柔情的艾莎，她们也许都一样，都是拽得那么紧，一刻也不肯放手。

到了傍晚，文静又发来了短信："老师，我爱你！为什么不回复我？你在家里吗？"顾正辉看着短信，整个人几乎陷坐在座椅上，那张不合季节的狐狸皮坐垫终于被拿了下来，扔在了客厅的沙发上。看着窗前的天文望远镜，他深深地叹了口气。几分钟后，他拨通了老秦的电话。

"喂，秦哥，我小顾，你好，你好！"

"你好！我的大音乐家，好久没联系了。接到你的电话很惊喜，我们大家都知道你忙，没什么重要的事就不给你电话。"

"我能忙什么，不就是瞎忙。最近你有时间吗？"

"行，有时间啊，是大家碰面吗？可以啊，哪天都可以。"老秦是经营文化公司的私企老板，应酬多，也习惯应酬，电话那头便一口答应下来。

"那个，上次你介绍来的许文静，她在我这里也学了将近一个多月了。

她学得怎么样？不错，有些悟性，就是起步太晚。因为我过几天要去南美演出，要半个多月才能回来，所以再教的话时间上可能有点就不过来。好多年前我见过她爸爸几次，但后来也没什么机会联系。你看能不能帮我约一下，我想跟文静父亲碰个面，反正就朋友聊个天吧。还有那学费的事，这么多钱我也不好意思收，我想退回给他。"

"退回学费？说什么话？你这样的老师是多少钱也请不到的。见面没问题，我来约吧，这段时间他们一家都在北京，约好了给你电话。"

"那麻烦你了，秦哥。就约这几天，否则等我回来又怕凑不到一块了。"

"没问题，没问题。"

放下电话，天色似乎是刹那间暗了下来。天文望远镜架在窗前，姿态优美地对着天空。顾正辉拿起说明书，对着望远镜研究起来。

这两天对艾莎来说确实是煎熬。离开上海时两人还浓情蜜意，回去才几天，顾正辉突然就需要冷静。她很想搞清楚是怎么回事，可高傲的顾正辉显然不是艾莎随口可以追根究底的。音乐家的魅力，很大程度上来自于他迷雾一般的内心。他的自由、不羁、浪漫、感性、温情、热烈，凝聚成音乐，也成就了他。顾正辉有浓烈的情，自已也常常沉溺其中，艾莎才会被醉得稀里糊涂。可他又常主动陷入被世界抛弃的孤寂，只有流浪的心，才能找回他的不羁与自由。

那边是需要冷静的顾正辉，这里是无论如何也冷静不下来的艾莎。博客上也没有他来过的痕迹，一气愤，艾莎索性把博客关了。不来就别来，恨呀！拿着手机看来看去，这电话究竟打还是不打，拿不定主意。前几天就一直被外婆泼冷水，现在更不好意思请教。想起了晴子，这麻烦的心事，就只能找她说说了。

"晴子，我是艾莎，吃过饭了吗?"艾莎自己吃不下晚饭，躺在沙发上问晴子。

"都几点啦，我等会儿都要宵夜了，我现在可不减肥。你在哪里啊?"晴子边说电话边走进卧室。电话这边的艾莎听到她背景电视声越来越轻，知道她进了卧室。这是平凡的幸福,一大家子吃完饭就看电视,应该没有谁要冷静或不冷静的问题。

“我在家啊,你现在还有妊娠反应吗?”艾莎的声音,听得出的沉闷。

“现在不恶心了,胃口很好,爱吃辣的,估计是个女儿。你打电话来就关心我这个?不像,你没那么关心我。”

“跟你说会儿话不行吗?我就是关心你。你也要关心我。”

“那你又有什么事?不会又是那天电话里的那个北京男人吧?”晴子似乎有意避开音乐家这几个字。

“别笑我,晴子,除了他,还真没有谁让我情绪一会儿低落一会儿高涨的。前段时间他来过上海,我们相处得很好,回去后才没几天,不知怎么就变得怪怪的。昨天短信里说要冷静一下,意思是叫我别打扰他。看来这搞音乐的人真不是一般的怪,怪不得上大学时你……唉,没什么。”

“他要冷静就让他冷静好了,你着什么急?他心里有你,心疼你,他会让你不冷静吗?自私,说到底就是自私。艾莎,听我说,别跟他搅在一起了,你搞不定的。我一听你那口气就知道你的心情,说不定明天他又不需要冷静了。爱一个人要轻轻松松地爱,他都四十多岁的人了,怎么就不能控制一下自己的情绪。这么下去我怕你会吃苦头,别搞什么精神上的罗曼蒂克,上海好男人有的是,真不明白你吃错什么药了,非要舍近求远。”晴子一口气说了一大堆,说得也很不客气。

“其实,我们相处得很好。我现在担心,他是不是还有未了结的感情关系……”

“你还在为他说话。既然这么爱他,你就要有一定的心理承受能力。音乐家不是普通人,你能得到他给你的幸福,就要承受普通人难以理解的痛苦。一方面你想得到不平庸的爱,另一方面又希望他像普通人那样稳定平淡,这怎么可能?像我老公那样的人,哪写得出音乐,更别说什么悲喜交加的感情了。但是,我们也有爱情,我们的爱情是温水,既不烫也不冰。好了,艾莎,我们不说这些了,周末陪我去给宝宝买衣服吧。别整天等他电话,还等来个他要冷静这种事。换了我老公要这样,他从此就别回来了,一辈子在外面冷静好了……”

“哈哈，你少炫耀你的幸福了，星期天陪你去好了。幸福啊，你羡慕死我了，还平淡呢，一口一个老公。”

和晴子聊了会儿，艾莎的心情好了点。晴子说得对，得到音乐家的爱情，必要付出普通人难以理解的牺牲。谁让自己这么爱他，前世欠了他一般。现在只能让他冷静，自己静等。静了没多久，忽然又想到发给顾正辉的理财资料，不知道他有没去银行开户，买入些黄金。大卫说，现在全世界都“印钞票”，通货膨胀是必然的事。大量的现金都会寻找保值物品，而黄金是最好的选择。一想到这里，艾莎又有些坐立难安，恨不得马上打电话问问。拿起电话，左想右想，还是没打，免得扰了他的冷静。唉，做女人还真难。想来，外婆当年也是熬过这么左右不是的时候。

第二天，顾正辉倒是主动打来电话，像是没说过要冷静一样。艾莎试探性地问了问：“前天你说要冷静一下，我很担心你，不知道是什么事，是工作上的事吗？”

“没事，过去了，跟工作也有点小关系。你还好吧，我知道你可能会因此睡不好。所以，今天一睡醒就给你打个电话。”

“确实睡得不怎么好，因为我不清楚发生了什么事。但你没和我说具体原因，我想一定是有不说的道理。我相信你，因为我爱你！”

顾正辉的心里一阵感动。女人是多么的可爱，总是让他感动和难过。

“谢谢，宝贝，那你忙工作吧。”他有些内疚，需要收了电话线才能放松些。

“等等，”艾莎想起购买黄金的事，急忙说，“我发给你的那些资料看了吗？赶快去银行开个户，现在有纸黄金，就是一本存折，上面记着你买的分量。当然你要拿着沉重的黄金回家也行。”

“我看了，看不懂。不想买，搞不懂这些。”

“非常容易。你去四大行任何一家，进了大堂找客服经理，就说想买点黄金，他就会带着你办理。”

“哦，那好吧，最少是买多少钱？”听下来好像也不是太难，那就去买吧。

“你就买个一两百万也没问题，现在才二百元左右一克，到明年这个时间，肯定能涨到三百块。”

“一两百万？我哪有这么多钱？我只有不到几十万的存款，能买吗？”

“你只有几十来万？这怎么可能？你一个这么有名的音乐家，就这点存款？”艾莎一愣，这也太穷了点吧。

“怎么不可能？我一个穷音乐家钱从哪里来？”顾正辉也有些不高兴了。

“那你还开那么好的车？”艾莎实话实说。在上海，没有上千万家产是不会开 Q7 的。

“我开好车怎么啦，我够钱买，就可以开好车。好了，不说这些了，我不买黄金，要买你去买，你去发财，这种投机倒把的事别找我。”顾正辉说完就挂了电话，然后长吐了一口气。刚才艾莎那些嫌他钱少的话，听着实在太刺耳。长这么大，他还没被人这么嫌过，听得他很是郁闷。

“喂，哎……”艾莎拿着电话说不出话来。正常的理财变成投机倒把，这是哪个时代的名词啊！

应顾正辉的邀请，老秦把文静的父亲许卫国约了出来。时间定在顾正辉出国前一天的晚上，北京饭店安华阁的包厢里，三位事业有成的男人会聚一堂，见面就是天南海北、谈笑风生。

“大音乐家，我们其实是见过几次面。可是你总被粉丝围着，拍照啊，请教啊，我这不懂音乐的都无法靠近。我那个女儿，从小把你当偶像，非要跟你学琴。我怎么办？见过你，又没你的联系方法，只得托老秦。麻烦你了，给你添了个笨学生。”文静的父亲许卫国，一米八的高个子，一见到顾正辉便非常热情。

“哪里，哪里。文静很聪明，也热爱音乐，绝对不是笨学生。”

三个人寒暄着坐下来。一说出生年，三人当中文静的父亲最年长，便称兄道弟起来。老秦极其自然，对着许卫国说一直把他当大哥，而顾正辉因为与文静的情愫，心里极尴尬。不过这种场面上的事，男人当有男人的豪气，顾正辉只得说很荣幸有了两位大哥。

“兄弟啊，听说你还是独身，你是个明白人啊。不像我，出了这个城又进那座城，一点自由都没有。”许卫国拍拍顾正辉的肩膀说。

“城里好，城里一定比郊区好。我可是荒郊野岭，出了城就回不去了。”顾正辉也打着哈哈，损一下自己。

“大哥你是得了便宜又卖乖，谁不知道许太太能干又漂亮，还说一口流利的英语和德语。”旁边的老秦也插上话来，“正辉也是，你装什么荒郊野岭。谁不知道你是大偶像，你是不要进城，你是那郊外风景无限好。这儿最苦的是我，我都说不清究竟是在城里还是城外。明明有家的人，我那老婆孩子常当我是透明的，吃饭旅游从不叫上我。说没家吧，信用卡账单一到，记得我了。我一看我原来还有一大家子的负担，刚才来的路上她又盘问我和谁在一起。”

“那你最好了，城里城外自由穿梭……”

“哈哈哈……”

这是男人间的对话，用自损的方式炫耀着自己的幸福。五十岁左右的男人，事业有成，经济充裕，他们早没了年轻时的冲动和莽撞，有的是沉稳和世故。家里有“孩子他妈”，外面也许还有“知己”。对于人生，他们已“知天命”，无论是人、情、事，他们都已拿捏准确，收放自如。

顾正辉今晚可不是和许卫国称兄道弟来的。吻了他的女儿，现在要叫他大哥，这事真是纠结，所以席间也就顾正辉最沉闷了。他今晚最主要是向许卫国婉拒继续做文静的钢琴老师，并暗示这中间已经出现的问题。当然，这一切都得在合适的情况下才能进行。许卫国是有身份的人，不能伤了他的面子和自尊心，也不能让他误会自己。老秦虽然是好朋友，不该知道的事也不能让他知道。所以，今晚的顾正辉只能见机说话。

服务员上了菜，许卫国向顾正辉介绍潮州菜的清淡和营养。太太和女儿都是香港出生，只习惯粤菜的清淡，时而久之，许家的家常菜就是粤菜风格，厨师也请的是广东师傅。

“我在我家中可是势单力孤啊，女儿和太太常用广东话聊天，欺负我会听不会讲。儿子呢，几乎全是英语。我要看电视，得一个人去客房看，他们都看美国的CNN,我听得费劲,只有去客房看中央一台。我那女儿没惹你生气吧?任性得很啊!国外的自由教育,不能骂不能打,要沟通,反复沟通。你说我们这代人,谁不是父母棍棒下出来的,哪有那么多事啊!"

"文静很不错,对音乐确实很向往,我就是太忙了,不能静下心来教她。时间上安排不过来,教学的计划就不能做。你看,我明天又要出国,一去就将近一个月。"顾正辉特地把出访南美的时间说得长点,"所以,你们这么信任我,我也觉得很不好意思。"

"我这孩子9岁才正式开始学琴,一开始就不是太认真地学。成什么钢琴家是不可能的了,你就给她指点着,让她弹得好点,就算是个加强修养吧!她特别崇拜你,非你不学。"许卫国听出点顾正辉不能再继续教下去的意思。他也明白,要是顾正辉真不肯教,这也是没办法的事。毕竟对顾正辉这样的音乐家来说,收了个没什么天赋的学生,还把钢琴弹着玩,心里怎么也是个别扭。

"我在考虑是不是给文静介绍个更合适的老师,我这么忙,真是教不了她什么。"顾正辉总算说了个"想法",给文静请个新老师。

"那怎么行?"旁边的老秦急忙插话,"人家可是从德国飞回来,一心奔着向你学习来的。正辉,你有空在北京就教,没空就让文静自己练着。卫国不是说了,就弹得好点就可以了。"

又是一番碰杯,各自谦让了几句,感谢了几句。顾正辉看了眼随身带来的纸袋,里面放了文静那晚没拿回去的手提袋,心想今晚怎么也得找个机会,把事情跟文静爸爸说一下。明说也罢,暗示也好,这件事不能拖。

吃到一半,老秦出去接了个电话。顾正辉正寻思着怎么开口,老秦说完电话又回来了。话到嘴边又咽回去,那神色总有些心事的样子,开朗不起来。许卫国和老秦都是聪明人,半辈子的见识,看出顾正辉今晚可能有什么事要说。不一会儿,老秦突然说忘了给老婆买胃药,让两位包涵,他得去一下药店,因为再晚药店就要关门了。

老秦匆忙地去"买胃药",包厢里只剩下顾正辉和许卫国。碰了一下杯,许卫国先开口问:"我那女儿很任性,没给你添什么麻烦吧?她要是有什么做得不妥当的地方，你尽管说。”

“文静很懂事，她是个很优秀的女孩子。”顾正辉说着放下杯子。心里想着下一句该怎么说，包房里出现了短暂的沉默。

“她说六年前在德国看过我的表演后，就想跟我学琴。这件事你们也应该听她说过吧？”顾正辉问。

“听她说过。家里还有好多你的碟片什么的，把你当偶像。”

“我是忙得已经近五年没出过新唱片了。文静对我这么敬爱，我很感动。我想她对我只是盲目的崇拜和热烈，其实她那么年轻，怎么能理解我的人生和经历。”顾正辉说到这里稍微停顿了一下，许卫国也已经听出了点言外之音。“文静那么年轻，应该有属于年轻人的爱情，也许她回欧洲会比待在北京更好些。”

许卫国清了清嗓子，但终究也没说出什么话。他是过来人，一听就明白。

“这个纸袋里是文静的手提包，你带回去还给她吧。”顾正辉说着把随身带来的纸袋交给许卫国。

“她的包，怎么回事？”许卫国的脸略有阴沉。

“是这样，文静送了个天文望远镜给我，安装好后就在我家楼顶天台调试着看星空。后来太晚了，女孩子进我家不大方便，我就让她先打车回去。今天我就顺便把包带来，这里面还有三万块的学费，这钱我就不收了。她送的望远镜我就收下了，请代转告谢谢她，送我这么有意思的玩具。”

包厢内的空气约沉闷了一两分钟，许卫国便先拿起酒杯对顾正辉说：“来，来，吃东西。不讲孩子的事，文静年龄小不懂事，我们不提了。吃百合，现在是夏天，要多吃清火的食物。”许卫国说着把玻璃转盘一转，那盘西芹百合转到顾正辉面前。

“不客气，不客气……”

半个小时后，老秦买好“胃药“回来，一进包厢，就感觉气氛有些不同。他虽然猜不出具体是什么事，但也已估计到跟许卫国的女儿文静有关。青春靓丽的女学生和英俊洒脱的音乐家，还能有什么事？这后半场饭，他竭力说着些笑话和生意场上的奇闻，想让两个朋友还能像刚才那样谈笑风生，相见恨晚。

许卫国有些心不在焉，目光游移，心里惦记着家里的女儿，很想回家就这事和老婆商量一下。顾正辉勉强听着老秦的“趣事”，生意上的事他也不懂，只能机械地点着头。那种情形下，恨不得拔脚就走。到了九点半，他就借口明天要坐飞机，要回去整理东西，得先走一步。许卫国也不留，跟着说自己家里也有事，得早点回去。老秦更是可爱，忙说自己得回家送胃药，也得走。于是三个几个小时前还称兄道弟的男人，抢着买完单后，各怀心事匆忙地离开了安华阁。

顾正辉没有马上回家，开着车子上了三环。心里空落落的，顺着车流从三环又兜到了四环。手机每隔几十分钟就响起一下短信提示音，他没去看。这些短信，反正不是文静就是艾莎，她们都在关注自己的爱情，她们只关注自己的爱情。可再美的爱，落到现实里，马上灰头土脸，不堪一击。今晚，他又放弃了一段感情，他都不记得已经多少次经历这种放弃的失落。爱情，这美好又抽象的感情，不能没有它，却又不敢拥有它。也许，这就是音乐家的生命吧，在期盼和放弃中走完一生。他孤独的灵魂和生命，只属于音乐。

“亲爱的，明天就要出国演出了，虽然我们一直分隔两地，但这段时间会分隔得更远一些。这段分开的日子里，是我们再次冷静的好时候。我想，我们都应该很清晰地思考一下，能为对方带来些什么。抱歉，我没有心情给你打告别电话。今晚我很失落，尽管你不理解我，我希望你能包容我。”艾莎坐在沙发上呆呆地看着顾正辉发来的短信。她觉得自己是那样的无能为力。“包容”，谁来包容我呢？这是艾莎唯一想不明白的。我与你相识相恋，是期望得到你全心全意的爱，而不是为了包容你而去爱你的。委屈至极的艾莎早已忘了外婆外公的往事，眼泪潸然落下。要是大卫发这么个信息，她会劈头盖脸地说：你那么要冷静，那你就去冰箱里吧。可发信息的是顾正辉，是天上的云，在他面前，自己只有仰望的权力，看着他变幻，看着他消散。无论自己如何努力，也无法留在云的世界。

泪流满面的艾莎躺在沙发上，带着满腹的委屈回复道：我不懂理解，也不懂包容，你看着办吧！

收到短信的顾正辉，只有沉默。

顾正辉像云彩飘得没了影，艾莎神情落寞地还在仰头盼望。闷了几天，也没收到顾正辉的只言片语，开始后悔那天自己在短信里的蛮横。连着几个晚上睡不好，也想不出有什么补救的方法，能做的，就是把博客再打开。

艾莎的失魂落魄逃不过欣怡的眼睛，都有一颗待嫁的心，又都对网络世界抱有希望和充满戒备。可看着艾莎时喜时怨的样子，看来网恋真是什么也网不住。欣怡庆幸自己没接受博客上那些网友的邀请。最近，她正想去参加那688元的白领“浦江之行”，实在遇不上什么，只当是吃餐饭，观赏一遍浦江两岸的风光。

一个星期过得没精打彩，妈妈又打电话来催相亲。艾莎一口回绝，理由是我在谈恋爱，还去相什么亲。妈妈在电话那头也放了狠话，声音提到高八度：吃了苦头不要来找娘！眼下的艾莎已经在“吃苦头”了，吃得心甘情愿。

周日睡到中午的艾莎，在大卫的催促下去银行开了黄金户头。跟什么过不去，也不要跟钱过不去。大卫也不知和谁刚打完网球，边喘着粗气边要艾莎请他吃饭。

“赚到钱了再请，开个户就要请你吃饭，哪有这样的道理。”在大卫面前，艾莎是可以随着性子说话的。

“也有道理，赚不赚钱还不知道呢。那我请你吃吧，谢谢你听了我的建议。”大卫很有吃饭的诚意。

“还要附上一条，赔了你补上，赚了是我的。你要替我保本。”艾莎继续任性道。

“好吧，我也答应你。赔了我给你补上，没钱赔就赔我这个人，给你打一辈子工。可以吗？出来吧，我们好久没见了。”大卫嬉皮笑脸，还是想让艾莎出来吃饭。

“下周吧。”艾莎犹豫了一下，觉得自己实在没有兴致去吃饭。“下周吧，我今天心情不是太好。”

“听出你心情不好了，所以让你出来散心啊。最近怎么啦，谈恋爱了，还是失恋了？”

“谁谈恋爱了？谁失恋了？我难道不能有情绪低落期吗？”艾莎急忙否定。大卫是个很好的“候补队员”，不该让他知道的事还是要保密。要不是那晚他的轻浮样，说不定现在两人就已经是一对恋人了。

“可以，可以低落。但是艾莎，不能影响工作，这个状态不能太久。不出来吃饭也行，但你要听我一句，下周开始要振作精神。你再这样，小日本肯定要炒了你，你信不信？”

“我知道了，谢谢你，大卫。”艾莎心里有些感动。

“不管是什么事情让你情绪低落，都不能影响工作和与家人的关系。工作和家人是我们在这个社会上的立身之本，知道吗？你那么聪明，一定明白的。”

“谢谢你，大卫。”艾莎的口气幽幽的，听得电话那头的大卫有点冒冷汗。

艾莎口气虽幽怨，可放下电话几分钟后就精神了。她迅速打电话给美容院，预约护理皮肤的时间。接着又打电话给妈妈，晚上要回家吃饭。大卫说得对，艾莎是个明白人。自己现在这个样子，老板不喜欢，爸妈不喜欢，同事不喜欢，顾正辉更不喜欢。

“顾正辉，管你怎么样，买不买黄金也好，爱不爱我也好，包容理解失落也好，我只管活出最精彩、最美丽的自己。我管你呢，我管我自己。”艾莎在心里气呼呼地想着，向美容院赶去。

接下来的一周，艾莎恢复了常态。和同事们快乐地打着招呼，见到佐藤还是羞涩一笑。一个月来被她做得拖拖拉拉的工作，迅速重新整合起来，效率之高，让欣怡和另外几个手下都有点难以适应。没有爱情电话的夜晚是寂寞的，却也因此换来了好睡眠好气色。这一周，她每晚都看新闻和财经资讯，又翻出许久没绣一针的十字绣，边绣边背英语单词。午饭时间是她的黄金投资传播时刻，几个有些小积蓄的同事，围在一起讨论把手上这点闲钱投到哪里去。

可艾莎心中到底是爱着顾正辉的，快临近他回国的日子里，又心神不宁起来。答应大卫的晚餐，以工作繁忙为由一天天往后拖。

对顾正辉来说，每年一到两次的出国访问演出是常态。出了国，国内再繁忙棘手的事都放在一边。舟车奔波虽然劳累，却也能放松下来尽情领略异国风情。二十天后，当他带着被巴西阳光晒得微黑的皮肤回到北京时，北京已是盛夏。从空中俯视这座被夕阳斜射着、灰蒙蒙的烟尘里的城市，是一种沧桑后的亢奋。一下飞机，顾正辉和所有人一样，第一件事就是打开手机。短信声不停，他边走边看着信息。没有艾莎的短信，没有文静的短信，他有些失落。望着周围报着平安的同事，极度自由的他是孤独的。他开始担心艾莎，不知道这二十天会过得怎么样？也担心文静，心像被揪了一下。许卫国回家后，不知他们夫妻俩会怎么疏导文静的感情问题。

回家第一件事，就是打开电脑。在国外他曾登过艾莎的博客，但关闭了。他知道艾莎在生气，也许是伤心，之后他索性就不上网了，很是潇洒地做了十几天没电缆线跟着的风筝。不过，今天又可以登录艾莎的博客了，主页面上那熟悉妩媚的笑容，看得顾正辉心头一动，久违了的温柔又溢上心头。

他草草整理了一下行李，把窗帘拉上，点上烟，静静地翻看着艾莎的博客。一页页的网页打开，像在看望一个久违的朋友。有些欢乐是需要倾诉和共享的，如不是临别前的不快，此时艾莎的电话一定是最快打来的。他会和艾莎说这一路的见闻，有趣的，无奈的，惊奇的。然后，她会吵着下次她也要去，又追问买了什么礼物给她。顾正辉当然会买礼物，他给艾莎买了一顶大大的米色草帽，帽沿上一圈不知名的的花朵，十足的阳光明媚。顾正辉看了眼放在钢琴上的那顶帽子，猜得出艾莎看到后的反应。先是欢喜，然后会问为什么只有一顶帽子，难道南美就没别的可买了吗？她的爱总是如此真实，在感激和不知足中交替。

想到文静，心里有些酸楚，自己早已经被她的天真和热烈打动。可手机里却没有文静的一条信息，这不像她的性格。顾正辉开始怀疑那晚与许卫国的交谈是否正确,心里七上八下起来。打开邮箱,一堆邮件中一眼就看到了文静的来信。看日期是5天前,顾正辉迟疑了一下,打开邮件。

亲爱的老师:

这是告别的信,今晚我要搭乘飞机飞回汉堡。我答应爸爸妈妈不再见你,是一生都不见你。所以,今晚的告别,不仅仅是告别北京,更是告别你,告别我的爱情。

妈妈说我一定会遇见更爱我的男朋友,她让我想象60岁的你和35岁的我,还让我想象你曾经的幸福。这让我很痛苦,妈妈说你曾经的幸福很多,多得无论我如何给予,也超越不了。爸爸说你早已看透世间的无常,我这样年轻的感情只会干扰你的生活和创作。而我,记住的是天台上你炙热的吻,吻得我的世界只剩下窒息和热烈。对于我来说,那一刻,就是永远。

我任性地坚持几天后,实在不忍心看到父母焦虑的眼神和忐忑不安的脚步。爱你并不等于可以去伤害父母的心,这样的我,你还觉得我只有任性吗?你一定觉得自己做了一件很合理的事,你是在为我未来的幸福负责,是吗?可是老师,你是否想象过我,很真切地想过,过去六年我的成长,你在我心中的痕迹。在我第一次穿上高跟鞋时,想的是你,想象你那好奇欣赏的眼神看着我的双脚,穿上优美的鞋子;在我第一次穿上满是蕾丝绣花的胸衣时,我想的也是你,镜中的我羞得满脸通红,感觉你一直就站在身后,看着我一件件穿上;当我第一次拒绝男同学的约会时,我想的更是你,你才是我约会的对象,我们有一天会手拉手走在林荫道上。我还收集了许多婚纱图片,等着你和我一起挑选,等着我穿上最美的那件走向你……

妈妈说无论我如何给予,都无法超越你曾经拥有的幸福。那如果我用一生祝福你,默默地关注你,这样的幸福,你觉得足够多吗?

……

顾正辉再也无法看下去,他站起来走到窗口,拉开紧闭的窗帘。窗外已是万家灯火,而他的心却坠入了深渊。他丢了文静,辜负了她,让她独自去承受父母的责备。他觉得自己真愚蠢,不多花一点时间去了解文静。站在窗前的顾正辉手足无措，最后走向钢琴。只有音乐，也只有音乐才理解他。

文静弹的轻柔稚嫩的《天空之城》，在音乐家手里弹成了另一个华丽而忧伤的版本。娴熟的手法，完美的弹奏，行云流水的音乐声中，他仿佛看见最初的文静。十四岁的模样，孤单地坐在沙发上，澄澈的目光跟着自己的身影。他的双眼有些模糊，心飘上了天际。那是几光年外的星空，是他灵魂最后的归宿。那里浩瀚无垠，变幻莫测又寂静空洞，而文静就是这飘渺里的一颗星。

18 婚姻是这样炼成的

艾莎躺在床上，发着烧，嗓子里烧着火，头沉得似只铅桶。她唯一的力气是拿过手机，不断地看时间，9 点，10 点，她还是无力起床。她想起来上班，无论顾正辉怎么让她痛苦，她都要活得精彩出色。这是必须的，艾莎不可能为一场恋爱倒下，不可能为伤害她的男人倒下。她眼皮发沉，昨晚到现在总是忍不住呜呜地哭。那张顾正辉手拿指挥棒站在舞台上的照片，被撕得粉碎扔在地上。艾莎无法形容自己的心情，一会儿怒火燃烧，一会儿委屈至极，一会儿又是断肠般的心痛。昏昏地躺在床上，东一句西一句，反反复复地回忆着顾正辉昨晚的电话内容。

"我打了好几次电话，都没人接。我想可能是你刚回来，比较忙。"艾莎等了几天，没等到顾正辉的电话，好不容易他接了电话，强按捺着脾气，规矩的开场白。有什么错，错在哪里？

"我看到你的来电了，对不起，没有，没有回复。你，还好吧？打我电话——有什么事吗？"向来口齿流利的顾正辉竟说得结结巴巴。更可恨的，竟问艾莎有什么事？

想到这里，艾莎忍不住捂着被头又哭了。真的委屈，他竟问我什么事？活到三十岁最委屈的恋爱。

"你是我男朋友，我不可以打电话给你吗？难道你忘了几个月前你不分半夜凌晨的电话吗？你那时候又有什么事？"艾莎不示弱地回应。话语虽凌厉了些，却都是事实。

顾正辉沉默了一下，说："艾莎，很抱歉，我们真的很不合适。我说的不合适，不是指职业或地域，而是我们对生活的理解和对理想的追求上。我会记住你带给我的那些美好与快乐。你要相信我，我对你的感情，其实我也想成为像你那样的人。虽然我知道，你从没想过要成为我这样的人。艾莎，你不要哭，不要哭。我答应你，有机会去上海一定去看你，我答应你。艾莎，你知道吗？你真的很可爱很优秀，你会找到幸福的……"这是顾正辉的分手告白，艾莎愤怒地挂了电话。抓过那张他的放大照，撕得粉碎。之后，就发起了高烧。而电话那头的顾正辉，呆呆地望着钢琴上的草帽。那圈彩花是什么做的，绢还是草，如此栩栩如生。他想起买帽子时的欢乐心情，想象过艾莎戴上帽子时的表情，可是，现在自己说了要和她分手的话。艾莎是美好的，她美丽、真实、温暖、上进、聪明、精明，受过良好教育，还有些才情。她有俗世里的清高，清高也不忘俗世的规则，她是俗世里的美好。无论是艾莎还是文静，他顾正辉注定要失去一切真实的美好。

艾莎把自己蒙在被窝里回忆着昨晚的对话，眼皮沉重得睁不开，还是不停地抽泣。手机铃声响了起来，她知道这个电话一定是公司打来的。

"喂！"艾莎用含糊沙哑的嗓音接了电话。

"喂，艾莎，我沈欣怡。你怎么啦？病啦？声音怎么这样？"电话是欣怡打来的，共事三年来，艾莎从未请过一天病假。电话里沙哑的声音让她大吃一惊。

"我发烧，可能开空调冻了。你帮我请两天假，先请两天吧。"

"好。那你去过医院了吗？听上去很严重，一定要去医院。"

"我知道，我吃过药了，不说了。"

艾莎挂了电话后，就头重脚轻地起来找药。翻了半天，除了维生素C、E和减肥药，家里竟找不到半片其他药品。她吃下两颗维C，拿了罐冰可乐用来敷额头，又昏沉沉地躺回床上。心里想起了大卫，他是上海男人，他算是小开吗？想来他也是不错的。顾正辉，算了吧，不想，不想，想点实在的，能把握的。

即使病成这样，艾莎也没有一丝的灰心。这是上海女性独有的坚韧和对幸福的信仰，哪怕只剩下一根线头，也要抓住。这座繁华城市里的美丽女性,从来都不是失败者。

大卫到下午一点半才打来电话,他当然不知道艾莎发了高烧,他是来约那餐还没吃的饭。

“喂,艾莎。”电话响了十来下才接,大卫马上被电话里艾莎沙哑的声音吓了一跳,“怎么啦?你怎么啦?”

“发烧,很严重……”艾莎哽咽了,不知是烧的难受,还是与顾正辉分手的伤心。

“嗓子都这样了,看过医生了吗?现在在哪儿?”

“没看,头太昏,在家里,没上班。”由于嗓子剧痛,艾莎只能这样说话。

“那要去看医生才行,听起来很严重。”

“不去。”艾莎哭了。

“那我给你买药吧,你吃药了吗?我等会给你送药吧,不过,可能要到四点半才能到你那里。”

“嗯,可以的。”总算有人来给自己送药了。放下电话的艾莎马上坚持着起来,把地上、桌上、床头柜上,顾正辉那张照片的碎片捡起来。她走进洗手间,把碎片扔进抽水马桶,哗哗的流水把相片冲得无影无踪。艾莎站在洗手间呜呜地哭着,她告诉自己,如果想要长远的幸福,一定不能让大卫知道顾正辉。就算再痛苦,也只属于自己。顾正辉,只能把他锁进艾莎的心里,是自己永远的秘密。

大卫准时地在四点半赶到,买来了退烧药、消炎片、清开灵等一大堆药。艾莎听话地全服下,然后等着出汗。大卫又在厨房忙起来,六点半,艾莎准时吃到了晚餐。熬得稠稠的稀饭,一碟盐水青菜,一碟榨菜麻油。

到了晚上十一点,睡醒的艾莎已经出了一身汗,明显地感觉好了许多。她对着坐在床沿的大卫说:“谢谢你,很晚了,回去吧。”

“还是不放心,今晚我睡沙发你介意吗?明早我还想给你做个早餐。”

艾莎想也不想地点点头,说:“柜子里有毯子,你自己拿吧。”随手又把床上的枕头递给他一只。

大卫安静地躺在沙发上。艾莎想起顾正辉,他进来,拿着丝巾,单膝跪下。艾莎忍不住又唏嘘起来。

“怎么啦，艾莎？”大卫问。

“大卫，等我这次烧退了，你带我去见见你的父母，也去见见我爸爸妈妈。”

“好的，好的。”

艾莎和大卫的恋爱进展得非常顺利，先见了双方家长，再双方家长见面，一切都水到渠成。虞妈妈对大卫是满意得不得了，大卫父母对艾莎也是非常欢喜。艾莎终于回到“样样顺心”的轨道上，不但人变漂亮了，工作也出色，连买的黄金也涨了近30%。这个圣诞节，大卫订好了去香港的机票。两人将会在那儿过圣诞、购物、庆祝艾莎的生日、迎新年。这个年底，一切都很美好。

艾莎和大卫年龄都已不小，早到了谈婚论嫁的时候。只是这结婚是件很具体的事，从房子到装修，从酒席到彩礼，一桩桩一件件，不花点心思办不好。双方长辈都是明白人，这难说的话，难办的事，还得长辈来做。于是，大卫带着艾莎去香港，这边双方父母坐在一起，一件件落实。长辈们的心思就是别留下什么麻烦给孩子，免得小夫妻将来有说不清楚的地方，弄得口出恶言。结了婚就是一世，至少要给他们营造一点幸福的基础。万一将来不和美，也不会变成一团解不开的麻。“先小人，后君子”比“先君子，后小人”要好得多。

朱家父母早在一周前就忙起来，先是准备上门的手礼。艾莎是个好姑娘，好模样好学校好工作，自然不能轻率地准备。朱妈妈把攒了几年的购物卡都拿出来，这些卡都是两个儿子给的，她总是省着用，这下派上用场了。算了一下购物卡有六千多，再加点现钱，得买上近一万块钱的东西，才好意思上门。虞家妈妈高兴，这后面的事就好说多了。当然最费心思的，是这婚怎么结，房子、酒席，动辄都是几十万上百万的事。虞家妈妈究竟怎么打算，夫妻俩还不得知，只得每天花上几个小时商量，许多种假设和可能，都讨论一下。总之不能“打无准备之仗”，不管虞家发什么招过来，都不能乱了阵脚,要稳稳接住。只有这样,这好媳妇才能进门。

对于大卫这个未来女婿,虞妈妈的感觉是好到了极点。当他一看到大卫,就找到了做丈母娘的感觉,比起那让她无比纠结又云里雾里的音乐家,感觉不知要好多少倍。这一周,虞家也没闲下来。虞妈妈找了一堆地产广告研究,又到几家老字号金店去看珠宝首饰。为了艾莎的嫁妆,家里开了几次家庭会议。这唯一的女儿,一定要有风光体面的婚礼和嫁妆。幸福虽说掌握在孩子手里,可要是千辛万苦地去争取才有,基本上也算不上是什么幸福。艾莎有个好娘家,幸福就有了一个坚实的基础。

25日一早,虞家就忙碌起来。艾莎妈妈赶个大早去美发店,染成棕栗色的头发很有光泽,看不见一根白发,吹成大卷后再盘上去。这种发型,俗是俗了点,但还真是让虞妈妈看上去年轻许多。回家后换上狐狸毛皮衣,十个手指戴上四个戒指,镯子、手链、耳环更是一样没少。本想穿上高跟鞋,又心疼那后跟戳了木地板,只得作罢。外婆昨晚就被接来了,这样的重要场合,老人家一定得在旁边听着。虞爸爸早就在厨房准备好了下午的点心,酒酿小圆子,糖水煮鸡蛋。这谈婚论嫁是个脑力兼心力活,谈到中途不补充点热量是很难坚持下来的。

下午一点,大卫父母提着大包小包准时来到虞家。两位亲家母亲热得像是久违的姐妹,在门口便互相说着想念对方的话。其实,这欢乐又有几分喜气的氛围里,较量才刚开始。

“哎哟,家里弄得这么干净的!”朱妈妈先发出一声惊叹。她看上去比虞妈妈略大几岁,短头发吹理得很整齐。头发出奇的乌黑,也是近日才染过的。边脱鞋边有些站不稳,双手提了几个纸袋,不知该往哪儿放的样子。

“不用脱鞋,穿着吧,穿着吧。”虞妈妈说着递过来几双拖鞋,又亲热地接过朱妈妈手上的袋子,接着说:“我们都要成亲戚了,来就来吧,提那么多东西做什么。”

“应该的,应该的。”大卫父母异口同声地说。朱父紧接着把手上的纸箱和几个袋子也递了进来。这么一来,手礼就很像样了。虞妈妈看了一眼其中的一个纸盒,包装上印着康宁餐具,那可是名牌货,光一个碗就要三百多块，一套得好几千。看来，亲家还是很懂的。虞妈妈心情很好。

四人互相客气一番谦让着坐下，脸上全是欢喜结亲家的喜悦神情。朱爸爸和虞爸爸也客气地点烟倒茶，朱妈妈则继续赞叹虞家的装修有品味，赞叹虞妈妈的发型漂亮，还仔细询问了美发店的地址，好像她也要去那儿做头发似的。

"你这个房子买得好。我们当时拆迁时买在闵行，说是离徐家汇近，可是这么多年下来，那儿吧，有些区域总还有点城乡结合部的味道。"朱妈妈感叹着，话题一转就转到了房子上。

"闵行有些地方还是不错的，有很多别墅小高层，路也宽，绿化好，还通地铁。可要在市区上班，路上太费时间。我们家原来住在南京西路，繁华地方待惯了，学不来外国人那种郊区生活。"虞妈妈接上话来，意思是你现在住的地方是不错，不过女儿结婚的新家可不能是那儿。

"敏敏妈妈，正要跟你商量，敏敏喜欢住哪个区。我是没有意见的，主要就是看你家敏敏喜欢住哪里，将来婚房就买哪里。"

"我那个女儿，一点心机都没有，就知道工作读书。现在上海的房价简直就是乱涨，你说我们又不是生意人，那浦江景十几万一平米的房子哪买得起。"虞妈妈说着停顿了一下，喝了口玫瑰茶，又招呼朱妈妈也喝，两位爸爸就在旁边附和着说房价贵得太离谱。"我的想法吗，是这样。房子还是要买在市中心，不能出内环，不能过苏州河。他们两个都是在市中心上班，要是住远了，路上每天两三个小时，长久了怎么吃得消，以后还有孩子要读书要教育，你说是伐？"

朱妈妈明白了虞家的意思：黄浦江边十几万一平米的房子就不要了，你们也买不起，但怎么也不能出内环。

"可以，可以。我儿子法国回来时买了套两房，我们也商量过了，这套房卖了再贴点钱，就照敏敏喜欢的地方，买套两房做新房。"

"按说两房是可以了，不过我们的想法是一次到位，买个三房两卫。"

尽管做了思想准备，朱妈妈还是听得心头一惊。虞家果然要内环里的三房，这负担可不小，一下没想好怎么回答，只是重复了句："三房两卫啊？"

像是没听明白一样。

“你想想看,一两年后就有了小孩,得留间房给孩子吧。可家里没书房也不行啊,他们都是受过高等教育的人,现在讲究终身学习。没书房,难道在客厅看书?所以还是要一步到位,买个三房。”虞妈妈边说边坐端正了一下身子,用手按了按盘起的头发,似乎表明她也是受过高等教育的。

“是的,是的,买了三房确实是一次到位,至少十年不用动。不过现在内环三房的房价应该在四百多万近五百万了吧?你看现在的房价涨的,五六年前想也不敢想有这个价。听新闻说银行还要加息,不知贷个一百多万每月要还多少。”朱妈妈这下还算反应得快,都亏了来之前那一周的“可能性准备”。这番话的意思很明白,如果内环线内买个两房,朱家可以一次性付款。如果虞家想要三房做婚房,那就要贷款一百多万,艾莎要和大卫一起还银行按揭。

艾莎妈妈叹了口气,说:“你说这房价涨的,真让人接受不了,虽说自己住的房子也涨了,可一旦换房子就吃力了。再说贷款每月要还那么多利息,多不划算啊!姐姐,我叫你姐姐合适的吧。我们家就艾莎一个,说来说去就是想要他俩以后幸福……”虞妈妈接下来说出了几日来家庭会议的结果,就是把外婆余姚路的房子卖了,虞家出一百五十万买楼款和五十万装修,算是给艾莎的嫁妆,条件是房产证要写艾莎的名。

大卫父母一听,知道了虞家的诚意。只是这房产证名字只写艾莎的,实在说不过去,难道我们家出的这三百多万就成了无名英雄?

“妹妹啊,我们的心思是一样的,都是为了两个孩子。我看这样吧,不管房价多少,房款你家就出一百五十万,剩下的全是我们给,房产证的名字就他们两人共有吧。虽然我们多出了一百多万,但是不要紧不要紧,只要他们两个好就行了。”朱妈妈大方地挥着手,很爽快的样子。她心里也明白,不管是几房,房产证上没艾莎的名字,这婚是结不成的。

“其实写我家敏敏有什么关系,说的不好听,将来真是不好,法律也是公正的。其实我们也不是在乎那房产证上的名字,你说女儿都给你了,几百万嫁妆也出了,连个名还是凑份子的,你要想想我的感受。”虞妈妈有点虎着脸，还在坚持着。不过她心里也明白，朱家还算好说话。前几年，她有个旧同事嫁女儿，房产证上份额是19%，那个亲家可精明了，说什么也不让。

“其实写我儿子或你女儿都一样，只要他们好，我们能说什么。当然最好是两个名都写上，这样他们两个心里都踏实。”朱妈妈继续周旋，两位爸爸也觉得可以。这样艾莎妈妈就没再说什么，算是默认了。不过脸色还不是刚才的欢喜表情，怎么也要再“拿”会儿，后面的事，朱家才不会有太多的“还价”余地。

“那酒席就放在谭府官菜或五星级宾馆，我们家亲戚朋友也不多，也就五六桌人。”谈完房子就谈酒席。

“谭府官菜是什么饭店？我不熟悉。”朱妈妈退休有些年头，天天小菜场里转，偶尔朋友也就喝个茶，哪知道什么是“谭府官菜”，最多也就理解成“满汉全席”。其实，虞妈妈充其量也只是在高架上见过谭府菜馆黄灿灿的广告，又听人说过那里是最高档最讲究的，至于人均消费究竟要多少，她也不得而知，无非是想让女儿的婚礼在最气派的地方举行。

“谭府官菜是最有名的私家菜，不是民间的，是皇家的私家菜。所有用料最考究，当年是周恩来点名要把这家菜馆保存下来的。”虞爸爸经年跑码头，这些奇闻当然听得多了。陪坐了一个来小时，只是喝茶抽烟，这下总算插上话来。

“哦，哦，这么有来头。”朱妈妈回答着看向老公。凭着经验，大凡和官家皇家有关系，肯定是便宜不了。对于自己不了解的事，更不能随口答应。朱妈妈只能看着老公，看他有什么意见。

朱爸爸虽是个技术员，但男人的见闻总比女人多点。他不但知道谭府菜，还知道人均消费要上两千。这么个档次用来办平头百姓的婚宴，实在有些铺张。收到老婆的眼神，他明白事理地接上虞爸爸的话：“这谭府菜也不一定订得到位置，反正我们两边都考虑。酒店有酒店的好处，上面有客房，新娘换换衣服什么的也方便。上海五星级宾馆多，选择也多，我们倾向把酒席办在酒店里。”

虞妈妈一听，也有道理，就点点头。两家人又达成了一项共识，客气地敬茶吃点心,甚是和睦。吃完酒酿圆子,两亲家继续谈。先是艾莎的首饰,一点二克拉以上的戒指一枚,还有些项链手表什么的,总之配齐一套。至于艾莎现在三十来万的存款,是艾莎未嫁时的存款,这笔钱只留给孩子成年后使用。但是大卫的存款股票什么的,得全交给艾莎来管理。朱妈妈忙着点头,钱留给未来的孩子有什么要紧,那孩子还不是朱家的后代,还不是儿子的孩子。虞妈妈也就是个嘴硬,图个心里舒服点,随她去吧。至于大卫财政权上交,这是上海人的规矩,不交财政权,儿子哪有安生日子过。

“你说他们真是要抓紧了,明年结婚,后年生孩子。后年我儿子都 38 岁了,敏敏也 33 了,不好再拖了。妹妹,你放心,将来小孩上幼儿园前就我来带,我带不了,我出钱请保姆带。总之让他们夫妻没有后顾之忧地去做事业。”

“未来小外孙的教育,我们也是有计划的。南京路房子,是我娘的,但迟早要给敏敏的。现在每月能租个六千来块,结婚后,这租金我娘先收着。”虞妈妈说着看了看坐在一旁喝茶的外婆,继续说,“我娘的意思,等小孩上小学了,租金和房子都给敏敏,按照现在流行的说法叫学习基金。”

“婆婆想得真是周到,谢谢! 谢谢!”大卫父母的笑脸转向了外婆,“大婆婆,你以前家里条件一定是很好的,看你现在的样子都看得出来。南京路的房子真是嗲,我们在外面看一眼就不想走了。”朱妈妈真是乐开了怀。八字还没一撇的小孙子都有了“教育基金”,她能不开心吗? 娶到这样的老婆,大卫就是再投胎一次,疼爱艾莎还是唯一宗旨。

“家里条件也就一般。”外婆淡定地回答。虽然她只是个店堂倌的女儿,但嫁了个不错的老公,多年的干部和“干部家属”生活,早已养出了淡然沉静的气质。她继续缓缓地说,“将来小孩子的教育,是一大笔钱。没有一定的财力,再聪明的孩子,发展也有限。一代人能力、财力没跟上,下一代再想冒出头来,就越来越难啦。等到敏敏的小孩上小学,我都八十多了,就是希望孙辈好,有出息。”外婆是最明白事理的。如果没有那换天地的 1949 年,她最多就是个常州乡下小财主的当家,操劳、看人脸色过一辈子。“一代没跟上,下一代想冒出头来就很难”,这句话应验在艾莎身上再对不过了。爱上顾正辉，谈婚论嫁总觉得底气不足。和大卫倒是般配，以后也会幸福。可人生啊，有些东西是要度过漫长岁月才能显现出来的。

直到暮色降临，大卫父母才离开虞家。虞妈妈拿了两罐蛋白粉做回礼，也就是意思一下。一上车，朱妈妈赶快给在香港的儿子发短信：一切都谈妥，详细回来再说。戒指要1.2克拉以上的，其他首饰没要求，黄金白金都可以，照她喜欢的买，配齐一套就行。

忙完了这些，朱妈妈叹了口气，心里开始有些心疼攒了半辈子的积蓄。儿子结个婚，去掉了她一大块家底。可这也没办法，娶媳妇这类事本来就是伤筋动骨，更何况艾莎这样的好姑娘，费用再大点，也值得。

"这姑娘家境真不错，那外婆厉害，南京西路有房，余姚路有房。我们也不要心痛婚事的花费，儿子好就行了。以后他们两个年收入都在五十多万以上，加上奖金什么的，日子过得要多好有多好。南京路的房子租金那么高，小孩教育经费全有了。这个媳妇是打着灯笼也难找，现在我也安乐了，总算了了个大心事。"朱爸爸在旁边说道。他本是个电子厂的技术员，一辈子干下来，比工程师还厉害，收入更是比艾莎爸爸要高得多。因为有两个儿子，多少有些财不从心的感觉，现在还被温州老板高薪请去做技术指导，不到七十岁，怕是歇不下来。

圣诞节的香港热闹非凡，到处都是购物的人流，而且都说着普通话。艾莎和大卫肩并肩走在海港城那永远逛不完的商场里，出了这家店，再进那家店。只有在这商品的海洋里，才知道自己的财力是多么的有限。

收到母亲的短信，他知道婚事已谈妥。接下来，是他要做的事。趁两人在香港，把艾莎的婚戒及首饰买了，再过几天是艾莎的生日，是求婚的好时候。

"艾莎，要不我们去珠宝店看看吧，我想给你买枚钻戒。"大卫体贴地对目光正游移在橱窗里的艾莎说。

艾莎当然知道买钻戒的意思，她也知道两家的妈妈今天在讨论婚事的细节。不过作为女孩子也不能太大大咧咧地一口应承，但又不能毫无反应。

她只能对着大卫莞尔一笑，继续歪着头注视着橱窗里的塑胶模特，表情还很俏皮。

“我们去看看吧，买颗你喜欢的。有没想过要买颗多大的？”大卫把纸袋并到左手，用空出来的右手轻搂着艾莎的肩。

“可以啊，那去看看吧。”艾莎表情有些羞涩。一瞬间，她想起顾正辉，又一刹那间在脑海消逝。她马上把注意力放在大卫身上，试着猜测他心里头这一刻是否也有别的女人飘过。

“想买颗多大分量的？有没想过要颗多大的？”大卫继续关心着分量。

“不用太大吧，有个七八十分就可以了。”来香港时，妈妈和外婆都交代过，买个人东西时尽量自己掏钱，他要买首饰给你时要尽量替他着想。虽然买多少东西多大钻戒最后还得听丈母娘的，但艾莎不能开口。你们是长长久久一辈子，不能让大卫觉得你一点也不爱惜他的钱财，否则他心里有想法，将来就不会让你拿住经济大权。

“艾莎，买个大点的吧，我要你的同学和朋友们都用羡慕的眼光看你。”大卫一听艾莎只要颗七八十分的钻石，心里就充满感激。多好的未婚妻，知道自己每块钱都来之不易。大卫心里既激动又感激。“买个大点的不要紧。我想给你买颗1.5克拉左右的，你觉得可以吗？这里有家珠宝店，我们进去看看吧，反正试到你满意和喜欢，我就买下。”

“大卫，别这么浪费，最多一克拉好了。一克拉的钻戒已经很大很漂亮啦。”艾莎是真心话。大卫掏心地对她好，她也感动。

“没关系，买个大点的也保值。买给我老婆的东西，我没有不愿意的。除了钻戒，还要给你买点项链什么的，你一定要漂漂亮亮、心满意足地嫁给我。”

珠宝店的经理站在门口对着两位礼貌地微笑。

“但是，大卫，还有一件事我想问问你，是我的心结，你解答清楚了，我才能接受你的戒指。”

“问吧。”大卫扶扶眼镜，一本正经。

“你记得吗？你曾对我说过，你说婚姻里最重要的是专一，而你不选择结婚，是因为你做不到专一，你抵制不了外面的诱惑。现在，你认为你能做到专一了吗？”那是去年生日时，大卫请艾莎吃饭时说的“婚恋观”，就是这番话，让艾莎几乎对大卫死了心。

听到艾莎这么问，大卫竟是灿烂地一笑，说：“你这个傻瓜，聪明男人对自己不了解的女人是不会说真话的。你希望我是蠢男人吗？”

大卫这么说，艾莎是相信的。

“那怎么才能看出男人是真心的呢？”艾莎又是一脸俏皮。

“向她求婚！给她钱花！把存折交给她！”大卫缓缓地说出“真理”。“我们男人，一辈子只能对一个女人做到这样。”

“大卫，谢谢你，亲爱的！”艾莎甜蜜地把头在大卫肩上轻轻撞了几下。

一桩圆满的婚约，附带上许多具体的条件，才能完美地成立。艾莎和大卫，在双方家长的帮助下，用几代人的积蓄和智慧，营造了美满婚姻的基础。除了这些，还有他们的心理历程。曾经天真、浪漫、伤感、难忘的爱情经历，成熟了他们的婚恋观。爱情是美好的，婚礼是具体的，而经济又是一切的基础。此刻，艾莎发现自己和大卫是如此的相近，都是世俗里真实的温暖，进步又努力，浪漫不飘忽。追寻的是握在手里的幸福！

19 新的一年，新的美好

12 月 29 日,2011 年新年音乐会如期在上海剧院隆重举行。

顾正辉穿着黑色的燕尾服,纯白色的丝绸衬衫打上乳白色的蝴蝶结,眼镜也换成了金丝边的方框。他比半年前显得略清瘦了一些,穿着正式礼服的他更加儒雅、俊朗。作为今晚的乐队总指挥,他将第一个走上指挥台,献上的第一首乐曲是《蓝色多瑙河》。

他翩翩地走向舞台,是他这一生中无数次中的一次。他向观众深深地鞠躬,雷鸣般的掌声响起。他走上指挥台,向乐队微微低头,表示感谢。他的双手抬起,眼睛微微闭上。眼前出现了那间飘着薰衣草香味的房间,还有艾莎调皮的神情:新年啊,我喜欢《蓝色多瑙河》! 这一刻,他确信艾莎正坐在台下,望着他。这是他们相爱时的约定,约定。

可是,顾正辉错了! 此刻的艾莎正和大卫一起,在香港的太平山顶,俯视着灯火璀璨的维多利亚港。她的左手无名指上,戴着晶莹透亮的钻石戒指。

这是个人人都要独立的时代,没有谁会为了一场没有回应或被辜负了的爱情去守候约定。艾莎虽然喜欢古文,但并没打算做古代“长夜长相思”的女人。她精通日语,有丰裕的收入,明媚的眼神,健康的身体,好学的品质,坚强的心。艾莎拥有太多足以让她很幸福的因素,她不需要依恋谁,她的过去、未来、此刻,都非常精彩。顾正辉只是过去的精彩,而艾莎的此刻既精彩又幸福,未来则更美好。

半夜十二点的衡山路异常安静，顾正辉从出租车上下来，站在那个精致的红色招牌下。他看看招牌，还是那句有趣的指路语："红厨在弄堂底"。站在路边，顾正辉捂了捂围巾，再把大衣的领子竖起来。与热闹的初夏不同，此时的衡山路特别安静，除了偶尔急驰而过的车子，就是迎面刮来的南方潮湿冰冷的寒风。他看看头顶的法国梧桐树，早已落光了叶子，剩下些枝丫交错在挥洒着冰凉月光的天空下。

他走进弄堂，还是那样古典的路灯，昏昏暗暗。弄堂风特别大，整个大衣的下摆被吹起，他用一只手捂着，一只手拎了个大纸袋，袋里装的是那顶草帽，过了季节的礼物。他从巴西带回来准备送给艾莎的草帽。

红厨早已打烊，整座小楼黑漆漆的。站在锻铁围栏外，顾正辉看着东面的那个小阳台。红色的流苏应该还低垂着，这扇窗后面，他和艾莎曾经浅酌低吟，凭窗而坐。

他站在那里，直到寒风吹得他额头发痛，才离开红厨。再次站到马路边的红招牌下，拦了辆出租车，前往南京西路。

车子还是停在恒隆大厦门口，顾正辉下了车，看看马路对面，走了过去。暗幽幽的弄堂口，夏天时节向上蔓延的爬山虎早已没了影，墙壁上留下些须根，夜色中像是裂缝。他看见艾莎的车子还是停在那个位置，还是那么多的小玩意，热热闹闹的样子。顾正辉慢慢地向花园走去，一如半年前那个初夏的夜晚。他站在香樟树下，地下是一地的香樟枯叶，树头也还有一些半枯半黄的叶子。围巾捂着口鼻，他有些嗅不出樟树的香味。抬头看那幢大洋房，艾莎的窗口没透出一丝光。她睡了吗？也许。点上烟，他站在花园里，已经嗅不到白玉兰的香气，但夏天的芬芳，留在了他的心里。

抽完烟，他向楼梯口走去，一踏进去，感应灯就亮了。心一惊，似乎忘了这个记忆。踏上两级台阶，犹豫了一下，退了出来。

他站在艾莎的车子旁，从纸袋里拿出草帽，放在前车盖上。风那么大，他想找个东西压住草帽，可很快他就放弃了。他把美丽的草帽放在艾莎的车上，却又宁愿它被风刮走。

新年的第一天，艾莎约了晴子、欣怡喝下午茶。和所有的休息日一样，她睡到快十一点才起来。大卫已打过几个催她起床的电话，无非是不吃饭胃不好一类的嘱咐。艾莎热了一杯牛奶，又煮上两个鸡蛋，把从香港买回的原声碟片放进CD机，边听音乐边整理衣柜。从香港“血拼”回来的宝贝里选了一瓶晚霜给欣怡，送给晴子的是她产后才能用的塑身衣。

下午一点，瞎忙乎的艾莎总算忙完了。她换上新买的皮大衣，戴上大卫为她配齐的一套首饰。倒不是她臭美，是晴子和欣怡非要欣赏一下。1.3克拉的钻戒，很拿得出手啦！

新年的头一天，天气寒冷，阳光明媚，艾莎开着车子出了花园。当她在弄堂口把停车卡交给看门大爷时，看到门卫室旁边挂了顶非常漂亮的草帽。

“大爷，这顶草帽那么好看，是谁家掉的？”艾莎还没来得及戴上墨镜，她眯着眼，看着那顶充满阳光气息、大帽沿上有一圈灿烂花朵的米白色草帽。

“前几天早上就掉在这里了，在这儿挂了几天了也没人来领。老好的帽子，不晓得谁家这么粗心大意。”大爷嘀嘀咕咕。进出的人都在说草帽好看，就是没人来领。

“大爷再见！”艾莎戴上墨镜，关上车窗。草帽虽漂亮，和她又有什么关系。

欣怡最先到达茶馆，早早地占了一个窗口的风景位置。几天前，她斗胆去参加了“浦江夜游”。还是女多男少，40多位漂亮的美眉和12位男士同游浦江。出于礼貌和现实，欣怡不得不在三或者四比一的情况下参加聊天。交换了几个号码，回来后就加了QQ或MSN。当天晚上欣怡还有些兴奋，觉得有那么一两个可能有戏。可加了QQ后就看不到他们在线的身影。接下来怎么办？难道还要去参加一次6888元的“东南亚之风”活动？

晴子身体笨重，鼻头发红，穿着厚厚的羽绒大衣和棉皮鞋，行动相当不便地从茶楼门口进来。艾莎正和欣怡说着晚霜的功效，一看见晴子，两人急忙起来，拉开沙发，拿过靠垫，让准妈妈坐下。再过一个月，晴子就要临盆了。

“艾莎，你漂亮了好多哟！有爱情滋润真不一样。”晴子笨笨地脱下羽绒衣，摘了围巾。“让我看看你的戒指，看看大卫给你买的那些宝贝。”才坐稳的晴子就要看戒指，好像这事跟她关系很大一样。艾莎在五分钟前刚让欣怡欣赏完，现在又得向晴子重新解说一遍。

“好漂亮啊，才差0.3分，看上去比我那颗大多了，早知道我也应该去香港买。我们艾莎终于不是剩女喽，欣怡要加油啊！”晴子握着艾莎的手看来看去，欣怡也凑了上来。女人爱钻石，可见有多爱。

“当社会给了我们一个新名词叫剩女时，我天天盼着恋爱盼着嫁。可真戴上戒指，又不想告别剩女生涯了。这几个晚上我都在想，大卫，这个瘦高的、戴眼镜的男人，要与我相伴一辈子，很奇怪，竟不是幸福或者很甜蜜的感觉。晴子，你结婚前有过这样的心态吗？”

晴子松开手，挺着肚子靠在沙发上，喝了口茶，以过来人的态度说：“当然有，我有半个月情绪也不太稳，最大的想法就是要一个人去旅游。我老公当然不肯，怕我突然变了心。后来开始装修房子买家具什么的，一忙起来就顾及不到自己的情绪了。因为要临盆了，最近有点失眠。晚上醒着听我老公轻轻的打鼾声，也有点想不明白这人是怎么出现在我生命里的，怎么就是我未来小孩的爸爸，我们要过一辈子。所以我相信前世。”

“晴子，你别扰乱军心了。你这么一讲，艾莎又要恍惚几天了，接着她就搞不清大卫是怎么出现在她生命里了。你们两个，一个是快要做妈妈的，一个是快要做新娘了。而我呢，还是剩女。我要请教你们俩，在这个我们女性都很独立的时代，女人一定要结婚吗？婚姻的意义是什么？我觉得现在的生活很好，可我要是不结婚，就总被亲戚朋友们问来问去。”欣怡说这番话显然表明她对自己做剩女也无所谓。真急着嫁的人，谁还会问为什么要结婚，婚姻的意义是什么。欣怡是凑热闹地急着想嫁，心里边还是要冷静地嫁个“值得”的人。剩女不是嫁不出，是要嫁得完美。

艾莎和晴子叹了口气，都没想出什么经典的言辞来回答她。近代女性的独立，对婚姻的向往和防备，早已变成一个复杂的社会问题。

“欣怡，别去想意义这种问题了，没人能说得清。我们要是早生两百年，就能回答你为什么要嫁人。因为女子无才便是德,在家从父、出嫁从夫、夫死从子。几千年来,女人除了嫁人还能怎么样? 反正我已经结婚了,也马上要做妈妈了,这些问题懒得想啦!"晴子把手放在腹部,轻轻地、温柔地抚摸着,一脸的心满意足。

"女人到了好年华就想出嫁,我想是人类社会的惯性吧。欣怡,你想想看,就像你每天早上上班一样,挤进那让你快变成照片的地铁,难道你不知道步行、打车、骑自行车都能到公司吗? 你无非就是觉得那些交通工具没地铁更准时、更安全,所以宁愿挤进这拥挤不堪的车厢。步行或骑车虽然风景更好,但是遇上风雨雪天怎么办? 遇到交通意外怎么办? 你受不起意外,所以放弃风景。女人天生都缺少安全感,这是大卫说的,事实也是如此。我们走进婚姻,就像上了一趟地铁,虽然拥挤又少了风景,但它能准时、安全地把我们送到人生的各个站点。运气好的,还能坐个好位置。你问得那么深沉,是不是最近有什么不错的人了?"艾莎说这番话的时候,心头掠过顾正辉的影子。他不是挤进地铁的人。对他来说,人生最重要的是自由和风景,当然还有音乐。

"哪有,我妈比我还急,我天天在电话里跟她说,急是急不来的。两位姐姐,你们要关心我,帮我介绍介绍,我在上海可是人生地疏的。"

"妈妈都这样。大卫未出现前,我爸妈都跑到人民公园的公告栏那里去了。我真是哭笑不得。不过,他们急归急,眼光依然挑剔得很。我估计,你父母也是这样。"

"欣怡是下定决心要做上海媳妇吗?"晴子问。

"也不是。哪儿的人都不重要,重要的是感觉、缘分。艾莎,你说网上征婚可行吗?"尽管对网上征婚充满戒备,欣怡还是不肯死心,多次问这句废话。

"听说很多人成功了。我呢,你们两个都知道,通过网络经历了一场——应该说很难忘的恋情。不过欣怡,你如果只想要美丽的爱情,那什么形式、他在哪儿都不重要,重要的是他符合你的感觉就行。如果你要婚姻,那他首先就要具备和你结婚的条件,免得浪费时间。我们的时间、青春都浪费不起。”艾莎现在也是过来人的态度，晴子在旁边也频频点头。

“这么说来，我还是注重感觉一些。如果对上感觉又不符合结婚，那我就一直恋爱下去好了。就像晴子说的，现在不是三从的时代了，我们做女人，应该从自己！”

“晴子结婚一年多了，你说夫妻之间应该怎么相处？精确地比喻一下，对我未来的家庭生活要起指导性的作用。”艾莎转过头去问晴子。

“我觉得，”晴子一副略有所思的表情，“我觉得，夫妻应该是合作者。是的，婚姻合作者。我们合作维护一个家庭，合作把我们的孩子抚养大，合作照顾双方的老人，相互合作弥补对方的不足。只要是合作者，双方就是平等的。所有婚前约定或婚后约定都是合理的，因为这些无非是让合作更愉快。在婚姻里，不管遇到什么问题，都不能用自己多爱多爱对方去压制另一方。在这个世界上，没有谁和谁是天生一对，情比海深。我们都三十出头了，也明白爱是很抽象的，同时又是动态的，会发生变化。只要夫妻双方都记得合作的责任，承担起合作的义务，那就是真爱。爱很抽象，但真爱很具体。”

“很有道理。没想到出嫁才一年多的晴子同学，已经成了婚姻专家。”艾莎看看晴子笑着说。

“那就是说，如果想结婚，就抱着寻找合作者的要求去寻找另一半，类似于工作上的合作伙伴？”欣怡在旁边问道。

“可以这么理解，我觉得晴子说的很有道理，所以她结婚比我们早。”艾莎转头对欣怡说，“如果你在工作或外出旅游时需要一个伙伴，你会选什么样的？”

欣怡想了想说：“就工作或旅游来说，首先是习性相近，对目标或目的地有共同向往的；其次是可以互补，弥补对方不足之处，比如他会开车我会支帐篷，他会谈业务我懂内部管理；再就是有一定能力让合作实施下去，并且在有困难时不轻易放弃和逃跑的。”

“难道你的人生伴侣不是这几个标准吗？”晴子看着欣怡。

“可是……”

“可是什么？你一方面享受现代女性自由的生活方式，另一面又想在感情、经济上依赖男人。这怎么可能？为什么一定要渴望被呵护的爱？这个时代是平等的。平等的爱更好更自由。我们必须要忘记‘女人，你的名字是弱者’这句话，女人们都必须要坚强起来。我们受过教育、有高收入，没他呵护，我们照样纽约巴黎兜一圈回来。有他呵护，纽约巴黎也是这么兜一圈。更何况，现在的男人并不愿被女人依赖。”晴子再一次说出了“真理”。

是啊，男人并不希望被依赖。

三个人端起茶杯碰了一下。祝愿晴子如愿以偿生个千金！祝愿艾莎婚礼顺利，比翼双飞！祝愿欣怡快快地觅到合作伙伴！新的一年，新的美好悄然开始啦！